R.G.O!
女子高生、VRMMOで
理想の魔法ジジイを
目指します
High school girl aims to become the
ideal wizard old man in a VRMMO.
1
星畑旭
Illustration
天野英
JN112693

CONTENTS

▼プロローグ ログイン日和

Royal Garden Online――『始まりの王、降り立ちし庭』と呼ばれる大陸、グランガーデン。これはその広大な大陸を舞台に繰り広げられる、剣と魔法の冒険の物語――

そんな宣伝文句で少し前に売り出されたゲーム、ロイヤル・ガーデン・オンライン。略してＲＧＯは、昨今大人気の完全没入型ＶＲシステム用のゲームソフトだ。

ネットワーク上の仮想空間に意識を繋げるという、昔なら夢の話だったこのＶＲシステムも今や世界中に当たり前のように広がっている。

開発当時は医療用のみだったこの完全没入型ＶＲシステムも今では随分と裾野を広げ、こうした娯楽用が人気を博す時代になった。

いつかどこかで読んだそんな近代工学史の一文を頭に思い浮かべながら、私は今まで眺めていたタブレット端末から目を離し、椅子をくるりと回して大きく伸びをした。

疲れた目をこするとあくびまでついでにこぼれた。人には見せられない姿だと思いつつも新鮮な酸素を脳に取り入れる作業を止める気はなく、心行くまで深い息を吐く。

気が済むまであくびと伸びをすると、目じりに浮かんだ涙を拭ってもう一度手に持った端末画面に目をやった。

私が今まで見ていたのはＲＧＯのマニュアルや情報サイトだ。

自分がこれから遊ぶゲームの基礎知識を仕入れようとさっきまで熱心に読み込んでいた。お陰で

基本的なことは大体理解できたように思える。

このゲームは発売されてからもう一ヶ月ほど経っている。なので、後発の人間としては少しくらいは基本を学んでおこうと思っての作業だった。

それらを読んだ限りでは、ＲＧＯはなかなか面白そうなゲームという印象だ。

中世っぽい雰囲気を持った剣と魔法の物語というのは私の好みに当てはまるし、所々に挿入されているゲーム内の画像も興味をそそった。

『終わりましたか、南海（なみ）』

読むのを止めた私に横から声が掛かる。この家に残る、私の家族の聞き慣れた声。

「うん、終わったよ。大体わかったから、そろそろ始められるかな」

『南海は心配性ですね。けれど、事前に準備をするのは良い選択です』

「まぁ、私はほら、ちょっとアレだから」

言葉を濁して苦笑いすると、声の主は宙に浮いたホロモニターを横に揺らした。左右にぶれるように振れるその姿を、彼女は首を横に振る行為だと認識している。

モニターに映る、アニメ風にデフォルメされた女性アバターはいつもと変わらぬ笑顔だ。

『南海は生体パラメータの一部に偏りがありますが、人類の最低基準にはかろうじて達しています。卑下することはありません』

それは慰めなのかと突っ込みたくなったが、悪気がないのは知っている。

「ありがと、シエちゃん」

『私はトシエですよ、南海』

「その名前、私の好みじゃないから嫌なの」

自分が貰ったAIパートナーのPAPI(パピ)に古風な名をつけたのは、子供の頃から懐古趣味だった兄の仕業だ。そのお下がりを貰う羽目になった妹のことも考えてほしかった。

ちなみにPAPIはAIのタイプを表す通称。

シエちゃんはパーソナルアドバイザー型の、パートナーインテリジェンス。主に私の生活の管理や補助をしてくれるAIで、今や少々型落ちタイプ。せめて画面だけでもそろそろアップデートしたいと思っているんだけども。

まぁ、それは今考える問題じゃないね。

『それで、そのゲームはどうでしたか？　南海の好みに合いそうですか？』

「うん、すごく合いそう。クラシカルだけど、凝ってて面白そうだったよ。メインストーリーもまだ追いつけそうだし、頑張りたいな」

『それは良い情報ですね』

うん、と一つ頷いてからもう一度端末に目を落とし、ちょんと触って画面を切り替える。そこには今までマニュアルの画面に隠されていた別の画面が映っていた。

画面の両端はカラーパレットや様々なツールが占め、中央にはそれらに囲まれるように一人の人物の3D映像が映し出されている。

それは私がRGOのために作り上げたキャラクターであり、これから仮想空間で身に纏う外装だ。

「ホントは双銃士とか、カッコよさそうなんだけどなぁ……ま、仕方ないか」

『その職業の運動性能から考えると、南海には恐らく向いていません』

「余計なお世話！」

指で触れてその人物をくるりと回し、横から後ろからと眺めて最後のチェックを行う。

幼馴染みから教えてもらった外装をカスタマイズする為の専用アプリで三日かけて作り上げたキャラクターは、どこから見ても実に私の理想通りの姿だった。

ずっとずっと、一度でいいからこんな姿になってみたいと思っていた。

その夢がもうすぐ叶う。

『これが南海の理想の姿ですか』

「そう。よく出来てるでしょ。髪はふわっとした銀灰色、体型は細身でピンと伸びたエルフ耳がさ……」

『私も手伝いましたから出来は知っています』

そういえばそうだったね。

「うん、ありがとねシエちゃん」

『どういたしまして。ところで、昨日までのデータから身長を変更したようですね。この種族の中では少々低めではありませんか？　南海よりは高いようですが』

「迷ったんだけど、あんまり現実と違うと上手く動かせないかもと思ってちょっと低くしたの。ねぇ、それよりやっぱりこの顔さ、調整に苦労した甲斐あって、知性溢れる感じが出てると思わな

い？」

『それは肯定します』

シエちゃんの返答に気分良く頷き、タブレットの電源を落として時計に目をやった。

うん、そろそろ約束の時間だ。

机の下に手を伸ばし、白いプラスチックの大きな籠を引っ張り出す。そこには部屋にそぐわない趣味の道具の類がしまってあるのだ。

中に入っているのは、レトロゲームマニアの兄から譲り受けたかなり古い家庭用ゲーム機とソフト。それときちんとしまわれたコードやアダプター。

白や黒ばかりのそれらに混じって一つだけ、鮮やかな色を放つ物があった。

メタルブルーのフルフェイスヘルメット――のように見えるこれが、家庭用ＶＲシステムの端末だ。システムの本体は私の膝くらいの高さがある長方形の箱で、ベッドの脇に置いてある。

高校に入学した時に学習用として買ってもらったそれをゲームに使うのは実は今回が初めてのことだ。普段は学習補助用と、仮想空間にあるショッピングモールでの買い物にしか使ったことはない。仮想モールを使うと試着が簡単だから便利なのだ。

最近は世界各地の観光ソフトや、空を飛んだり海に潜ったりという体験ができるソフトもストレス解消などの目的で人気らしいが、それもまだ使ったことがなかった。

日常の中でストレスがたまっていると自覚することは少ないし、そもそも私は高いところが嫌いだし水も苦手だ。そっちのほうが考えるだけでストレスがたまる気がする。

だから買い物以外の初めての本格的な娯楽使用には少なからず心が躍る。

端末から伸びた長いコードを本体に繋ぎ、電源やネットワークの接続を確認する。ＲＧＯのソフトはもうインストールしてあるし、カスタマイズした外装を含むキャラデータも移してある。

さ、あとはログインするだけ、なんだけど。

「……ついていけるかな？」

『きっと大丈夫ですよ。行ってらっしゃい、南海』

「うん。行ってきます！」

少しばかり不安が胸をよぎったが、シエちゃんの声に背中を押され、私はそれを振り切るようにベッドに勢い良く寝転がった。ついでにシエちゃんのホロモニターに軽く手を振る。

それから手に持ったままだった端末を頭にかぶり、端末使用時専用の真ん中が大きくくぼんだ枕に頭を乗せた。

何とかなる、と自分に言い聞かせて、横たえた体の力を抜く。

もうすぐ憧れのあの姿になれるのだ。

きっとあの姿なら、初心者でも、ちょっとくらい失敗しても、絶対楽しいし頑張れる気がする。

少しばかりの期待と不安を胸に、私は静かに言葉を紡いだ。

「ＲＧＯ、起動。ログイン、パスワード――３７３７３－ＸＸＸＸ」

▼第一話 誕生日のプレゼント

「南海、ほらこれ」

そもそもの始まりは、いつもと変わらぬとある日のこと。

放課後の教室でそう言って声を掛けてきたのは、幼馴染みの男子である渡瀬光伸だった。

これ、と差し出されたのは紙袋で、受け取って中を見ると薄い箱が一つ入っている。

「何、急に。何かあったっけ？」

「今日お前の誕生日だろ。忘れてんのかよ」

ああ、そう言われてみれば確かにそうだった。今日は私の十七歳の誕生日だ。

「そういえば朝、シエちゃんも何か言ってた気がする？　もしかしてそれだったかな」

「ちゃんと聞いてやれよ……とりあえず、誕生日おめでとう」

「うん。ありがとう、ミツ」

光伸は三軒隣の家に住むご近所さんで、近所の産院で五日違いの日付で生まれた時からの幼馴染みだ。しかも幼稚園から始まり、学校も小中高とずっと一緒という腐れ縁。既に親より長く顔を合わせている気がする。

この歳になっても幼馴染みの私に誕生日プレゼントをくれるくらいには、こまめで気が利いている男だ。私は誕生日とか記念日とかは、割とすぐに忘れてしまうほうなんだよね。

「私の誕生日ってことはミツのも五日後かぁ。今年は何かリクエストある？」

紙袋を受け取りつつ逆に聞いてみると、光伸はひどく苦い顔を見せた。

「来週うちの親父がずっと出張なんだ……何日か夕飯食わしてくれ！　一、二回でも良いしそれ以外は望まないから、頼む！」

その絶望に彩られた声音に私は思わず心の中で合掌した。

渡瀬家では料理は父親の役目と決まっていることを、幼馴染みの私もよく知っている。

光伸の母親は腕の良い医師であり、一部を除き家事その他の才能にも恵まれている良妻賢母だ。

忙しい仕事ながら家族のことにも出来る限り手を掛けている。

だがその除いた一部、料理に関してだけは何故か天性のアレンジャーとも言うべき奇才の持ち主なのだ。熱心に本を見ていても百二十パーセントの確率で全く違う物が出来上がるというのだからすごい。

もちろんその味に関しては言うまでもなく、光伸にとって母の手料理とはトラウマを意味する言葉らしい。

なので渡瀬夫妻は結婚する時に料理は夫の担当と決め、以来それは十数年変わっていないらしい。

その料理担当が出張となれば、それは確かに死活問題だろう。

「自動調理機で作るんじゃダメなの？」

「俺んちの旧式だから、アレ使って俺が作れるのはカレーみたいなのばっかりなんだよ。さすがに一週間それは辛い……」

「そっか。ミツのお父さん、ああいうの好きじゃないからほとんど使わないんだっけ。そういうことなら、うちに来ていいよ」

納得して頷くと光伸はものすごくほっとした表情を浮かべた。

「助かった……！」

「ご愁傷様。昼は購買があるけど……朝はまぁ、何とか頑張れ」

「朝飯くらいは自分で何とかするよ。パン買っとくし、卵も目玉焼きとスクランブルくらいなら出来るし、別にコンビニでもいいしな。よし、これで母さんにはいつも通り気にしないで仕事して、外で食って来いって言えるぜ」

固い決意の表情を浮かべる幼馴染みに思わず笑いがこぼれた。そういうことならせめて来週は何か好物を作ってやろうとは思う。

光伸の家とはまた違った事情で私は自炊生活をしているから料理はそこそこ得意だ。

うちの親は二人揃って仕事大好き人間で、私が高校に入ると同時に仕事のために他の街に行ってしまったのだ。五つ上の兄も高校を卒業してからこの街を離れ、別の街で働いているので家にはいない。そういう理由で私はもう一年ほど一人暮らしなのだ。

両親には寮のある高校を薦められたが、この街は治安が良いし、隣近所の仲もいいから問題ないと私はここを離れなかった。

せっかく徒歩十分のところに丁度いいランクの高校があるのに、知らない土地で知り合いもいない学校に通うなんて面倒くさい。

兄が要らないと言って置いていったシエちゃんの存在もあり、最終的には両親も好きにしていいと折れてくれた。

ＡＩのシエちゃんにとって栄養管理はお手の物。メニューの提案からレシピ検索、料理中のアド

バイスもしてくれるので、私が作れる料理の種類も自然と増え、食生活には困っていない。

まぁそんなことは置いておいて、私は光伸から貰ったまま手に提げていた紙袋をチラリと覗いた。

「ところでこれ何？　見ていい？」

「どーぞ」

勧められて袋から薄い箱を取り出す。出てきた物をくるりと回して眺めると、パッケージの表には美しいイラストとタイトルらしき文字と、ＶＲの表示。

「えーと……ロイヤルガーデン、オンライン？　ゲームソフト？」

「そう。俺が今やってるＶＲＭＭＯなんだけど、面白いから南海もどうかなって思って」

ＶＲ……ということは、どうやら家庭用ＶＲシステムのソフトらしい。しかもＭＭＯ。その単語は一応知っている。要は沢山の人と一緒にやるゲームだ。

イラストには剣や盾を手に持つ青年や杖を構えた美しい女性を中心に、色々なキャラクターが活き活きと描かれている。

見たところ昔から定番の、古めかしい中世風ファンタジー世界を舞台にしたゲームらしい。ベタだけど、それ故にいつでも愛されている題材だし、私も好きなジャンルだ。

「ファンタジーで、ＶＲで、ＭＭＯかぁ……そういえば、ミツは最近何かにハマってるって言ってたけどこれ？」

「ああ、今はずっとこれやってるんだ」

「私、ＶＲゲームってほとんどやったことないんだよね」

ゲーム自体は結構好きなのだが、私が遊ぶのは主にパソコンやタブレットなどの情報端末で出来る簡単なゲームか、昔からあるテレビゲームのみだ。

娯楽分野でもすっかり主流になったＶＲシステムだが、使用には年齢制限があり小学生以下は使えない。そのため子供向けのビデオゲームはまだ存在していた。

その中でも私が遊ぶのは、ファンタジー系のＲＰＧや農場を運営するような一人用のゲームばかりなんだけど。

「ＭＭＯは？」

「タブレットで出来るのをちょっとだけやったことあるよ。何だかあんまり合わなくてすぐ止めたけど……やっぱり古いゲームのほうが単純でやりやすくてさ」

「南海はレトロゲーマニアだもんな」

光伸のその言葉に私は思わず眉を寄せた。

確かにゲームは私の趣味の一つだし、古いゲームで遊んでいるのも事実だが、別にマニアな訳では断じてない。レトロゲームのマニアだったのは懐古趣味だった兄のほうで、私ではないのだ。

ただ私には、選択肢がなかっただけで。だから私はそう呼ばれるのが好きじゃないと、この幼馴染みは知っているはずなのに。

「ミツ……」

恨めしげな声を漏らすと、光伸はハッと顔を上げて慌てて両手をバタバタと横に振った。

「あ、いや、お前の事情はもちろんわかってるって！　運痴だからって気にすんなよ、このゲーム

なら大丈夫だからさ！」

遠慮のない言葉が私の胸をぐさりと抉った。今自分にＨＰ表示があったなら確実に半分は削られたに違いない。

そう、実は私はいわゆる運動音痴だ。それも重度の。

ボールを投げれば足元に落ちるか明後日の方向に飛んで行き、走り出せば三十メートルで力尽き、水に入れば沈んでしまう。

周囲の人々からは、運動神経がそもそも存在していないに違いない、などと言われる始末だ。

その運動音痴ぶりはゲームにも遺憾なく発揮され、シューティングを始めれば五秒で撃墜され、アクションや格闘に至っては技の一つも出せないという事態に陥る。反射神経も鈍いようで、テンポの速いゲームにはボタンを押す指が全くついて行けないのだ。

それゆえ私がプレイするのは、運動神経が全く要らないＲＰＧやシミュレーションＲＰＧなどに限られていた。

しかもより単純さを求めて、兄が引っ越す際に譲られた大昔の古いゲームとソフトを今でも愛用していることは、家族以外では光伸を含むごくわずかな友人しか知らない秘密だった。

……私だって一応、ＶＲ端末を買ってもらったときに端末に付属していたスポーツゲームで遊ぼうとしてみたことがあるのだ。

しかしシステムが合わなかったのか、残念ながらどのスポーツも全くまともに遊べなかった。

アシストをガチガチに入れてどうにか、というところだったが、そこまでしたら自分で体を動か

している感覚も薄く、面白くなくてそれ以上の挑戦は諦めてしまった。

とにかくそんな感じで、私の場合運動以外の能力は普通なのが救いだが、それ一つがいっそ非凡なくらいのマイナス値を叩き出している。

もうとっくに諦めはついているが、それでもずばりと言われて悲しくない訳ではない。

「……何か急にダイエットしたくなってきたなぁ」

「止めてくれ！　いや、ええと、言い方が悪かった！　すいませんでした！」

来週の夕飯はうんと質素にしてやろうかと考えていると、光伸は慌てて私に謝り、ＲＧＯの箱を引ったくってそのパッケージの裏面の文章を指差した。

「ほらここ見てくれ！　これを南海に薦めようと思った理由がちゃんとあるんだって！」

「理由？」

「ほら、魔法職と多種多様な魔法があるって書いてあるだろ？　このゲームは魔法職なら運動神経がなくてもあんまり問題ないんだよ！」

魔法、という言葉に少しばかり興味をそそられた。

光伸の指差す場所をさっと読むと、確かにそこには様々な魔法を扱える職業を実現した――、というようなことが書かれている。

「そういえばＶＲゲームって魔法を使えるソフトが意外に少ないって聞いたことあるけど……これは使えるんだ？」

「そうそう。そういう意味でもこれは発売前から注目度が高かったんだぜ」

ＶＲゲームソフトは色々な物が次々に発売されているが、意外にも魔法の概念がある物は少ないという話は私も聞いたことがある。

シューティングやアクション、剣術や格闘のみが採用されたＲＰＧなどは多く発売されているのだが、魔法は出てきてもあくまでそれらの補助的な道具という扱いの場合が多い。

あるいはＭＭＯのような形ではなく、一人プレイ用のゲームになら採用されていたりとか。

魔法を多く盛り込んだＭＭＯも過去に幾つかあったらしいが、あまり名を聞かないところをみると良作とはいえなかったのだろう。

「魔法って、何でＶＲゲームでは流行らなかったんだっけ？」

「あー、何か色々あるんだけど……たとえば派手で邪魔だとか、強すぎてバランスが崩れてクレームが出たとか、使ってから発動するまで暇すぎて嫌がられたとか……そういうのが多い感じかな」

魔法の概念を取り入れる際のゲームバランスの難しさとか、起こせる現象の再現性の問題がどうこう、多人数型ゲームだとエフェクトが干渉して問題が、とか何とか。

光伸のそんな説明から考えてみると、確かに完全没入型のＶＲゲームならではの難しさがありそうだ。

「これは、その辺解決してるから大丈夫！」

そう言われると、私の胸の内にもじわりと興味が湧いてくる。

「……本当に運動神経いらない？」

「いらないって！　それにそもそもVRゲームは自分の生身の体を使ってプレイするわけじゃないしな。運動が苦手でも、ゲームの腕にはあんまり関係がないらしいぜ」

それは私にとっても大分希望が湧く話だ。もしそれが本当なら、私だってゲームの中でなら華麗な剣術や格闘なんかができてしまうかもしれない。

「それなら、もしかしたら私もかっこよく剣を振り回したりできるかもしれないってこと？」

期待を込めてそう問いかけると、光伸は一瞬顔を強張らせた。その反応が返答のような気がして、私は思わず肩を落とした。無理なら、期待させるようなことを言わないでほしかった。

「あっ、悪ぃ、違うって！　んーと、その……多分南海にも剣とか使えるとは思うんだけど……でもできれば、南海には魔法職やってほしいかな、なんて」

「へ？　なんで？」

妙に言い辛そうな態度で魔法職を薦められ、疑問を感じて問いを返す。

光伸はその問いにしばらく言い辛そうに口ごもり、それからもごもごと口を開いた。

「えーと、その、俺がよく一緒に遊んでるメンバーの中に、今魔法が使える人があんまりいなくってさ。攻略の時とか、たまに困ることがあったりするんだよな。だから、南海が今からゲーム始めるなら、良かったら魔法職選択してくれればバランス的にも助かって一緒に遊びやすいかなー、なんて……」

「はぁ……なるほど？」

なるほど、とは言ったものの、私はますます首を傾げた。

光伸がいつもどんなメンバーで遊んでいるのかは知らないが、どうやら仲間のやっている職業に大分偏りがあるらしいことはわかった。しかしRGOは魔法の実装が売りの一つであるゲームらしいのに、魔法職と非魔法職の比率がそれほど偏るのも不思議な話だ。

それに魔法職というのはどんなゲームでも、ソロでプレイするには向いていない職業だ。普通なら仲間を探そうと思えば幾らでも見つかるように思える。

このゲームの知識に乏しい私でも感じる違和感に、少しだけ嫌な予感を覚えた。

「このゲーム、魔法が期待されてたって言ったよね？　なのにミツの知り合いには魔法職の人が少ない？　街でパーティメンバー募集とかすれば、魔法職の人ってすぐ見つかるんじゃないの？」

「あ、う……うん、その」

怪しい。どう見ても光伸の態度は怪しいとしか言いようがない。

「ミツ？　何隠してるのかな？」

「や、な、何も……」

目を逸らしてなおもしらばっくれようとする光伸を睨みつけたが、なかなか口を割りそうにない。

私はハァ、と少々大げさにため息を吐いた。

「来週は煮込みハンバーグやオムライスを作ろうかと思ったけど……なんか急にメザシと味噌汁が食べたくなったなぁ」

「うえっ!?　煮込みハンバーグ、俺の好物！」

胃袋から攻められた食べ盛りの男子高校生が陥落するのは早かった。

私に促され、諦めた光伸はしぶしぶとRGOでの現在の事情を話し出した。

「……そのな、実はRGOは最初は当然魔法職が大人気で人口もかなり多かったんだけど、今ではその……大半の人がキャラの作り直しとかしちゃってて、あんまり魔法職を続けてる人がいないんだよ」

「キャラの作り直しって……普通相当悩むことじゃない？　じゃあ、今は魔法職の人少なくなったの？」

「そりゃもう激減だよ。俺は最初から戦士系を選んだけど、仲間は何人も魔法職から方向転換したしな」

「何で？　魔法職が弱いとかなの？」

首を傾げつつそう聞くと、光伸は首を横に振った。

「弱くはないんだよ。単純な火力は確かにすごいし……だけど、魔法を使うのがとにかく面倒なんだよな。呪文を口で唱えないとなんだけど、その呪文を間違えると発動しないし、しかもどれもかなり長いし」

「え、呪文、自分で唱えるの？　全部？」

驚いて目を見開く私に光伸は頷き、ため息を吐く。

「簡単に唱えられると火力が強すぎるからバランスをとるためっていうことなんだけど、戦闘中ってどうしても焦るだろ？　大事な時にそれでうっかり噛んだりしたら周りから白い目で見られるし、運が悪けりゃ死んじまう。なんせ防御力は低いわけだしさ」

「あ、やっぱり魔法職は防御力低いんだ」

「そりゃ鉄板だからな。そういう短所があるからロール分けが成立して、パーティ組むのが面白いんだしさ」

ロール、という言葉の意味は一応知っている。要するに、盾役や回復役、攻撃役などの役割分担のことだろう。一人で何でもこなせる、なんていうキャラがいたら多人数で遊ぶ意味がなくなってしまうもんね。

「んで、始まりの街周辺の敵が襲ってこないような場所で、一撃で倒せる奴を相手にしてる頃は魔法職のほうが強く感じられるんだけど、そこを卒業する段階になると途端に相当辛くなるらしいんだ。そうなりゃ当然ソロは無理だろ？」

「それは無理っぽいね」

「うん。かといって、長い呪文を唱える間ずっと自分を守ってくれるパーティを全員が見つけられるかって言ったらそれも運だろうしな。色んな意味で茨なんだってよ」

光伸の話に私はなるほどと頷いた。そういう事情なら魔法職に人気がないのも納得できる。こうして話を聞いただけでも、なかなか面倒くさそうな職業、という印象が強く残る。

しかしそんな話を聞いてしまうと私だってあえて魔法職を選ぼうという気が薄れてしまうんだけど……。

「事情はわかったけど、それを知ったうえで私に魔法職やれって、ちょっとひどくない？」

「う……それは謝る。ごめん。けど、魔法職がいてくれないと困ることがあるのは本当なんだよ。

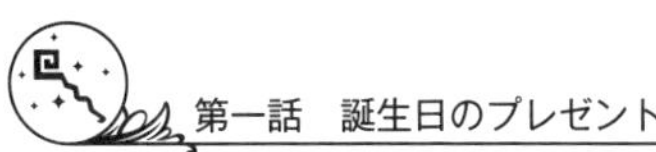

魔法じゃないと倒しにくい敵がいたりとか、進めないクエストがあったりとかもするし。それに、南海ならきっと魔法向いてると思うんだよな」

聞けば、苦労しつつも魔法職を続けている人も一応ある程度はいるらしい。

だがそういう人は大抵固定パーティを組んでいて外に出てこなかったり、魔法職必須のクエストの助っ人を高額で請け負う業者めいたプレイヤーが多かったりで、色々と問題が多いのだという。最近では何も知らずにこのゲームを始めた初心者魔道士を囲い込もうと、始まりの街に交代で詰めて張っているパーティも出る始末らしい。

超売り手市場なのにそれでもなり手の少ない魔法職。

話を聞いて考えているうちに……何となく逆に興味が湧いてきた。

うう、まずい。実は私はク○ゲーには逆に燃えるタイプなんだ。逆境だと思うと思わず立ち向かいたくなる気がするのだ。運動以外は。

「な、どうだ南海？　お前ならかなりいけるって！　南海は運動神経はそりゃアレだけど、記憶力はいいしさ。記憶力いい奴って魔法職向いてるんだってよ。それにお前、たまに腹立つくらいマイペースで慌てたりしないし、呪文唱えるのも向いてるって！」

運動神経その他はかなり余計なお世話だったが、確かに記憶力にはそこそこ自信がある。

取り柄と言えるのかは実に微妙であるが、まぁ褒められて悪い気はしない。しかしそれ以外がどん底か普通程度であることを考えると、あまり素直に喜べない。

それでもその取り柄が多少なりとも活きるかも、と思うとさらに気持ちが揺らぐ気がした。

　私の気持ちが揺らいでいることを察したのだろう。光伸は急いで自分の携帯端末を取り出し、画面を操作して何かのアプリを表示して私に見せた。

「な、頼むよ。あとさ、このＲＧＯの外装カスタマイズアプリのコンバート料金とかも俺が払うから！」

「外装カスタマイズアプリ？」

「そそ。ＲＧＯは普通にキャラメイキングすると、プレイヤーの脳波から現実の外見情報を取得して、それをベースにして外装が作製されるんだけどさ」

「現実の？　うーん、それはちょっとやだな」

　私はゲームなら、自分自身じゃなくてもっと違う姿になってみたい派だ。

「だろ？　デフォルメされてっからリアルの外見そのままにはなんないんだけど、普通だと変更できる項目や使用出来るスキンってある程度幅が決まってるんだよ。けどこのアプリを使えばそれより遥かに細かく、自分の思い通りの見かけに出来るわけ。どんな美形だって思いのままだし、性別も年齢も好きに変えられるから、ちょっと大人目のお姉さんだって、ロリっ娘だって好き放題！」

「あー……そういう感じのキャラにはあんまり興味わかないかな？」

「そうか？　でもお前だってなってみたいキャラクターとか、理想の姿の一つくらいあるだろ？」

　理想の姿……それは確かにある、かも。

　アプリはネットに繋がる端末なら大抵のものにダウンロードできて、使うだけなら無料らしい。

　しかしそのキャラデータをＲＧＯにコンバートするのに、一キャラ幾らとわずかながら料金が掛かるとのこと。意外と細かいところでお金を取る運営方針のようだ。

「な、魔法職になって、一緒に遊ぼうぜ。俺とパーティ組めば、ソロが無理になってもフォローできるし。絶対面白いから！」

「んー……そうだね、やってみようかな」

ソフトも貰ったんだし、初めてのVRゲームに挑戦するいい機会かもしれない。

まさか光伸はゲーム内で女の子だったりしないだろうな……と少々危惧しつつ、私はそのアプリを教えてもらって家でダウンロードしてみることにした。面白そうなので、コンバートの費用は自分で出すと断って。

性別も年齢も思いのままという光伸の言葉で、私の心は決まっていた。

ひょっとしたらこのソフトを使えば昔から憧れていたあんな姿になれるかもしれない。もしそれが実現するなら、魔法職で多少の苦労をしようともメリットは十分だ。

憧れのあの姿に一度でいいからなれるなら。

それは私にとっては何よりの誕生日プレゼントだった。

「というわけで、ミツから誕プレにこれ貰ったんだよ」

『それは良かったですね。けれど南海は、私が今朝あなたの誕生日だとお知らせしたのに聞き流したことを反省すべきと考えます』

プレゼントを受け取って家に帰った私は、さっそく今日の出来事をシエちゃんに話した。

その流れで、朝一のシエちゃんの連絡事項を聞き流していたこともバレたのだけど。

「それはごめんって」

『南海が朝スッキリと目覚められるよう、起こし方に改善の余地がありそうです。それで、そのゲームをプレイするのですか？』

「改善はいいよ……ゲームは、一応やってみるつもり」

『その系統のゲームは月額使用料が掛かるものが多いですが、詳細を確認しましたか？』

シエちゃんの質問に頷く。一応その辺は光伸から説明されていた。

「月額使用料は掛からないけど、プレイするのにナノチップがいるんだって。シエちゃん、どんなのが必要か検索してよ」

『わかりました。ではパッケージの裏面を画面に向けてください』

そう言われたので、手にしていた箱の裏面をシエちゃんのホロモニターに向ける。シエちゃんはサッとスキャンすると、対応するナノチップ番号を検索してくれた。

『使用するのは耐用期間が三ヶ月の感覚同期補助型有機ナノチップのようです。期間が過ぎると体内に分解吸収されるので、その都度購入して更新が必要です』

「高いやつ？」

『いいえ。一応最新型ですが、汎用品で低価格帯の物です。月ごとで割れば南海のお小遣いでも十分継続購入が可能な金額と判断します。初回分のナノチップは同梱されているとのことです』

どうやらその三ヶ月ごとの購入費用が、月額使用料代わりとなるようだ。それも私が軽く出せるくらいで、特にためらうような値段じゃなかった。

「それなら良かった。ね、その感覚補助って、どんなことしてくれるやつ？」

『ＶＲ内での味覚や嗅覚、触覚などの補助と、本人の能力を参照しＶＲアバターにある程度反映する機能があるようです』

「本人の能力……」

それは運動神経も含めてということかな。

『高品質ではありませんので多少補正が付く程度のものかと。それよりもＶＲ内での感覚補正に重点を置いたタイプですので、ゲームの中でも現実とほぼ同じ味や匂いを感じるはずです。恐らく色々な料理などがあるのでは？』

ということは美味しい料理がゲームの中でも食べられるのかな？　それは嬉しい話だ。

「何か珍しい料理が食べられるといいなぁ。楽しみになってきたかも」

『現実でもちゃんと食事をしてくださいね』

「わかってるって！　さて、じゃあご飯食べたらキャラメイクしてみようかな」

『本日の課題とお風呂を先にしたほうがよいですよ』

「はいはい」

シエちゃんはいつもながら、生活に関してはなかなか口うるさいのだ。

それらの日課をゆるゆるとこなして、私はすぐにカスタマイズアプリをタブレット端末にダウンロードしてキャラクターメイキングを始めた。

このアプリはさすがに公式のものだけあって、種族、性別、初期職業など基本的な項目から始まり、容姿の詳細へと移ると、とにかくアレコレと細かく設定できた。

確かにこれならば多少料金が掛かっても、使うアバターに拘りがある人にとってはタダ同然かもしれない。実際のところかなりのプレイヤーが使っていると、光伸も言っていたし。

きっとゲームの中は美男美女で溢れているのだろうと思うと、何だか少しばかり笑える気がするけどね。

「うーん、顔のバランスが難しいな……」

『南海の理想像を教えてもらえば、おおよその設定数値が助言できますよ』

「ホント？　じゃあお願い！」

シエちゃんのその提案に私はもちろん飛びついた。

鼻の高さはこのくらい、目の大きさはこんな感じ、とネットで検索した理想に近いキャラや人間の画像を参考に、アドバイスを受けてあれこれと決めていく。

「髪の長さは……もう少し長くしようかな。結べるくらいはほしいよね……色は、やっぱり銀かな？　うーん……」

画面に映ったキャラクターの髪の毛を肩より少し長いくらいに微調整し、色をうんと薄くする。

背丈は悩むなぁ……理想は高めだが、現実の自分とあまりに差があると動かすときにずれが出て困ることもあると聞いたことがあるからだ。慣れない体格にして転んだり頭をぶつけたりしても困る。

結局光伸と魔法職を選ぶ約束をしたので、種族は魔法系のステータスに上乗せのあるエルフだ。ファンタジーものでは定番の種族で総じて背が高いから、あんまり低くすると浮くかなぁ。プレイしたらぜひ自分の耳に触ってみようと考えつつ、その尖り具合を調節する。

見た目はこんなもんかな……あ、あとまだ大事な項目が残ってるね。

「サンプルボイスは……んー、何か違うな……シエちゃん、この外装に合う声って作れる？」

『理想に近いような実在の人物がいるのでしたら、サンプリングして近い声になるようパラメータを調整することは可能です。それ以外だとその性別や年齢から大体の平均値を出すことも出来ます』

「うーん、実在の人物に寄せすぎると問題あるかな……じゃあ平均値の声と、それに近いのをいくつか作って聞かせてくれる？　良さそうならその中から選ぶから」

アプリの中に入っているサンプルボイスにはあまり気に入る声がなかったので、シエちゃんに手伝ってもらって理想の声を探す。しかしこれも、色々聞いてみると迷ってキリがない。

頭の中に明確なイメージがある分、細部には色々と拘りたくなってしまって思ったより時間が掛かるのだ。けどあまりにも自分のイメージ通りだと気恥ずかしさも湧く気がするので、少しは変えて……などとやっていると、時間はあっという間に過ぎていった。

結局、私は約三日間をキャラクターメイキングに費やし、光伸とゲーム内で待ち合わせの約束をした週末を迎えた。

『南海、今日はゲームをする約束の日だと思いますが』

「あ、うん、そうだよ」

休みの朝、朝食を食べているとシエちゃんが声を掛けてきた。光伸との約束は朝の十時だ。まだ二時間ほど時間がある。

『それを食べ終えたら有機ナノチップを事前に投与しておくことをお勧めします。ナノチップは生体に馴染むまで一時間ほどの時間を必要とします』

「あ、そうなの？　わかった、ありがと」

期限が勿体ないからと、ナノチップを使うのは始める日にしようと思っていたのだ。

少し急いで食事を済ませ、ＲＧＯのパッケージから同梱の有機ナノチップインジェクターを取り出す。見た目は銀色の細いボールペンのような物だ。

「これってどこでもいいの？」

『首の後ろなどの、大きな血管や骨のない筋肉部分が推奨部位です』

「はーい」

言われたとおり、首の斜め後ろ辺りにインジェクターを当て、頭のボタンをポチリ。

何の音も痛みもなく、それだけで終わりだ。

『チップが正しく投与されたことを確認しました。あとは馴染むまでしばらく安静にしてください』

「じゃあ、情報サイトでも見てようかな」

端末で情報サイトを眺めながら、待ち合わせの時間を待つことしばし。

やがて約束の時間を迎え、私はシエちゃんにひらりと手を振って、初めてのＶＲゲーム、ＲＧＯの世界にようやく旅立った。


パスワードを口頭で入力し終えると、その言葉に反応して小さな機械音が端末から響いた。うっすらと天井が見えていた視界が急に暗くなり、次いで暗闇の中にパチパチと白い光が弾ける。それを見ていると意識が一瞬遠のくような錯覚に襲われた。

目を瞑る間もなく自分の体と意識がどこかに投げ出されたような軽い浮遊感を感じ、ハッと気がつくと私は白と青の空間に立っていた。

仮想ショッピングモールや、映像学習用コンテンツにログインした時とはまた違う雰囲気に軽く目を見開く。

どこまでも続く平らな地面は白く、その白を切り取るように青い空が広がっている。色の境目がなければ空も地面も意識できないだろうと思うほど平面的な空間だった。

そして、その空間にぽつんと佇む異物が一つ。

私は自分の立っている場所から少し先に支えもなく立っている扉に目を留め、そこに歩み寄った。

手を伸ばしてドアノブに触れると、ポーン、と可愛らしい音がして扉の前に半透明のウィンドウが開く。

ウィンドウには簡単な一文とＹｅｓ、Ｎｏの項目が書かれている。

『アカウントＮｏ：ＸＸＸ－ＸＸＸ－ＸＸＸＸ――外部からコンバートされたキャラクターデータが一件存在します。それを使用しますか？』

Ｙｅｓの項目に指で触れるとウィンドウが消えた。

顔を上げると目の前でゆっくりと扉が開き、どこかから女性の声が響く。

『新たなる旅人よ、グランガーデンへようこそ』

開いてゆく扉の向こうから眩しい光が差し込み、思わず目を細めた。広がる光に視界が白で埋め尽くされ何も見えなくなる。

眩しさに片手で目を覆い、歩き出すこともできず扉の前に立ち尽くした私の視界を白が覆い隠してゆく。

立ち尽くしていたのは一瞬のことだったらしい。気がつくと私の周りの景色はまた一変していた。細めたままだった目を見開けばそこに映るのは白ではない色彩。艶やかな石畳と巨大な石柱が作る広い空間。

ここは全てのプレイヤーが初めに訪れる始まりの神殿だ。

マニュアルでそう読み、写真も見たはずなのに私は高い天井を呆然と見上げた。

ショッピングモールの可愛らしくコンパクトな店が並んだ空間や、学習用ソフトの無機質さしか知らない私にはその光景は十分驚きに値するものだった。

仮想の物だというのに、神殿という名に相応しい神々しさすら感じてしまう。

気の済むまで天井を見上げた私はやがてゆっくりと視線を下げ、ふと腕を持ち上げて自分の両手をまじまじと見つめた。下を向いたことで横の髪がはさりと落ち、緩いウェーブのかかった長い髪が視界に入る。

それを一房手にとって弄ってみると、指先に柔らかい毛の感触が確かに伝わる。その色は確かに自分が設定した銀灰色で、思わず頬が緩む。

「こんにちは」

唐突にかけられた声に私はハッと顔を上げた。

自分の髪を弄りながらにやけていたところを誰かに見られたことに一瞬狼狽したが、声をかけてきた相手に視線を向けてすぐにその心配が杞憂だったことに気がつく。

いつの間にか横に立っていたのは栗色の髪を後ろで束ねた、穏やかな顔つきの女性だった。女性の頭の上にはＮＰＣであることを示す緑色の逆三角の小さなマーカーが浮かんでいる。

良かった、ＮＰＣ相手なら多少にやけた顔を見られたところでどうということもない。

そう判断したが、私は彼女に向かって一応軽く会釈を返した。

「こんにちは」

「ようこそ、異界より来たりし新たな旅人様。この神殿では旅人にこの世界の簡単な説明をしております。説明を聞いていかれますか？」

女性は柔らかな笑顔と共に決められたセリフを滑らかに紡いだ。

ＮＰＣだと解っていてもそれに笑顔を返したくなるような姿に驚きつつ、首を横に振る。

「いえ、大丈夫です。ちょっと待ち合わせがあって、急いでるので」

ここでチュートリアルを受けても構わないが、特に報酬はないと聞いている。なら、今は時間が勿体ない。

「そうですか。それでは身分証の発行だけいたします。説明は後からでも受けられますので、興味がありましたらどうぞ」

女性はそう言って、細い両手を持ち上げて何かを持つような仕草をした。

次の瞬間、その手の間に黒い布張りの四角いお盆が現れた。上には幾つかの品物が乗っている。

彼女はそれらを細い指で順に指し示した。

「身分証はこのようなアクセサリーの形態をとっています。ご自分の職業や好みに合ったものを一つお選びください」

お盆に乗っていたのは指輪、腕輪、ブローチ、ピアス、ペンダントといったいくつかのアクセサリーだった。どれも精巧な彫りの入った美しい銀細工だ。

これは身分証というより、ステータスウィンドウを開くための個人端末だ。あらかじめ情報サイ

トで読んだので勿論知っている。私は迷わず腕輪の形態をしたものを手に取った。

指輪や腕輪の形をしたものは、それを嵌めた手を軽く振るとウィンドウが開く仕様になっているらしい。他の形態のものは、指で軽く二回タップするとウィンドウが開く。あとは音声入力でも開くらしい。

情報サイトによれば魔法職には腕輪の形の端末がオススメとの話だった。

魔法職はどうせ籠手などは装備できないので邪魔になることはないし、魔力補正の効果のある装備には指輪の形をしたものが多いので指は空けておいたほうがいいとのことだった。

情報サイトにも目を通しておいて良かった、と思いながら選んだ腕輪を左手に近づける。しかし手を入れようにも、輪の大きさが私の手より大分小さい。

大丈夫かな、と思わず心配したがそれは杞憂だった。手に嵌まらないかと思えた腕輪はパッと光を放ち、次の瞬間にはキッチリと手首に収まっていた。

うん。何かファンタジーでいいね。

感心して思わず微笑むと、それを見届けたＮＰＣも明るい笑みを浮かべて頷いた。

「こちらでの手続きは以上でお終いです。もし身分証の形態を変更したい時は、またこの神殿をお訪ねください」

「わかりました。どうもありがとう」

ＮＰＣとは思えないほどの自然な笑顔につられ、何となく丁寧に頭を下げて礼を述べた。

彼女はそれに応えるように大きく右手を挙げ、何本もの柱の向こうに見える大きな扉を指差す。

「それでは、始まりの街ファトスへ行ってらっしゃいませ。貴方の旅に始まりの王の導きがありますように！」

ギギィ、と大きな音を立てて出口の扉が開く。

出口に近づき扉が開くのを待っていた時、扉の脇の柱に大きな鏡がついていることに気がついた。

近寄ってその鏡を覗き込むとそこにはタブレットの画面で見慣れた、けれど見慣れない自分の姿が映っていた。

これが今の自分の姿だと解っているのに不思議な気がして右手を挙げる。鏡の中の人も同じように向かい合った手を挙げるのがどうしてかとても可笑しかった。

そういえばさっき会話をした時も、発した声がいつもと全く違っていたことを思い出す。

「あー、あ、うん……ふふ」

小さく呟いてみると、拘って作った通りの声が聞こえる。普段の自分とは全く違う姿や声が嬉しくて思わず微笑み、あげくに鏡に映ったその笑顔に見入りそうになってしまった。

ガコン、と扉が開ききる音にハッと我に返り慌てて頭をブルブルと振る。

これではまるで変態だ、と自分を叱咤し、私はゆっくりと開いた扉の向こうへ歩き出した。

扉の向こうに見えるのは石畳と、青い空。

今日のグランガーデン大陸、ファトス地方はどうやら快晴のようだった。

▼第二話
冒険の始まり

「うわぁ……広いね」

神殿から見下ろしたファトスの街はかなり大きかった。

始まりの神殿は街の北側の高台に建っており、神殿から街へと続く長い石段の上から街を見下ろすのはなかなかの絶景だ。

街の大半が見下ろせてしまいそうで、人が無数に行きかう通りをつい熱心に眺める。

このゲームが発売されてからもう一月ほど経っているので、ファトスから旅立った人も随分いるという話だが……見たところまだ街は賑やかそうだ。探索するのが今から待ち遠しい。

けどその前にまずは待ち合わせの場所にいって、光伸と合流しなくちゃね。

この石段を下りきった所には大きな広場があると聞いている。そこにある噴水の前が光伸との待ち合わせ場所だ。

初期装備であるぺらぺらの布のローブの長い裾をひょいと摘み、私は軽い足取りで石段を下り始めた。生身でない為か身体が随分と軽い気がする。

いつもならこんな階段を上るのも下りるのも絶対にごめんな身の上としては非常に喜ばしく、自然足取りも速くなる。

少しずつ近くなる街並みは様々な色に溢れ、まるで鮮やかなモザイク画のように見えた。

私は景色を堪能しながらも足早に石段を下り終え、やがて広場に辿り着いた。

広場はどうやら待ち合わせの場所になっているらしく、立ち止まっている人や噴水の縁に座って

いる人が多かった。

輪になって談笑しているグループもいて、これからの予定でも話し合っているのか楽しそうだ。

そうしたプレイヤーに近づいて見てみるとやはり右も左も美男美女で溢れていた。全てがそうだとは言わないが、美形率はかなり高い。

ＲＧＯには人間、エルフ、ドワーフ、獣人の四種族がいるが、どの種族もこの街から旅を始めることになっている。

だからこの広場にもそれらの種族の美男美女が入り乱れている訳だが、その美にも少しずつ種族差があるらしいのも興味深い。

小学生くらいに見える子供の姿の人も何人かいて、背丈に似合わぬ大剣を背負ったりしているのはなんだか可愛らしかった。

それらを横目に見ながら私は噴水の方へと歩き寄った。

魔道士を示すローブを身に着けていると声を掛けられたりするかもしれないと事前に光伸に言われていたのだが、幸いにして誰かに止められることもなく噴水に近づく。

幾つかの視線を感じたような気もしたのだが、何故か誰も近づいてはこなかった。

噴水の少し手前で足を止め、周囲を見回す。頭の上に名前が表示されている人に注意して視線を向けた。

光伸はキャラクターネームを表示モードにしておくと言っていたのだ。名前はミストだと言っていた。

元の名前とあんまり代わり映えしない、と突っ込んで怒られたことは記憶に新しい。

見回していると少し先に探していた名前が浮いているのが目に入った。ミストと書かれた青い文字の下に、噴水の縁に腰を下ろす人物が一人。

現実の光伸より少し年上に見える男で、背丈も光伸よりも高そうだ。見た感じ、細身だが筋肉はありそうな体つきをしている。

そっと正面の方に回って眺めてみたら顔立ちは本人と似ておらず、キリッと整った精悍な印象のイケメンだった。

現実の光伸も見た目はさほど悪くないと思うけど、もっと童顔っぽいというか、年相応で温和そうな顔立ちをしている。前からたまにもう少し男らしい顔立ちに生まれたかったとこぼしていたが、どうやらそれをこの世界で実現させたらしい。

金色の短い髪の青年は外見に目立った特徴がないので、多分種族は人間だろう。簡素な茶色の革鎧に身を包み背中には大剣を背負っている。

アイテム整理でもしているのか、手元のウィンドウを熱心に見ている青年に向かって私はゆっくりと近づいた。

青年は人が動く気配でも感じたのか一瞬だけ顔を上げて私の方を見たが、すぐに興味を失ってまた視線を下ろす。

気付かれなかったことに気を良くしながら私は彼に声を掛けた。

「ミツ？」

呼びかけられた青年はパッと顔を上げた。そして声の主を探すように一瞬目を彷徨わせる。

その視線が確かに自分で止まったことを確かめ、私はもう一度声を掛けた。

「ミツだよね？」

「そうだけど、まさか……南海？」

うん、と頷くとミツことミスト青年は現実よりも幾分切れ長の目を大きく見開き、ぽかんと口を開いた。

かっこいい青年の間抜け顔というのはなかなか珍しい、と私は思わずくすりと笑う。

その笑いで我に返ったミストはパクンと口を閉じ、それからまた大きく開いて声を張り上げた。

「……ちょっ、ホントに南海かよ!?　何だよその格好！」

「間違いなく私だから、そんなに大きな声で名前を呼ばないでよ。名前なら上に表示されてるのを呼んで」

初期設定ではキャラクターネームは表示されるようになっている為、私の上にも当然名前が出ている。ミストは私の顔から視線を外し、顔を上に向けた。

「……ウォレス？」

「そうそう」

名を呼ばれたことで何となく嬉しくなって私は頷いた。その名前も、キャラに合いそうかとか、響きが良いかとか呼びやすいかとか、色々拘って考えたのだ。

ミストは相変わらず呆然とした表情を浮かべたまま、私の顔と名前に交互に視線を彷徨わせてい

る。どうやら驚きすぎて声が出ないらしかった。

　ここは仮想の世界なのだから現実の面影がなくても当たり前だし、外装をカスタマイズするアプリを紹介してくれたのはミストに他ならない。

　なのにここまで驚くとは。なんだか盛大ないたずらが成功したような気持ちになって大声で笑い出したかったが、ぐっと堪える。この姿で馬鹿笑いは少々好ましくない。

「驚いた？」

「ああ……俺、お前が、どんな美女だの美少女だので来ても驚かない自信はあったのに……」

「ミツ、一体私と何年の付き合い？　どんな姿でも自由な世界で、私がそんなありきたりなものになるとでも？」

「ああ、そうだよな……俺が馬鹿だった。お前がそんな普通の精神の持ち主じゃないってことを忘れてた……」

　普通じゃないってなんだそれは。現実の私は至極普通だというのに。

「失礼だな。いつもの私なんて、どこからどう見ても普通じゃない。普通すぎてつまらないくらいだから、ゲームではこのくらいがちょうど良いと思うんだよね」

「どこがだ！　普通の女がそんな外見選ぶか！」

「こら、そんな大声でばらすな。中の人などいないってことにしとくのがマナーだろう」

　何故かひどくショックを受けているらしい幼馴染みの頭を平手でぺしっと一発叩く。

　どうせ光伸のことだから何かまたおかしな妄想でもしていたんだろう。

男というのは案外夢見がちなところがあるが、光伸もその例に漏れない部分がある。いい加減幼馴染みの女の子とかいう単語に夢を見るのを止めればいいのに。

近所に同じ歳頃の女の子が少なく、幼少期に兄や光伸を始めとした男子とばかり遊んできた私は、見かけはともかく中身はあまり女の子らしくは育たなかった。

運動が関わる遊びこそ一緒には出来なかったが、それ以外の家で出来る遊びやボードゲームなんかは兄の影響もあって男子向けの物でよく遊んでいた。

そのせいで小さい頃はもっと口調も男の子っぽい感じだったし、夢を見る余地はそうないと思うんだけども。

今は口調だけはシエちゃんの指導により多少矯正されたが、私の女子っぽくない性格は個性だと思って開き直っている。平凡の代名詞のような私としては、そのくらいの多少の個性は大事にしたい。

そういう訳で、私は仮想の世界では思い切り自分の理想を体現することにしたのだ。

普段は同い年の女子たちに溶け込むべくそれなりに頑張って擬態している分、たまにはそういうのを捨てて伸び伸びしたいよね。

まだぶつぶつと何事か呟いている男は置いておいて、私はさっき神殿でもしたように自分の手を持ち上げて眺めた。

見れば見るほど、肌の質感まで実によくできている。

目の前のミストの青年らしい若々しい肌と自分の手を見比べ、その質感の差にうっとりとため息

を吐いた。己の枯れ枝のような指と少々かさついた肌が愛しい。

「お前……そんなもんにうっとりすんな！」

「うるさいよ、ミツ。いや、ミスト。そっちだってその格好になった時はどうせ散々鏡を眺めただろ？」

「う……そりゃ、まぁちょっとくらい」

「んじゃ人のことをとやかく言わない。私が理想の姿になれた喜びにちょっとくらい浸ったっていいじゃない」

理想と聞いてミストはがっくりと項垂(うなだ)れた。いちいちオーバーアクションな男だ。せっかくの美青年振りが台無しだ。

私は散々拘って長さを調節した、顔の下半分を覆う長い毛をするりと撫でた。

自分の顔に毛が生えているというのは初めての経験だが、その触感が素晴らしい。

傍の噴水を覗き込むと、ゆらゆらと揺れる水面に一人の男の姿がおぼろげに映った。

肩より少し長い銀灰色の髪と同じ色の睫(まつげ)に縁取られた瞳はよく見えないが、きっと設定画面で決めたままの綺麗な水色だろう。

すっきりと通った鼻筋は日本人の目から見ると少しばかり高すぎる印象があるが、それも理想通り。

口元は胸まで流れる髪と同じ色の長い髭で覆われている。顔のあちこちに刻まれた深い皺は、その過ごしてきた年月と蓄えた叡智を感じさせた。

背丈は現実の私より少し高いくらいで、身に纏った簡素な布のローブが必要以上によく似合っている。むしろ似合いすぎ、と私はうっとりと水面を見つめ胸の内で呟いた。

水面に映った男はどう見ても推定年齢七十歳以上。

その姿は既に魔道士としての風格を携え、中身が十七歳の少女とは到底思えない。

私——南海、こと魔道士『ウォレス』。

嬉しいことに、どこからどう見ても、彼は立派な——『お爺さん』だった。


「よろしくのう、青年」


愛を込めてウインクを送ったというのに、返ってきたのは悲痛なうめき声。

全く、我が幼馴染みながら失礼な男だ。


さて、そんな初めましての挨拶の後。

私とミストは広場の端にあるベンチに移動することにした。いつまでも固まっているミストを引っ張って促してベンチに座らせ、私もその隣に座り、それからマニュアルを思い出しつつ左手を軽く振る。

次の瞬間、私の目の前に四角いものがパッと現れた。薄い緑色で、うっすらと向こう側が透けて

見える四角い板のようなものが宙に浮いている。これがステータスウィンドウというやつだ。

板の一番上に表示されているのは、ウォレスという名。その下は現在の私のステータス。

まだ一桁の数字ばかりのそれをざっと眺め、端にあるボタンをポチっと押すと表示項目が切り替わる。白紙の多い地図に、装備品一覧、まだ空っぽのアイテムボックス。探していたのはフレンドという項目だ。すぐに見つかったが、当然そこにはまだ誰の名前も存在しない。

「ミスト、フレンド登録してもいいかな？」

横に座ってこちらを見たまま呆然としているミストに声をかけると、彼はハッと我に返ってこくこくと頷いた。

「あ、ああ、もちろん」

「ありがと。んじゃ、『フレンド申請、ミスト』」

ＲＧＯのシステムでは登録などをしたいプレイヤーが一定の距離内にいれば、申請の意思を声に出し、名を指定するだけで相手に申請が届く。

そうマニュアルに書いてあった通りに音声入力でフレンドを申請すると、隣のミストが視線を自分の正面に戻した。

ミストの前にも半透明のウィンドウが開いたが、それは私にはただの四角い板にしか見えず書かれている内容はわからない。自分のウィンドウも彼の目には同じように見えるのだろうと予測がつき、なるほどと納得する。

やがてポーン、と軽い電子音がして目の前のウィンドウに変化があった。

『旅人・ミストよりフレンド登録されました』と文字が出て、見ればフレンド欄に名前が一つ浮かんでいる。思わず嬉しくなって私は笑みを浮かべた。

「ありがとう、ミスト。今後ともよろしく」

「うん……なんか、南海だって思えなくて変な気分だけど、よろしく」

「それはお互い様だと思うけど。ミストだってミツとは似てないよ」

私のその言葉にミストも思わず苦笑を浮かべ頷いた。

「まぁ、確かにな。つい普段の憧れを色々入れちまってさ」

「うんうん、わかる。私もついつい拘っちゃって、時間がかかったよ」

そう答えてもう一度胸元に流れた長い髭を手でするりと撫でた。

柔らかな感触に思わず顔がにやけてしまう。

「……お前が老け専だなんて知らなかったぜ」

「馬鹿だなミスト。老け専というのは恋愛対象に年上を選んだ場合の言葉だろ。私のは全然違う」

ミストは馬鹿だと言われて拗ねたような顔を見せる。

せっかく見かけが精悍な青年になったというのに本人の態度が全く伴っていないところが惜しい。

「どう違うんだよ？」

「私の場合は、純粋な憧れだね。魔法使いって言ったらやっぱりどう考えても老人であるべきでしょ。叡智溢れる渋い老魔法使いは昔から憧れだったんだよね。マー○ンやガ○ダルフ、ダ○ブルドアとかさ！　それが実現するなんてもう最高だよ。こうなったからには見かけに恥じない素敵な魔法ジジイを目指すしかないよもう！」

そう、なにを隠そう私は子供の頃からファンタジー系の物語やゲームに出てくる魔法使いの老人が大好きなのだ。そんな私の幼い頃からの純粋な気持ちを老け専などという言葉で片付けてほしくはない。

私は己の抱く魔法ジジイへの愛を、十分ほどかけて切々と説いた。

生きた年月に応じて蓄えられた知恵と懐の深さ。若者を導く優しさや時に見せる厳しさ、そして老いたる身を投げ出し後進に道を譲る潔さ……などなど、魅力を語ればキリがない。

そんなことを語った結果、どうやらミストには私の愛の深さや純粋さがわかってもらえたようだった。さすがは幼馴染みだ。理解が早くて助かる。

何故だか少々うつろな目をしていたのは気になったが。

「つまりお前はジジコンなんだな……」

小さく呟かれた言葉は一応私に届いていたが、聞こえなかったことにした。

そんなこんなで魔法ジジイの魅力について分かり合えたところで、私は腕を振りもう一度ウィンドウを開いた。

ステータスの欄の下側には所持金が表示されており、その金額は初期に配布される1000Rとなっている。Rはこの世界の通貨単位、ロームの略だ。

「確か魔法職はまず魔道書を買うといいんだよね？」

「……あ、うん。ちゃんとマニュアル読んできたんだな」

「二回読んだし情報サイトも見てきたよ」

「おお、さすが。俺活字嫌いだからさ、マニュアルも読まずに始めちゃって結構苦労したよ」

「それもまた楽しみなんじゃない？　まぁとりあえず、まず買い物かな」

そう言って街の地図を確認し、商店街の位置を確かめてウィンドウを閉じた。しかし立ち上がろうとしたところをミストに止められた。

「あ、待てよ。必要な物は俺がもう買っておいたから大丈夫だぜ。あとクエストとかドロップで出た魔法職用アイテムもちょっと前から売らずに取っておいたのがあるからやるよ」

「え、悪いよ。まだお金払えないし」

「いいのいいの。誕生日プレゼントとはいえ、無理言って魔法職やってもらってるのはこっちだし。どうせ初期の魔道書なんて安いもんだし、他のも大したことないけど引き取ってくれると無駄にせずに済むしな」

ミストはそう言うと目の前のウィンドウに指を走らせた。

『アイテムトレード申請、ウォレス』

ミストが呟いた言葉に応えるように、私の耳にポーンという応答音が聞こえ、目の前のウィンドウに変化が現れた。

現れたのは『アイテムトレードが申請されました。許可しますか？』と書かれた文と、ＹｅｓとＮｏの文字。

Ｙｅｓを押すと、ウィンドウの表示が変わり、新しい画面が開く。

画面は幾つかに区切られ、私の持ち物やお金が表示されている欄が下のほうに出ているようだ。

ミストが手元で何か操作するごとにその上の欄にアイテムが増えていく。

どうやらトレードしたい品物を選ぶと、そこに表示されるらしい。

上の欄は一本の線で左右に区切られ、ミストが選んだ品は右に入っている。多分、私が何か選べばその左側にアイテムが移動するのだろう。金額を表示するらしき項目もあるので、お金と物のやりとりも出来るようだ。

私は自分のアイテムボックスを見たが、現在の持ち物と言えば、布のシャツ、ズボン、ローブと木靴という初期装備に１０００Ｒのみだ。

対価として払う物がないことを少々心苦しく思いながらも、この際ミストの好意に甘えることに決め、黙って彼の作業が終わるのを待った。

「えーっと……こんなもんかな。あ、これもか」

そう言って最後に革の靴を選ぶとミストはトレードを終了した。

私もウィンドウを操作してトレードを終了させ、アイテムボックスを開いて受け取った品々を眺める。

ミストから譲られたのは、魔道書が三冊に杖が一本、指輪が二つと、布の衣類の上位である毛織りの衣類のセットと革の靴。

「本当にいいの？　こんなに沢山」

「いいって。どうせどれも俺には役に立たないものばっかりだし。赤の魔道書Ⅰだけはここに来る前に買って来た奴だけど、それ以外はドロップ品とかクエストの報酬で要らなかった奴とか、あとは友達に要らないのを譲ってもらったのだからホントに気にすんなよ。つーか、本当は初心者にこうやってアイテムとか渡すのって、最初の買い物とかの楽しみを奪っちまうから、あんま褒められた行為じゃないいんだけどさ……このくらいは誘った責任ってことで、させてくれると嬉しいんだけどな」

「そういうことなら、ありがたく貰うよ」

どうやらミストは私の楽しみを必要以上に奪わないよう彼なりに気を使って、ドロップ品や人からの貰い物を中心に、なるべくありふれた物を選んでくれたらしい。それなら受け取るのも気分が悪くない。

もう一度礼を言うと、それより装備してみろと促され、まず私は毛織りのシャツやズボン、ローブを装備することにした。

装備の変更は、現在身に着けているものはそのままで、新しい装備を選べば勝手にそれに切り替わるシステムになっている。

画面を操作して装備を変更した瞬間、私の体は白い光に包まれた。驚いて自分の体に視線を落とすとその光はほんの一瞬で霧散し、気がつけば身に着けていたローブは生成り（きなり）から濃い灰色へと色を変え、生地も少し厚手になっていた。ローブの襟から中を覗けば下に着ていたシャツとズボンも、同じく生成りから薄い灰色とこげ茶へと変化しているようだ。

全体的に見るとすこぶる地味な毛織りの衣類セットは、デザインもどことなくもっさりとして野暮ったい。

その地味な衣類に身を包んだ自分の体をまじまじと見下ろし、私はぐっと拳を握り締めた。

「あ、ごめんな、それすっごい地味なんだ。けど数値は良いし最初の内は結構重宝する装備だか——」

「あああ、なんかこれいい、ガ○ダルフみたい！　渋い！　鏡見たい！　ありがとうミスト！」

恐らくあまりの地味さに絶句しているのだろうと予想し、せめて性能をフォローしようとしてくれたらしいミストの言葉をさえぎり、私は思わず感動を高らかに叫んでしまった。

ああ、たまらない、この地味さ！　これぞ正統派魔法ジジイ！

「お、お前って……」

手に入りやすいのに防御力が高く、序盤の魔法職オススメ装備と言われる毛織物シリーズは、実はその色やデザインの地味さが非常に不評な装備だったりするらしいことをこの時の私は全く知らなかった。

それを知った時はなんてもったいない話だと大いに嘆き、地味ローブの魅力についてミストに語り尽くすことになるのだがそれは余談だ。

喜びを隠し切れずつい立ち上がり、傍にあった建物の窓に映る自分を眺め回していたら後ろからミストの深い深いため息が聞こえた。

しまった、うっかり我を忘れてしまった。魔法ジジイには落ち着きは必須スキルだというのにこ

れでは失格だ。
コホン、と咳払いをしてミストの方へ振り向くと、彼は何故だか妙に疲れたような顔をしていた。
「あー、ウォレス……とりあえず鏡は後にして、魔法を試しに外でも行くか？」
「ぜひ！」

私とミストは二人連れ立って、しかしパーティは組まずに街の南門から外に出た。

私は今日ゲームを始めたばかりなのだから当然レベル一だし、ミストのレベルは十九だという。今組むとレベルに差がありすぎて、入手経験値から言ってもどちらの得にもならないからパーティは組まないということになったのだ。

レベル差が十くらいまでなら、多少の減少はあるけどお互いに経験値が入るらしい。けれど私たちはそれに当てはまらないし、さすがにこんな初級の狩り場ではそれをやる意味もない。

まだ私は魔法どころかこの体の扱いにも慣れていないしね。

とりあえず、まずはこの世界での体や魔法の扱いに慣れるべき、ということでファトスの街を出てすぐの草原を私たちは訪れていた。

「えーっと、『来たれ来たれ炎の子。其は暖かき灯火、燃え盛る焚き火。地を舐め風に踊るものよ、大いなる怒り宿した一筋の矢となれ』」

そこまで呪文を唱えると一瞬言葉を切り、本を手にしていない右手で目標のモンスターをぴたりと指差す。

『射て、炎の矢！』

呪文の最後の一節を唱えると、私の斜め上に浮かんでいた細長い炎の塊が、指差した方向に向かってかなりの速度で飛んでゆく。長さは四十センチくらいだろうか。

目標地点にいるのは猫くらいの大きさの、可愛らしいネズミのような生き物だ。

クルという名のその生き物は、ファトスを囲む草原を棲み処とする獣の一種らしい。草原に広く分布しており、冒険者が街を出て最初に見つける獲物の一つだとミストから聞いている。

勢い良く放たれた炎の矢は十五メートルほど離れたところにいたクルの一匹に狙いを外さず着弾した。キィィ、と細い悲鳴が聞こえ、草を食(は)んでいた獣が炎に包まれる。

私がじっと見つめる目の前で小さな獣はあっという間に焼き尽くされ、やがてその体はパチンと砕け散り光の粒子へと姿を変えた。チラチラと瞬く光の粒は私の方へと飛んでくると、体に吸い込まれるようにして姿を消す。

クルが炎に包まれた時はちょっとエグイと思えたが、こうして跡も残さずに消えてしまうならさほど気分は悪くない。そもそもこれはどんなに可愛くても所詮データなのだ。

私はそう己を納得させると、少し後ろに立って見守ってくれていたミストを振り返った。

「どうかな？」

「ん、まぁあんなもんじゃないか。初めてにしては噛んでないし、上出来だと思うぜ」

ミストからの評価にほっと息を吐くと、左手に持った本をパタンと閉じた。

「けど、いちいちこれは確かにちょっと面倒だね。最後の炎の矢ってだけで十分に思えるんだけど

なぁ」

「そうだよな。やっぱり同じような陳情がユーザーから山ほどあるらしいぜ。でもまぁ、実際魔法の火力はかなりのもんだからなぁ。今倒したクルだって、近接職が初めて狩るなら、四、五回は攻撃しないとだめなんだぜ？」

「そうなの？　本当は意外とＨＰあるのか」

「あと、結構小回りが利いてすばしっこいかな。一発入れるとアクティブになるし、足元をチョロチョロされると結構やりづらいんだよ。弓だったら獣に対する補正があるからもうちょっと攻撃が効くけど、やっぱり二回くらいは当てないとだって言うし……初めてじゃそれも難しいから、ナイフとかのサブの装備がないと辛いらしい」

それは確かに、ノンアクティブの敵を魔法で遠くから一回打つだけ、という魔法職とは大分違うね。

ノンアクティブとかアクティブというのは、敵の行動に関するゲーム用語だ。ノンアクティブのモンスターなら、傍に寄ってもこちらから攻撃しない限り敵対することはない。アクティブモンスターならその行動範囲に入れば問答無用で襲いかかってくる、ということ。

私がやったことのあるゲームにもその概念はあったので、そのくらいは一応知っている。

「その点魔法なら熟練度とかステータスが上がれば、さっきの魔法一つでクルの上位のポクルとポルクル辺りまで一撃でいけるらしい。だからその分詠唱が面倒だっていうのでバランスを取ってるわけ」

ミストの言葉に私はなるほどと頷いた。しかしある程度は納得したものの、それでも魔法を唱える時の不便さを思うと顔は明るくはならない。

「理屈はわかったけど……敵がノンアクティブで群れを作ってないこの辺ならいいだろうけど、それ以上の場所へ行こうとすると苦労しそうで火力が単純なメリットになるとは言いがたいかなぁ」

「まぁ、そんなに心配しなくても、もうちょっと魔法に慣れたら俺と一緒に遊べばいいさ。俺にも仲間がいるからすぐメンバー揃うし。それに初級の呪文ならどれも大体今のと同じくらいの長さだから、ある程度暗記したら杖と使い分けたらいいよ」

「使い分けか……うん、そうする」

私は手に持っている魔道書と同じようにミストに貰った杖を思い出し頷いた。

貰った杖は魔道書と一緒に装備することはできないためアイテムとしてしまったままだが、アレを使えばより魔法ジジイっぽくなるに違いない。本も良いが、杖もとても魅力的だ。

ふむ、と一つ頷いて私はまた魔道書に手を掛けた。もう少し試し打ちをしてみたい。

ハードカバーの小説本くらいの大きさの魔道書は、開くと勝手にパラパラめくれて真ん中辺りのページが出てくるようになっている。開いたページには三つの魔法の名が記されていて、私はその一番上の『炎の矢』という文字に指で触れた。

すると書かれていた文字がすっと変化し、そこに呪文が現れる。

それを口に出して読み上げると魔法が発動するという仕組みになっているのだ。

魔法職における主な装備は杖と魔道書の二種類だが、その二つの一番大きな違いがここだ。

魔道書は数多く存在するらしいが、大抵一冊につき三から五種類ほどの魔法が書かれている。必要ステータスが足りていればそれを装備し、実際に使うことでその魔法を覚えることが出来る。

ただしここで言う「覚える」とは「記憶する」のほうではなく、その魔法が使えるとシステム的に記録されるということだ。

だが己のデータに使えると記録されている魔法が増えても、その呪文を正確に唱えられなくては結局魔法は使えない。途中で間違うと魔法は失敗して発動せず、最初からやり直しになるのだ。

その点魔道書は開けば呪文が目に見える形で示されるので、それを間違えずに読み上げるだけでいい。呪文にはちゃんとフリガナまで振ってある。

では杖の利点は何かと言えば、装備時に上乗せされる魔法の威力に関わるステータスの値にあるらしい。杖で使う魔法は魔道書で使う魔法より威力が高い。特にその魔法が上位になるほどかなりの差が出てくるらしい。

ただし、当然魔道書と違ってカンペは出てこないので、使いたい呪文の全てを己自身で暗記するしかない。

その辺が、ミストが前に言っていた「記憶力のいい人は魔法職に向いている」ということの理由であるらしかった。

もっとも、さっき私が唱えた一番初歩の魔法でさえあの呪文の長さだ。魔法のランクが上がるごとにさらに呪文は長くなっていく。

その結果、強い魔法を使おうとすると、威力よりも正確さを重視して大抵の人は魔道書を使うこ

とになるのだとミストは教えてくれた。

とはいえ、魔道書に記されている魔法には限りがあるので、完璧に覚えていなければ手に入れた魔道書は全て持ち歩く必要がある。荷物は増えるし、敵の種類によっていちいち本を持ち替えないといけない点も、魔法職が不人気である理由の一つらしい。

その理由は確かに納得できる……と考えながら、私は先ほどやったのと同じように書かれた呪文を詠唱し、最後に指で目標を指定して魔法を発動させた。

キィ！　と高い声と共にまたクルが一匹炎に包まれる。

炎の矢の消費ＭＰは少ないが、私のＭＰもまだ少ないから大した回数は使えない。数多くの敵を倒そうと思ったらＭＰの回復手段も要りそうだね。

「とりあえず、少し練習したらレベルが上がらないうちに一度街に戻ろうぜ」

「え、レベル上げないほうが良いの？」

「ああ。街で職業チュートリアルのクエストやってからのほうが、レベルが上がったときのステータスに補正が付くんだ。そっちのがお得だぞ」

「なるほど」

ミストの言葉に納得して、私は慌ててレベルアップまでの必要経験値の残りを確かめた。

「ＲＧＯは一応レベル制だけど、スキル制も併用されててちょっと変則的なんだよな。だから単純なレベル上げの前に基本的なスキルは取っておいたほうが効率いいんだ」

「あ、そういう話、情報サイトで見たかも」

ＲＧＯはキャラクターを作る際に選べる職業が、たった二種類と極めて少ない。なんと戦士と魔道士しか選択の余地がないのだ。

しかもその最初の職業の選択も、初期のステータスと最初に装備できる武器防具の種類くらいにしか影響がなかったりする。

経験値を溜めてレベルを上げるところは変わらないのだが、レベルが上がっても変化があるのはＨＰやＭＰ、腕力や体力その他といった基本的なステータス、あとは幾つかの種族、職業特性くらいだ。

剣技や魔法といった戦うためのスキルは、訓練所で習ったりクエストをこなしたり、道具や魔道書を使ったり、といったことで覚えられる。

スキルにも魔法にも個別に熟練度があり、覚えた後はそれらを使うことで鍛えていくことになる。そして覚えたスキルや魔法、その熟練度、あとはレベルアップした時に使用していた武器防具の種類などによって、レベルが上がった時のステータスの上昇値に多少の差が出てくるらしい。

例を挙げれば、重たい大剣を装備して敵を倒しレベルが上がったとしたら、ステータスの腕力に＋１の上昇があったりするということだ。

その辺は例を含めて、情報サイトでざっと読んだ記憶がある。私がそう言うと、ミストはちゃんと予習してて偉いと笑って頷いた。

「じゃあ基本は大丈夫かな。進め方に個人差が出るから載ってる話が全部信用できる訳じゃないけど、参考にしとくといいよ」

「じゃあ、また暇なときに見ておくよ」

そんな風に、武器防具の選び方、得意とするスキル、戦闘スタイル、あとはクエストでの行動などで個人のステータスは次第に変化を見せていくらしい。そしてその結果が上位の職業へとクラスアップする際の分岐点となるのだという。

初期職業が二種類しかない代わりにか、最初の転職が可能になる平均的なレベルは十五、六くらいからと幾分早めに設定されているようだ。

職業は様々に分岐しているらしいが、一体幾つあるのか、条件は何か、などはわからないことが多く、まだ誰もが手探りをしている段階らしいけど。

ちなみにスキルを覚えるのにも武器防具を装備するのにも、それぞれに必要なステータスというのが決まっている。だがそれさえクリアすれば、戦士が魔法を使おうと魔道士が剣で敵を切りつけようと自由だ。

ただし、当然それらもその後のステータスの成長や上位職業へのクラスアップに影響してくることとなる。

つまり、最初の道は二つだけだが、あとはそのプレイヤーの数だけ選べる道があるという訳だ。

レベルに差があれば総合的な数値にも差が出ることになるが、育て方によっては極端な特化型なども目指せる為、プレイスタイル次第で低いレベルの者が高いレベルの者よりも活躍できるということもあるようで。

それはこのゲームを始めたばかりの私にも嬉しい話だ。

プレイしているからには立派な魔法ジジイとなって、いずれはそれなりにかっこよく活躍してみたいとちょっと思っているんだよね。
だがまずは千里の道も一歩から。
私はもう少し魔法の感覚を掴もうとまた本を開いた。

とりあえずクルをもう一匹倒した後はレベルを上げないようにするため、何もない地面に向けて何種類かの魔法を試し打ちした。

空打ちでも魔法を使えば当然MPが減っていく。なのでキリの良いところで一度街に戻って休憩することになった。

「で、どうだった？　魔法使った感想は？」

「うーん……面倒だけど、結構楽しいかも。もっと色々試してみたいね」

休憩に選んだ場所は南門のすぐ傍の喫茶店……というには規模が小さい店だ。

フレッシュジュースの露店の傍に椅子やテーブルを置いた店、というのが正解かもしれない。

ミストが奢ってくれたのは木イチゴっぽいものを絞ったらしきジュースで、酸味がさっぱりしてなかなか美味しい。

「そりゃ良かった。経験値どのくらいたまった？　レベル上がらないとこで止めとけよ」

「うん、それは大丈夫」

私は手にした木のコップの中のジュースを飲み干し、ステータスを開いた。

魔法職の面倒なところはＭＰが切れると何もできなくなるところだ。

このゲームではＨＰやＭＰは宿屋で休んだり、休憩して食事や飲み物をとったり、安くはないＭＰ回復薬を飲んだりという方法で回復ができる。他にもＭＰを回復するスキルがあるらしいのだが、あいにくまだ私は取っていないので仕方ない。

ジュースを飲んで回復したＭＰを見ながら、私はこれからの方針をぼんやりと考えていた。

「まぁ、最初は誰でも同じように時間がかかるから仕方ないな。俺だって最初は薬草ばっか買ってたよ」

「ミストは騎士系の職業目指してるって言ってたっけ？」

「ああ。でもまだ転職したばっかりだから、しばらく先かな。必要だっていう噂を聞いたから騎乗スキルも取ったけど、職業分岐の条件もまだよくわかんないんだよな。もうちょいセダの街の訓練所に通ったりしないとかもな」

セダというのはファトスの隣のエリアにある大きな商業都市の名だということで、そこには馬などに乗るためのスキルを取得できる訓練所があるらしい。

本当なら週末なんかは熱心に訓練所に行ったりレベル上げしたいところなんだろうけど……こうして私に付き合って始まりの街でジュースを奢ってくれたりしている。

まぁ誘った責任ということで申し訳ないとは思わないが、もう少し私のレベルが上がったら多少の恩返しが出来たらいいな。

しかし私としてはそろそろミストに一度別行動を切り出そうかと考えていた。

　これから職業チュートリアルを受けてこないといけないらしいが、それを受けている間待たせるのも気が引ける。

　レベル上げは大事だが、どうせ出遅れているのだからそんなに初日からガツガツしたところですぐに追いつけるわけでもないのだ。

　私もファトスの街をあちこち探検したりしてみたいし、初心者向けの小さなクエストも沢山あるという話だし、簡単そうなら幾つかやってみたい。

　ミストには訓練所通いに戻ってもらって、私は職業チュートリアルをして、街を見て回ってから一人でレベル上げでもしようか。

　そんなことを考えていると、ミストが不意にウィンドウを開いた。

　見ていると画面を操作し、次いで口をパクパクさせて何か話している。周りに聞こえないチャットモードで、フレンドの誰かと会話しているらしい。

　ちょっと間抜けな姿だ、と思いながら見ているとやがて会話は終わり、ミストは顔を上げてこっちを向いた。

「悪ぃ、何か今から何人かこっちに来るって」

「友達？」

「ん、ここでの仲間。ＶＲ研の連中が多いかな」

「ああ、あれか」

　ＶＲ研というのは学校で光伸が所属している部活、ＶＲシステム研究会のことだ。

ＶＲシステムの研究というと聞こえは良いが、要するにゲームで遊ぶ会だと聞いていた。光伸がこのゲームで遊んでいるのだから、そこの仲間が同じようにこれで遊んでいても不思議はない。

ＶＲ研のメンバーとはミツを介して何人かと会ったことがあるはずだけれど、挨拶以上の会話をした記憶がなくて顔などは思い出せない。

どんな連中だったっけ、と思い返そうとしていると遠くからミスト、と声が掛かった。

「お、こっちこっち」

ミストが立ち上がって手を振る。歩いてきたのは四人。

男が三人と女の子が一人。それぞれ特徴はあるが、全員やはり美形だった。うーん、これでは元の顔が全くわからなくて誰だか思い出せそうにない。

「先輩、インしてるなら声かけてくださいよ～！」

可愛らしい声を上げてミストに走り寄ったのは小柄なエルフの女の子だ。ウェーブのかかった肩くらいまでの金髪がふわふわと揺れる。

長い睫の奥の瞳は鮮やかな青で、どこか幼さの残る顔立ちの美少女だ。背は私より低く、細身だが胸は結構大きい。

上に来ている短めのケープのような白のローブは前開きで、その下に着ているミニ丈のワンピースは不思議とその胸を強調するデザインだった。何故そんなに体に張り付くんだ……似合っているとは思うけど、ファンタジーだ。

ミストを先輩と呼ぶからにはＶＲ研の一年生なのだろう。そういえば今年は結構新入部員が入ってきて、女子も何人かいたと聞いた気がするからその中の誰かかもしれない。

美少女だが私の好みとはちょっと違うなぁと思いつつ、私は残る三人の男の姿もちらりと観察した。残りは、多分猫系という感じの獣人が一人と、熊か何かの獣人が一人、もう一人は人間。

特に興味を惹かれる人はおらず、トカゲとかはいないのかなぁと考える私の脇で、美少女はミストに甘えるように一緒にどこかの地下迷宮に行こうと熱心に誘いをかけていた。

「いや、今週は一緒に行けないって言ってただろ。友達の案内してるんだ」

「え～、じゃあその人も一緒でもいいですから行きましょうよぅ！」

「そうだな、俺らとならすぐレベル上がるし、その人にも得だしいいじゃん」

猫耳男がそう言うと隣の人間男がきょろきょろと辺りを見回した。

「一緒なのってこの前言ってたミナミさんだろ？　俺らにも紹介しろよ！」

「え、ミナミさんて、あの三波(みなみ)さん？　逆から読んでもミナミナミの？」

なんという失礼な覚え方だこの野郎。

私は確かに三波南海という名で逆から読んでもミナミナミだが、それを言われるのがとても嫌いなのだ。

小学校で散々からかわれた苦い思い出が蘇ってしまう。全く、あれは放っておけば確実にいじめへの第一歩となるところだった。

それよりも、私がこのゲームを始めることをミツは仲間に教えていたということか。

私の知らないところで私の話をされていると思うとあまり良い気分じゃないから、後でミストにしっかり文句を言っておこう。いや、夕飯のおかずを減らすほうが効くかな？

「お前ら、ここでリアルの名前言うのはマナー違反だろ。よせよ」

そんな私の不穏な考えを察知したのか、ミストは慌てたように仲間の言葉を遮り、私のほうを恐る恐る振り向いた。

にっこりと笑顔を返してやるとミストもつられて笑顔になる。少々引きつっているのは気のせいだろう。

そんなミストの視線につられて四人もやっと私のほうを見た。

「どうも」

目が合ったので片手を挙げて挨拶をすると、四人は黙ったまま私とミストを交互に見つめる。説明を求める四対の目を向けられて、ミストは渋々と私を手で示した。

「あー、だからその、コレ、ウォレス。俺の友達で……まぁ、三波南海だ」

コレとか言うのは気に入らないが、最後の名前はごく小さく告げられたので許してやろう。

「えええっ、マジで!?」

「つーかこの人NPCじゃなかったのかよ！」

「なんで爺さん!?」

「え〜、ほんとに先輩のお友達なんですかぁ!?」

四人はそれぞれいまいち個性に欠けるリアクションを順に示してくれた。

ＮＰＣと思っていたとは失礼な話だが、ミストの友人ということでとりあえず黙って我慢しておいてやる。

「おい、静かにしろって。落ち着けよ。ＶＲなんだから、どんな姿だっておかしくないだろ？」

自分も散々驚いていたことは棚に上げ、ミストは彼らを窘めた。

けれど彼らはまだ納得いかないという様子だ。全く、人がどんな格好をしていようと勝手だろうに。

「え～、でも、普通しないですよそんな格好。女の子なのにお爺さんだなんて、変じゃないですかぁ？」

「だよな。せっかく色んなキャラを作れるんだから、もっと美人とか美少女とかのほうが萌えるよな！」

「もったいないよ、ミナミさん。俺ミナミさんがＲＧＯやるってミツから聞いて、楽しみにしてたのに～」

「可愛い魔法少女を守るのって、前衛としてはモチベ上がるしなー」

アホかこいつらは。

何で私がお前らのモチベーションを上げてやらなきゃならないんだ。むしろそんなもの地の底まで叩き落としてやりたい。

もっとムキムキの兄貴キャラで来てダミ声で甘えてやりたくなったぞ、この野郎。

「……私がどんな姿でプレイしようと自由でしょう？　プレイスタイルの多様性もこのゲームの魅

力の一つのはずですし。私は魔法使いの老人というキャラクターがすごく好きなので、こういう格好にしたんですよ」

ひとまず内心のムカつきを抑えて、なるべく穏やかに余所行き(よそゆ)モードで返答をした。ミストの仲間だということからの我慢だ。だが今後一切リアルでVR研に近づくのは止めようと心に決める。

しかし私のそんな努力はお構いなしに、ムカつく四人はやっぱりムカつくことを言ってくれた。

「そりゃ魔法使いの老人ってのもまぁわかんなくもないけど……魔法少女のほうが萌えるよなぁ？」

「だよなぁ。老人に回復とか掛けてもらっても、何かいまいちやる気でなくない？」

「そうそう。リナたんみたいな子のほうが、男としては守ってあげたいよな、やっぱ！」

「やぁだ、止めてくださいよもぅ！　私だって白魔道士として、がんばって皆さんの背中守ってるつもりなんですからぁ」

どうやらこの美少女はリナたんとか言うらしい。

白魔道士……確か回復と補助魔法を中心に習得しているとなれる中級職業だ。ミストは仲間に魔法職が少ないと言っていたが、一応回復系はいるらしい。

目の前の茶番を腹を立てながらも黙って見ていると、不意にミストが横から四人を怒鳴りつけた。

「おい、お前らいい加減にしろよ！　南海がどんなプレイしたってコイツの自由だろ!?　他人の姿にケチつけるなよな！」

ミストの強い言葉に四人は一瞬怯(ひる)み、バツの悪そうな顔をしたが、それでもまだ懲りずに言い募った。

「や、ケチつけるってわけじゃないけどさー……やっぱもったいなくねぇ？　せっかくリアルも女の子なんだぜ？」

「そうだ！　いっそ今からキャラ作り直したらどうかな？　まだ始めたばっかなんだろ？　俺らも育てるの手伝うし！」

「あ、それいいじゃん！　そういや俺、神デザイナーが作って販売した外装データ持ってるんだよ。良かったらそれ譲りますよミナミさん。もうめっちゃ可愛いんですよ〜。あの外装でクールキャラとか最高っすよきっと！　ＳＮＳのＩＤとか教えてくれたら転送しますよ！」

「え〜、でもミナミ先輩？　が今の格好気に入ってるなら、別に無理に変えなくてもいいんじゃないですかぁ？　よく出来てるし、結構似合ってるかもだし！」

キャラを作り直したらどうか、と至極気軽に投げつけられたプレイヤーにあるまじき言葉に私はぶち切れそうだった。

このアホ四人の中で、リナたんとやらだけはどうやら一応私の味方に回ったらしい。腹の奥に黒いものが見え隠れしているが、そんなことはこの際どうでもいい。

好き勝手言って私の愛すべき魔法ジジイを虚仮にしてくれたこいつらをどうしてくれよう。

しかし私のそんな怒りは次の瞬間凍りついた。

「魔法使いの爺さんて渋いけどさ、弱いと何か見た目と合ってなくて辛いよなぁ」

ガーン。

擬音で形容するならまさにそれだ。

私は雷に打たれたような気持ちだった。

弱い。そうだ、当たり前だ。私はまだ今日始めたばかりのレベル一だ。

私の後ろで木の椅子がガタンと音を立てた。自分が無意識の内に立ち上がっていたことにその音で気付く。

内心の狼狽を隠して視線を斜め下に向けたまま、目の前の五人の顔も見ずに私は軽く頭を下げた。

「すまないが用事がある。失礼する」

「えっ、おい!?　ナ……ウォレス！」

ミストの声を無視して喫茶店のテーブルを離れ大通りに出る。そのまま北の噴水広場の方向へずんずん歩いた。

確か噴水広場から左へ進んで西の通りへ入れば、少し歩いた所に魔法ギルドがあったはずだ。

広場を早足で通り抜け西通りに入った時、後ろからミストが追いついてきた。

「おい、南海、じゃない、ウォレス！　待ってくれって！」

腕を引かれて私はその場で止まる。付いてきたのはミストだけで、他の四人の姿はなかった。

「ごめん、ナ……ウォレス。ほんと、ごめん！　あいつらが好き勝手言って……」

「別に……そのことはミストが謝ることじゃないから気にしなくていい。あいつらには確かにムカついたけど」

「うん、でもごめんな。後でよく言っておくから。もちろん、お前は好きにプレイしたらいいんだし、キャラを作り直す必要もないんだからな？」

解っていると頷くとミストはほっとした顔を見せた。せっかく精悍な顔つきになったのにそんな犬のような顔をされると笑いそうになって困るから止めてほしいところだ。

「あいつらには帰れって言っておいたからさ。気を取り直してチュートリアル済ませて、またレベル上げ行こうぜ。付き合うよ」

行こう、と腕を引かれたが私はそれには従わなかった。逆にぐいと自分の腕を引くと、ミストの手が離れる。

「悪いが、私はしばらくあんたと行動を共にしない」

「え……なんで!?　いや、お前が嫌だって言うならあいつらと一緒のパーティとかには誘わないって！」

「そういうことじゃない。ミスト、私はむしろ思い違いに気付かせてくれたあの連中に感謝している」

「思い違い？」

心底不思議そうな顔をしたミストに私は重々しく頷いた。

「私は勘違いをしていた。外見を憧れの老魔法使い風に整えて、それでもう立派な魔道士になった気でいた。だがそれは大きな思い違いだった」

そう、私は憧れや理想を追求するあまり、ひどい間違いを犯していたことに気付いてしまった。

「私が愛した老魔法使いたちには、あの見かけになるまでの年月の間に蓄えた知識や、培った経験がある。だから彼らはあんなにも貫禄や威厳、優しさや穏やかさに溢れているんだ。それなのに私ときたら似ているのは外見だけで、まだレベル一だ」

「や、そりゃ今日始めたんだから仕方ないだろ……」

呆れたようなミストの言葉に私は納得できず、激しく首を横に振った。

「仕方なくない！　私自身が憧れの老魔法使いたちを冒瀆していたんだよ！　安易な憧れだけでこの姿を選んだ自分が許せない！　この外装を纏ってしまった以上、このままで良い訳がない！」

「けど、じゃあ尚更早くレベル上げを……」

ミストがもう一度差し出した手を半歩引いてかわし、私は真剣な眼差しで彼を見つめた。私の本気を悟ってかミストも自然と口を閉じた。

「少し一人になって考えてみたい。立派な魔法ジジイになる為の道を自分なりに探したいんだ」

「南海……本気なのかよ」

諦めたように手を下ろしたミストに微笑み、私は力強く頷いた。

「これからはもうRGOにいる時は南海って呼ぶな。今から私は完璧な『ウォレス』を目指す。もう中の人などいないってくらいに」

今まで私はさほど真剣にロールプレイをしようとは思っていなかった。

見かけは老人だけど、普段の自分もさほど女らしい言葉遣いではないからそのままで構わないだろうと思っていた。しかしそれももう止めだ。

「という訳で、ミスト君。すまぬがしばらく別行動としよう。わしはこれから魔法ギルドへ行き、まずは己に必要な知識を求めようと思うんじゃよ」

「うっ……!!」

何故かミストはその場にガクリと崩れ落ち、両肘と両膝を地面について突っ伏した。

私のジジイ言葉の何がそんなにショックだったのかは知らないが、まぁ放っておこう。

ひょっとするとあまり上手く演じられていなかったのかもしれないな。これも研究の余地がありそうだ。

「次に会う時は、お主は騎士になっとるかのう？　それまでにはわしももうちっとマシになっとるじゃろう」

立ち直れないミストを一瞥し、私は灰色のローブをバサリと大きく翻した。

あ、今の我ながらちょっとかっこよかったかもしれない。

「さらばじゃ。いずれまた会おう」

なんてね。

しばしの別れを惜しんでか切なげに涙ぐむミストをその場に残し、私は西通りへと足を進めた。

我が幼馴染みながら少々大げさな奴だ。

だがさらばだ、ミスト。

次にここで会う時は、きっと立派な魔法ジジイになっていてみせる。

どうかその日を待っていてくれ。

こうしてこの日この時、私にとっての真のＲＧＯ――Romance Gray Online――が開幕したのだった。

渋い魔法ジジイへの道のりはまだまだ始まったばかりだ。

目指せ、ロマンスグレー！

▼閑話

彼女に関する考察

南海と俺は幼馴染みというよりも、腐れ縁に近いような気がする。

お互いの家も近所にあり、同じ病院で数日違いで生まれてから、家族ぐるみの付き合いは既に十七年を数えている。

しかし俺は未だにこの幼馴染みのことがよくわからない。

いや、判っている部分も多くあるのは確かだ。

趣味はゲームと料理、好きな食べ物は果物や、チーズとかの乳製品。好きな動物は鳥で、記憶力はいいが運動が極端に苦手で、結構寒がりだ、とか。そういう外側のことなら、多分かなり知っていると思う。

だが何というか、長い付き合いなのにどうしてもわからない部分があるのも確かなのだ。

アイツの精神の奥には何かブラックボックスのようなものが存在していて、どうにもその中身が計り知れないというか。十七年付き合ってなお、驚かされることがしょっちゅうだ。

要するに、三波南海はちょっと変わった女なんだろうと思う。


月曜の朝、学校に行こうと家を出ると丁度玄関に鍵をかけている南海の姿が見えた。

家は三軒隣だし、学校も同じ。お互い朝練のある部活に入っている訳でもないとなれば、登校時間帯も自然と合ってしまう。

別に示し合わせているわけじゃないが、朝に顔を合わせればそのままなんとなく一緒に登校するのが俺たちの大体毎日の習慣だ。

「はよ、南海」

「おはよう、ミツ」

いつも通りの挨拶を交わして俺たちは学校の方角に歩き出した。

南海は今日もいつもと何も変わらない。

肩より少し長いくらいに切りそろえられた素直な黒髪はハネ一つなく、眉を整えている以外に化粧っ気のない顔は、目立つパーツはあまりないがバランス良く整い……それを見慣れた幼馴染みである俺から見ても多分、結構可愛い。

ブレザーとスカートの組み合わせの制服もよく似合っているが、どちらかといえばセーラー服のほうが似合いそうなタイプだ。

南海は見た目だけで言えば大人し目で、今は死滅した大和撫子（やまとなでしこ）とやらに見える気がする。

そんな南海を横目でちらりと見ながら、今日の俺は少し気まずい気分を抱えていた。一昨日南海にいやな思いをさせてしまった、ＲＧＯでの出来事のせいだ。

ファトスで南海に置いていかれた俺は、あの後も時間をおいて何度かメールを送ってみたのだが、返ってきたのは簡単な返事のみ。結局あれっきり、一緒に冒険には行けなかった。

本人に拒否されたのに無理矢理ついて回るのも、ストーカーのようで出来なかったのだ。

それらを苦々しく思い出しながら、とりあえず今は南海に嫌な思いをさせたことをもう一度謝ろうと、俺は口を開きかけた。

「謝らなくていいよ」

「……っ」

先手を取られたことに狼狽している俺に、南海はにこりと笑いかけた。

「ミツは気にしすぎ。他人と一緒にやるゲームなんだから、多少のトラブルは覚悟してたさ。その上で個人行動をしているのは私の一方的な都合だし。今は一人で計画を立てて、色々頑張ってみてるんだ」

「ん……悪ぃな」

「だから謝るなって。それより今日から親父さんいないんだよね？　夕飯作るけど、六時くらいでいい？」

「何時でもいいよ。部活もしばらく休むし、作ってもらえれば時間は合わせるから」

「了解。じゃあ家に帰ったらうちに来てね」

わかった、と返事をすると南海はまた俺を見て笑った。


「そこ！　朝から何いい雰囲気出してんのよー！」

突然後ろから聞こえた高い声に振り向く。振り向いた俺の視界を何かがすばやく横切った。

「由里（ゆり）、おはよう」

「おはよー、南海！　今日も朝から可愛いわね～」

「そんなに引っ付いたら歩けないって。由里は毎朝元気だなぁ」

後ろから走ってきてすばやく南海に抱きついたのは、俺と同じクラスの田野由里子（たのゆりこ）だった。いつも思うがコイツの名前の中には田の字がやたらと多い。

コイツは俺と南海が通っていた小学校に高学年の頃に転入してきて、それ以来南海とはずっと親友と言ってもいい関係を続けている。俺とは友達というより、やはり腐れ縁な気がする。

由里は（田野とか由里子とか呼ぶとダサいから嫌だと言って激しく怒るのだ）緩やかなウェーブのかかった茶色い髪をばさばさとなびかせながら、南海の肩に頬擦りしていた。少しきつめの美人系の顔立ちも、南海と話している時にはだらしなく緩んでいる。

この女も黙っていればかなり美人な部類に入ると思うんだが、大人しくしている気は一切ないらしい。

由里は派手に見える外見と他人に合わせない性格のせいで、昔から同性に敬遠されがちで女友達が少ない。そのせいか南海にべったりなところがある。

南海は友人の奇怪な行動はいつものことと全く気にした様子もなく、由里を引っ付かせたままスタスタといつもと同じ遅い速度で歩き続けている。

相変わらずのマイペースぶりだ。

「朝から二人で何の話してたのよ〜。私だって幼馴染みなんだから仲間に入れなさいよね！」

「大した話はしてないよ。ミツから貰って一昨日始めたＲＧＯの話と、今日はミツに夕飯を作ってやるっていう話くらいかな」

アウトロー気味なくせに南海が絡むと仲間外れが嫌いな由里に、南海はさっきまでの話題を話し

てやっていた。

途端にキッときつい視線がこちらに向かってきて、俺は思わずうろたえそうになってしまった。

「夕飯!? あんた、私を差し置いて南海の手料理を食べようっての!?」

「お前に断らなきゃいけない理由はないだろうが！」

「あるわよ！ ずるいじゃないの、私だって南海の手料理食べたいのに～！」

駄々をこねる友人の姿に南海は苦笑すると、それなら俺にとってはあまりありがたくない提案をした。

「それなら由里も来たらいいよ。今日は煮込みハンバーグにするつもりでソースはもう出来てるから、帰りに少し多めに挽き肉を買っておくよ。ついでだからケーキも買おうかな？」

「行く行く！ わーい、南海の手料理！ 何気にメニューがミツの好物なとこが気に入らないけど、年にいっぺんくらいなら我慢してあげるわ。あ、南海、付け合わせの野菜はにんじんいっぱいにしてね～」

勝手に押しかけてくるくせに我慢してあげると高飛車に言い放った由里は、更に笑顔で俺の嫌いなにんじんをリクエストした。くそう、この悪魔め。

「ミツ、ケーキは何がいい？」

「え？ あ、えっと、プリン……とか」

しまった、プリンはケーキじゃない。しかしとっさに好物の名が口から出てしまった。

「うわ、相変わらず好みが子供っぽい。プリンじゃろうそく立てられないんじゃない？」

きゃはは、と笑う由里の声が耳にうるさい。

この歳になってケーキにろうそくを要求するほうが子供っぽいだろうが！

しかし南海は俺の言葉を笑ったりはせず、ただにこりと笑っただけだった。

「ミツのプリン好きは変わんないね。じゃあ、まぁ考えておく。っと、予鈴だ、急ご！」

南海はそう言うともう間近になった校門に向かって走りだ……そうとしてバタンと派手に転んだ。

結局、俺と由里に両側から支えられて南海は保健室に行き、今朝は三人とも遅刻となったのだった。


「ね、ミツ。ちょっと」

「ん？」

放課後の教室で名を呼ばれて顔を上げると由里が近くに来ていた。

何だよ、と返すと由里は無言で俺の前の椅子に座る。

「今朝さ、南海がちらっと言ってたと思うんだけど、あんたがソフトあげて、南海もＲＧＯ始めたってホント？」

「ああ、それか。ほんとだよ」

俺が頷くと由里はぷっくりと頬を膨らませた。

「何で教えてくれないのよ！　私だってアレやってるの知ってんでしょ!?　あんたばっかり南海と

遊んでずるい〜！」

そうだ、そういえば由里もＲＧＯをやっていると聞いたことがあった。

由里はその見た目に反して結構なインドア派で、新しい物や機械が好きでかなりのゲーマーなのだ。

ＲＧＯ以外にも色々なＶＲゲームを渡り歩いているらしい。だがＲＧＯの中では一度も会ったことがなかったのですっかり忘れていた。

「そういやお前もやってたんだっけ。でもお前ＶＲでリアルの知り合いと会うのは嫌だって前に言ってただろ？」

「ばっかね、南海は別に決まってるでしょ！」

「そんなこと知るかよ！　大体何でだよ？」

「決まってるじゃない、面白そうだからよ！　あの南海よ!?　何やらかすかわかんないじゃないの！」

ああ……と俺はひどく納得して力なく頷いた。

俺の様子から何かを察したらしく、由里は目を輝かせて顔を寄せる。おい、ちょっと近いから。

「その様子じゃもうなんかあったのね？　教えなさいよ！　ＲＧＯの南海はどんなだったの？」

結局、俺は土曜日にあったことを全て由里に語らせられる羽目になってしまった。

数分後、由里は俺の目の前で机に突っ伏して笑い死にしそうになっていた。

気持ちはよくわかる。俺だってコレが他人事だったなら大いに笑っていただろう。

「っく、はぁ……死ぬ……も、南海サイコー……！　ジジイプレイってもう！」

「いや笑い事じゃないっての！」

一昨日のダメージを思い出して俺がそう言うと、由里は荒い息を吐きながら顔を上げ、俺を嘲う（あざわら）ようなムカつく表情を浮かべた。

「ははーん、どうせあんたのことだから、南海なら面倒くさがってあんまり外装いじらないと思ってたんでしょ？　そんで幼馴染みの女の子を背中に庇って戦う騎士とか、夢見ちゃってたんでしょー？」

「うぐ……！」

図星過ぎて俺は思わず胸を押さえた。

「あんたも大概変人よね。あの南海の幼馴染みを十七年もやってて、まだそんな夢が見れるんだから」

「お前に言われたくないっての！　お前だって南海にだけは激甘だろうが！」

「いいじゃないの、親友なんだから！　けど面白そうだから私も南海とプレイしたいなぁ」

「……多分しばらくは無理だと思うぜ」

「何でよ？」

俺は一昨日のＲＧＯでの南海を思い出して、あの調子ではアイツはしばらく誰とも一緒に遊ばないだろうと感じていた。

南海は大人しそうな見かけに反して、一度こうと決めたら絶対に譲らない頑固なところがある。
昔も……あの時もそうだった。
「お前、小学校で南海がいじめられたって話、知ってるか？　あの時はまだいなかったよな？」
「うん。でも話は聞いたわよ？　なんかすごかったたって」

昔、俺たちが通っていた小学校には二学年ごとのクラス替えがあった。

その中で一年から四年まで俺と南海は同じクラスだったのだが、五年になって俺たちはクラスが別になった。南海が入ったクラスにはあいにくアイツと仲のいい友人がいなかったらしい。

仲の良い友人のいないクラスで、大人しそうな外見の、運動がものすごく苦手な、少々変わった名前の少女。

それだけ条件がそろえば南海がからかいの的になるのにそう時間はかからなかった。

そしてそれが次第にエスカレートしていくのも、もちろんあっという間だ。

からかいが小さな嫌がらせに変わり、少しずつエスカレートしていっていると聞いた俺は、南海に言った。

『南海、俺が先生に言ってやろうか？』

しかし南海は少し考え、首を横に振った。

『大丈夫。ふふ、面白いこと考えたんだ』

『は？』

南海は助けを求めるどころか、にこにこと笑っていた。

その目は何かを決意したような光を宿していたが、南海はそれ以上何も語らず、そして黙って行動に移した。


「――あの時と同じ目をしてたからさ。あれはマジでしばらく一人でやるつもりだと思う」

「その時は何したのよ？　報復したとは聞いてるけど」

「南海はあの後、家にあった小型のレコーダーと携帯端末、密閉できる袋なんかを用意したんだ」


南海のいう面白いことは、驚くほど的確に、そして迅速に、秘密裏に実行された。

からかわれたり罵倒されたりした時はすぐにレコーダーにその声をこっそりと収め、持ち物や机に被害があったらそれを全てそのまま撮影し、密閉袋に保存していた。

些細なことまで見逃さず、それらが起こった日時も全て事細かに記録を取っていた。

そして十分に証拠を集めた後、親が付けてくれた大切な名前を汚された悲しみを切々と訴えた心に響く手紙を何枚も用意した。

ご丁寧にスポイトで水を垂らして所々滲ませ、証拠品や詳細な記録と共に県と市の教育委員会、校長、加害者の親へ宛てて次々に送りつけたのだ。

当然その後、学校は蜂の巣をつついたような騒ぎになった。

結局、加害者の生徒たちは公の場で全面的に南海に謝罪し、南海はそれを寛大に許し、その騒動

は一応の決着をみた。

後になって俺が、加害者が素直に謝らなかった時はどうするつもりだったのかと南海に聞くと、アイツはさらりと答えた。

『その時は、「きぶつはそん」とか、「めいよきそん」で、警察に持ち込むつもりだったよ。あと、三丁目の田中医院の先生が、その時は心がひどく傷ついて体調を崩しましたっていう「しんだんしょ」を書いてくれるから、「しょうがい」もつけておきなさいって言ってた』

町内で開業していた小児科の田中先生は南海にはいつも大甘で、俺にはいつも厳しいクソじじいだった。

『そんな難しいこと、誰に教わったんだよ。田中先生？』

『ううん、刑事ドラマ見てて思いついたの。けっこううまくいくもんだね』

楽しそうにそう言った南海の明るい笑顔は未だに忘れられない。

こうして、三波南海を本気にさせるな、という言葉は密かに学校中に広がり、南海は伝説になったのだ。


伝説について説明してやると、由里はため息と共に深く頷いた。

「なるほどねぇ……今回はそれとはまぁ大分ベクトルが違うけど、南海が本気なら止められなそうね。あーあ、しょうがない。しばらく待つかぁ」

「それがいいだろうな。俺も心配だけど、内心ちょっと楽しみかもしれないな……南海ならホントに強くなって帰ってきそうだ」

「うんうん。んじゃそん時が来たら遊んでもらおうっと。あんたもその時までにおかしな夢は捨てておいたほうがいいわよ？」

「余計なお世話だ！」

くそう、お前らはささやかな男の純情をなんだと思ってやがるんだ！

いい加減泣くぞ！


夕方、早々に帰ってしまった南海の後を追うように、不本意ながら由里を伴って帰る。

南海の家の前まで来ると玄関に明かりがついていた。そのまま自分の家には帰らず、俺たちは南海の家を訪ねた。

呼び鈴を鳴らすと、『どちら様ですか』という電子音声。南海のサポートＡＩのシエさんの声だ。

俺が名を告げると、ガチャリと鍵が開く音がした。

「南海、上がるぞー」

「おじゃましまーす。あー、なんかいい匂い！」

勝手知ったる家の中に上がりこみ、リビングの扉を開くとふわりといい匂いに迎えられた。

キッチン脇のテーブルにはもうサラダなんかが並んでいる。その料理につい視線を向けると、目の前にフッとホロモニターが現れた。

『光伸、由里、いらっしゃい』

「あ、シエさん。ども、お邪魔します」

「シエちゃんこんばんは！」

『こんばんは。料理はもうすぐ出来ますよ』

シエさんがそう言うと、南海がキッチンから顔を出した。

「おかえり。丁度いいとこだったね。そろそろ料理できるよ」

「そっか。何手伝えばいい？」

「じゃあこのお鍋テーブルに運んで。あと食器棚からお茶碗出して、ご飯とか好きによそってて」

言われるままにスープが入っている鍋をテーブルに運び、それから由里と二人で皿や茶碗を出して並べていく。

南海はその間に大きな皿に何かをしていたようだった。

やがて料理も揃い、俺たちは席についてお茶の入ったコップをカチンと打ち鳴らした。

「んじゃ、かんぱーい！　南海と、ついでにミツも誕生日おめでとー！」

「今日は俺のだっつの！」

「あはは、ミツ、おめでとう」

『お誕生日おめでとうございます』

南海の作った料理は相変わらず美味かった。

大きな煮込みハンバーグは柔らかく肉汁たっぷりで、上にかけられたとろけたチーズがたまらな

い。デミグラスっぽいソースにはよく煮込まれたタマネギや小さな芋、ニンジンなどが隠れていた。俺のだけさりげなくにんじんが少ないところが心憎い。

あっさりした卵スープも、彩りの良いサラダも外れなく美味しかった。

「すげー美味い」

「どれも美味しくて最高〜！」

「ん、ありがと」

俺も由里もその後は無言で料理を食べ続け、皿はあっという間に空になった。

南海だけは食べるのが遅いので一人でもぐもぐとマイペースに食べ続けている。

由里は食べながらもＲＧＯについて南海に熱心に話しかけていた。

「ね、南海が一人で頑張るの気が済んだら一緒に遊ぼーね」

「ん、いいよ。でもまだしばらく待っててね」

やはり南海はしばらく人と遊ぶつもりはないらしい。

俺が内心で少しガッカリしていると、ようやく食事を終えた南海は冷蔵庫へと歩いていった。

「ほらミツ、プリン」

南海が出してきたのは、十八センチくらいのサイズの丸くて平たい大きなプリンだった。艶やかなカラメルが美味しそうだったが、俺はその形に首を傾げた。この辺にこんなプリンを売っている店はないはずだ。

「プリンなら簡単だから作って冷やしておいたんだ。この蠟燭なら刺せるでしょ」

そう言ってプリンの真ん中に刺されたのはうんと細くて長いタイプの蠟燭。穴が空きすぎても見栄えが悪いから、と一本だけ。
灯された火がどうにも気恥ずかしく、けれど嬉しい。
「せいぜい夢見がちな願い事したらいいわよ」
由里のムカつく言葉を聞きながら、俺は蠟燭をそっと吹き消した。

こういうことを何気なくしてくれるから……だから俺は、いつまでも夢から覚めることができないのだ。

十七年経っても、何度驚かされても、現実を見せられても。

南海は多分変な女なんだろう。

しかしその変な女に夢を見続けている俺も、由里の言うとおりやっぱり変人なのかもしれない。

あと由里も十分変人の部類だと思う。

結局その日、変わり者三人のささやかな宴は、夜が更けるまで続いたのだった。

▼第三話
不思議な出会い

「――こうして、始まりの王様はこの大陸を魔物らから奪還しました。平和になった、けれど何もなくなってしまったこの大陸に、王様は自分の故郷から持ってきて、大切に懐に入れていた一粒の種を埋めました……するとどうでしょう。埋めた途端にその種から可愛らしい芽が伸び、芽は見る見る若木へと成長を遂げ、気がつけばそこには美しく立派な木が生えていました。白い幹に銀の葉を揺らす大樹が歌う優しい歌は大地を癒やし、グランガーデンはたちまち緑の大陸へと姿を変えたのです。そうしてこの大陸に、真の平和が戻ってきたのでした。今もその木はこの世界のどこかで、人知れず歌い続けているのです……おしまい」

パタン、と本を閉じると熱心に聞き入っていた男の子がパッと顔を上げ、満面の笑みを浮かべた。

「ありがとう、おじいちゃん！　すごく面白かったよ！」

「どういたしまして。さて、そろそろわしは帰らねば」

そう言って立ち上がると男の子はえぇ～、と不満そうな声を上げ、私のローブを掴んで足元にまとわりつく。すると奥の部屋から母親が顔を出し、穏やかな声で男の子を窘めた。

「こら、わがまま言ってはだめよ。旅人さん、すっかり子供の相手をさせてしまってごめんなさいね。せめてこれを持っていらして。クッキーを焼きましたの」

「あ、ぼくもおじいちゃんにおれいする！　おじいちゃん、これ、ぼくのだいすきだったえほんなの。おじいちゃんにあげるね！」

「これはこれは。どうもありがとう、坊や。大事にするよ」

またね、という明るい声に送られて私は親子の家を後にした。

歩きながらウィンドウを開き受注クエストのところを見てみると、『ラルフの絵本』というクエスト名の脇にＣｌｅａｒの文字が並んでいる。

これは公園で出会う男の子に、忙しい母の代わりに絵本を読んであげる、というクエストだ。報酬はラルフの思い出の絵本と、手作りクッキー。この手作りクッキーは食べると知性が一上がるので、それ狙いでこのクエストを選んだのだ。

この思い出の絵本も実はただの本ではなく、一回きりだが範囲回復薬として使えるという嬉しいアイテムだ。

クエスト自体もほのぼのしていてとても良かった。ラルフは本が好きな大人しい子供で、絵本を読んであげると目をキラキラさせながら静かに聞いてくれて、何だかこちらのほうが癒やされた気分だ。

貰ったクッキーはすぐに食べてしまおうと思っていたが、やはりやめておくことにした。どうせなら後で休憩する時にでもゆっくりと食べたいからね。

私は首尾よく終わったクエストに気を良くしながら、ファトスの西通りに出て魔法ギルドのある方向に向かって歩いた。

今日でこのＲＧＯの世界に来るようになって六日目になる。

といってもＲＧＯとリアルの時間は少しずれがあって、こちらの一時間は現実での三十分となっている。現実の時間よりも倍の時間をここで過ごしている計算だ。

何か難しいシステムでこの時間差を実現しているらしいが、あいにく興味がないのでさっぱりわ

からない。わからなくてもこうして遊べるのだから全く問題はないのだ。

ＶＲシステムは常に使用者の生体反応をチェックしていて、現実の体からの欲求を感じるとサインを出すようになっている。

食事やトイレは勿論、インしている間は身体は動かないが脳を休めていないので、睡眠もある程度必要だ。

健康維持の観点から、体のサインを無視し続けることは出来ないようになっている。だから誰でも必ず定期的にログアウトをしなければならない。

街にいる間は宿屋で、野外やダンジョンにいるなら一定間隔で設置してある安全地帯でログアウトをする。それ以外の場所でのログアウトは、様々な危険が伴う。ログアウトする時のことを考えながらプレイするのが冒険者の基本らしい。

私にも当然日々の生活はあるので、土日はともかく平日にログインできるのはせいぜい三、四時間くらい。それでも毎日こちらで八時間近くを過ごせるのだから、あまり短くは感じない。

ここに入り浸っている人は、人生の密度が倍くらいになって早く歳をとる気分になったりするんじゃないだろうか？

そんなことを考えている内に、私は青い三角屋根の建物の前に着いた。

ファトスの街はヨーロッパの古い街並みによく似ている。建物は木やレンガで出来ていて、屋根は赤や茶色が多い。大きな通りのお店などはレンガの上に白い漆喰を塗っているのか、見た目が少

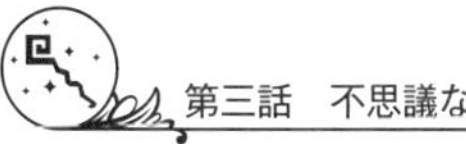

し洒落ている。

似たような建物が多い中で見つけやすいようにか、ギルドや役所などの重要な建物は屋根や壁の色が周囲と違うことが多いようだ。今私の目の前にある、魔法ギルドのように。

もうすっかり通い慣れた建物に近寄り、扉を押すとドアベルがカラン、と可愛らしい音を立てた。

「こんにちは」

「いらっしゃい、知の道を歩く御方。今日は何用かしら？」

挨拶すると、カウンターに座るＮＰＣのお姉さんが笑顔と共に決まり文句を掛けてくる。

私はそれに適当に微笑み返すと彼女のいるカウンターに近づき、そのテーブルに張り付いている白い石で出来た薄い板に指を触れた。

途端に一瞬板が光り、そこからふっとホログラムのような薄らと透き通るウィンドウが立ち上がる。そこにはこのギルドで利用できる施設の一覧が書かれていた。

魔法講習室、魔法練習室、瞑想室、図書室の四項目の中から魔法練習室を選び、一室を借りた。

初期の職業が魔道士であるなら、この魔法ギルドの利用料はかからないのがありがたい。

「魔法練習室でしたら、あちらにどうぞ」

指し示された奥への扉を開くとそこは何もない土間のような部屋だった。

ＶＲならではの便利さで、扉は一つなのだが中の空間は利用者の分だけ用意される仕組みだから他人とかち合う心配はない。

といっても、私がこの魔法ギルドを利用し始めてからもう六日目だが、未だにここでＮＰＣ以外

の人と出会ったことはなかった。皆こんな場所には興味はないらしい。結構面白いのにもったいないことだ。まぁ、もう次の街やそのさらに向こうに行っている人が多いせいもあるとは思うけど。

部屋に入った私は扉の脇の壁についている白い板に近づき、今度はそれに指で触れた。スッと出てきた文字を直接触って、いくつかの項目を設定していく。

的の座標は固定、一度の的の数は二匹、仮想敵はポクル、フィールドは草原。ポクルはクルと同系統で、一段階強いネズミだ。

設定を終えて振り向くと部屋の様子は一変していた。

部屋の奥にあったはずの壁はいつの間にか姿を消し、そこには街の外とよく似た草原が広がっている。膝丈ほどの草の合間には、ぴょこぴょこと大きなネズミが動いているのが見えた。

「ふむ」

一つ頷くと、私は手にしていた本を開いた。しかし開いただけでそこに出る文字に目を落とすことはない。

「魔道書はやっぱり左手に持って、右手で敵を指さす方がかっこいいかのう」

右手か左手かで結構迷ってこの部屋で何度も検討したのだが、やっぱり左手がベストかな。これが杖だったら、何となく右手に持ちたい気がするけど。

「もうちょっと低く持った方がいいかの？　中身が見えなくても困らないから、こうか？　ううむ、この本が浮いてくれれば完璧なのじゃが……」

目の前に開いた本がふわっと浮いてくれたら最高にかっこよさそう。しかしそういう機能はない

らしくとても残念だ。今度運営に要望を出しておこうかな……いや、でも先に行ったらそういう本もあるかもしれないし、期待しておこう。

「おっと、いかんいかん。目的を忘れるところじゃった」

本を持ってポーズをアレコレ変えている間、ポクルたちは待ちぼうけだ。理想の魔法ジジイを追求するのはまた後で。

もうとっくに暗記した呪文を呟くと、斜め後ろで灯った赤い光が私の周囲をほのかに赤く染めた。

『射て、炎の矢』

す、と目標を右手で指し示しながら最後の言葉を呟く。ヒュッと細い音を立てて炎の矢が放たれた。

その炎は初めて魔法を使った日から一つ増えて、今は二つ。

二匹のポクルは一瞬ののちに姿を消した。


「うーむ、あと精神が一と知性が二上がれば杖を装備できるか……。そしたらフィールドに出られるかのう」

一時間後、私は今度は魔法ギルドの瞑想室の中でステータスを開いて色々と検討を重ねていた。

瞑想室というからには瞑想しろと言われそうだが、実はこの部屋はここに籠もって座っているだけで瞑想したことになるという便利設定なので、私はこの部屋で今後の計画を立てることにしている。この部屋は床に直に座れるから寛げてありがたい。ただし、寝たりログアウトしたりすると使

ったことにはならないらしい。
ここではもっぱらゲーム内での情報掲示板を眺めてめぼしい情報を拾う作業をしているのだが、これはなかなか有意義だった。

ミストと別れた後、私はまず真っ先に魔法ギルドに行くことにした。

ログインする前に見た情報サイトにより魔法ギルドでMP回復スキルが手に入ることを知っていたからだ。

魔法ギルドに行くと最初に魔法の基本的な使い方の講習を受け、ギルド内の施設の利用方法を教えてもらい、スキルの取得を目指して瞑想室にこもった。

瞑想室は二畳ほどの部屋で、木の床板の上に厚手のラグが敷いてあるだけの簡素な部屋だ。

ここをゲーム内時間で二時間利用すると、『瞑想』というスキルが手に入るのだ。

このスキルがあればフィールドなどでもそれを使うことでMPを五十パーセント回復できる。

ただし、一回につき五分はその場でじっとしていなければいけないのと、敵に襲われれば当然無効になってしまうので安全な時しか使えないスキルだ。

それでもそれがあるとないとでは大分違う。安全な場所で十分じっとしていればMPが全快するのだから。

私はスキル取得のために瞑想という名の時間つぶしをしながら、次に個人端末から見られるゲーム内の情報掲示板で情報集めを始めた。

ゲームの中のリアルタイムで進むこの情報掲示板には、色々な話題が山ほど出ている。当然怪しい情報や他愛のない雑談のスレッドも多いのだが、選んで読めばかなり参考になることも多い。

現実の情報サイトはこの掲示板で結論が出た確定情報をメールで外に送り、それを載せているらしい。そう考えるとあちらの情報は正確なのだろうが、両者の間にはかなりのタイムラグがありそうだった。

私は情報掲示板の魔法職関係のスレッドを次々にチェックして、皆が苦労している話を読みながら今後の自分の行動方針を大まかに決めた。

まず、すぐにフィールドに出るのは止めることにした。

このまま普通にレベル上げをしていても、敵のレベルが上がり、アクティブな敵を相手にしなければならなくなった時にソロではすぐに詰まるのが分かりきっていたからだ。

序盤から他人に頼りきりでレベルを上げていくなんて、立派な魔法ジジイを目指す私としては面白くない。何かそれを打開する道はないかと情報を集め考えるうち、私は一つの可能性を見出した。

このゲームは自分のスキルの熟練度や装備品、プレイスタイル、クエストでの行動など様々な要因でレベルアップ時のステータス上昇に補正がかかる。

それなら、フィールドに出てレベル上げをする前に、その補正を十分に受けられる状態にしておくのがいい。

そうすればレベルが高くなった頃には普通に育てた場合とステータスに明らかな差が出るはずだ。

幸い魔法ギルドにはそのための施設が充実していた。

例えば魔法練習室。

ここで仮想敵を相手に魔法を使うと、実際にＭＰは減るのだが経験値は一切入らない。その代わり、使った魔法スキルの熟練度はちゃんと上がるのだ。

私はここでまず使える魔法の熟練度を出来るだけ上げることにした。

ステータス補正目当てだが、熟練度を上げておけば当然魔法の威力も上がるので、覚えている魔法の数が少なくても倒せる敵が少しは増えるはずだし、一石二鳥。

実際、使い続けた『炎の矢』は熟練度が一つ上がり、炎の矢の数が二つに増えた。これは相当嬉しかった。

私はまず練習室で魔法を使い、ＭＰがなくなると瞑想室に籠もる。瞑想に飽きるとまた練習室で魔法を放って、気分がスッキリしたところで瞑想に戻るということをしばらく繰り返すことにした。

瞑想スキルはすぐに取得したが、当然それにも熟練度があるからだ。

瞑想室を使い続けることで少しずつではあるが瞑想スキルの熟練度も上がる。熟練度が上がれば僅かずつだがＭＰの回復速度が上がるらしいので、なるべく上げておきたかった。

しかし、瞑想室にそれ以外の利点があることに気がついたのは、瞑想時間が五時間を超えた頃だった。

何気なくステータスを眺めていて私は首を傾げた。

少しだが数字が以前と違っている。

記憶を探ると、精神の数値が初期から比べて一つ上がっているように思えた。よく思い返してみたが、恐らく間違いはなさそうだった。

これは僥倖（ぎょうこう）だった。

これを機に土日の間に魔法ギルドの機能を色々と検証してみた結果、ここはまさに魔道士のための研鑽所であることがわかったのだ。

瞑想室で瞑想していると四時間ごとに精神に＋１。

図書室で蔵書を五十冊読むと知性に＋１。

私はもう小躍りしたい気分だった。

図書室には二百冊くらいの本がある。随分と多い数に見えるが、どの本も見た目の割にページが少なく、載っている情報量も多くない。一冊につき、大体五分から十分もあれば読み終わる。

単純計算で四、五時間かければ知性が＋１。

楽な作業ではないが、それでも時間をかければ能力の底上げが出来るのだ。

本の内容も、この大陸の歴史や地方の風土、モンスターの分布や細かい特性、様々な武器防具の基礎知識、世に知られている技術や魔法についてなど、より深くこの世界を知るためのマニュアルのようなもので決して無駄にはならなそうだった。

そういう訳で練習室と瞑想室と図書室を行ったり来たりして六日目、私のレベルは未だ一のままだがステータスは少しずつ上がり、もうすぐミストから貰ったもののステータスが足りなくて装備

できなかった『ナナカマドの杖』を装備できるようになりそうだ。

魔法ギルドでの修行に飽きると、掲示板で集めた情報をもとに、ファトスの街で出来る小さなクエストを幾つかこなしたりもした。

勿論、外に出て行って敵を倒す系のクエストはパスして、届け物をしたり探し物をしたり、話を聞いたりというだけで済むものを選んで幾つかこなしてきた。

報酬はアイテムだったりお金だったりステータスだったりと色々だが、経験値が報酬のものは避け、必要のない物は売っぱらった。今のところそのお金で宿屋に泊まったり、新しい魔道書を買い足したりしている。金銭面に余裕があるわけではないが、杖さえ装備できたらそろそろレベル上げに行ける。

今日手に入れたクッキーを食べて、図書室で読み残している本を全部読んでしまえば多分知性の数値は足りる。あとは精神をもう少し上げるために、何時間か瞑想室に引きこもるだけ。

「ひたすら地味じゃが……何事も辛抱が肝心じゃからなぁ」

ちなみにミストと別れて以来、一人でいるときもジジイ語の練習を兼ねて言葉遣いには気をつけている。リアルでうっかり出たら困るかな、と思いつつ、言葉遣い以外にもかっこいい杖の持ち方とか、使い方も密かに研究していたりする。

「しかし……このゲームの開発者は、実は相当魔法への拘りがあるのかもしれんのう」

誰もいない部屋で、ポツリとそう呟く。

地味な作業を繰り返すうちに、私はそんなことを考えるようになっていた。

魔法というと、とかく派手な効果による華々しい活躍を期待しそうだが、もっと現実的に考えた場合、魔道士というのは研究者的な性質を持っているものなのかもしれない。

限りある魔力を無駄にしないため的を相手に訓練を繰り返し、瞑想することで精神の高みを目指し、地道な研究によって少しずつ知識を蓄える。

それらは全てこの魔法ギルドが備えた機能であるのだ。そういう道を用意してあることに、開発者の深い拘りが窺えるような気がした。


情報掲示板でセダの街のクエスト情報を眺めているとチリリリリ、と鈴を鳴らすような音がした。申請した利用時間が終了した合図だ。

今回は一時間の利用で申請したので私は一度部屋を後にした。中から延長もできるが、あまり連続してこもっていては飽きてしまう。なので大体どこも一時間ごとの利用にしているのだ。

「さて……次は本を読んでしまうかのう」

また受付で図書室の利用を申請して、私は部屋を移動した。

さっき使っていた部屋の隣の扉を開けて中に入ると、もうすっかり見慣れた部屋が私を迎える。

真ん中に机と椅子のセットが四つ並び、壁の三方に本棚が置かれた小さな部屋だ。

本棚は本が手に取りやすいようにか二段の棚に脚がついたような形をしていて、高さは私の背と同じくらいだった。

私は迷わず部屋の奥の壁に置いてある棚へと向かった。もうこの棚の本を除き、全て読み終えたのだ。

残りの本は十冊ほどで、今日には読み終えてしまうと思うと少し寂しい。

「ええと、確かここまで読んだんじゃったかの……」

並んだ本の背表紙を確かめ、昨日最後に読んだ本の隣に手を伸ばす。

「よい、しょ」

ここの本は冊数が少ない代わりに、一冊が結構大きいのが少しばかり困る。重いというほどではないが、立ったままでは読みづらい。中身は少ないのに……壁を埋めたいという見栄だったりするんだろうか？

そんなことを考えながらとりあえず一冊を手に取ると、私は傍の椅子に深く腰を下ろした。

『妖精種について：妖精とは知性があり対話が可能な魔法種族全般を指す。世界では現在、数十種類が確認されているが、その全容は明らかになってはいない。

花畑や森に住むもの、古い建物を好むもの、遺跡に住む悪戯（いたずら）で時に邪（よこしま）なもの、などと様々な種類の報告がある。

その見かけも様々で、人とほぼ同じ造形の種族、動物に近い種族、極めて美しいもの、愛らしく滑稽なもの、見るだに邪悪なものと色々だ。

人型種族に数えられるエルフやドワーフもこの妖精種であるとされているが、その真偽は定かで

はない。

また精霊とは近縁種であると考えられているが、精霊よりも力が遥かに劣るため区別されている。

しかし妖精種は、この大陸に元から住んでいた古い種族だと言われている。

グランガーデンが魔族に侵略された時にその多くが滅亡し、あるいは姿を隠した。

始まりの王と魔族の戦いの際は王に手を貸したと言われているが、戦いを終えても彼らは新しい移住者の前に積極的に姿を現すことはなく、現在もこの大陸のあちこちに隠れ住んでいるらしい。

一説では始まりの王と何か約定を結んだとも言われているが、その内容も現代には伝わっていない。

ただ、各地には妖精種に関するお伽話が幾つも伝わり、それによれば妖精に出会い友好を築くことが出来れば、確かに何かしらの恩恵や幸運がもたらされるようだ』

「妖精種か……会ってみたいもんだのう」

種族に関する本の最後の項目を読み終えて、私はそれをパタンと閉じて本棚に戻した。そして両手を高く上げて背中を伸ばす。

見た目は老人の身体ではあるが、あくまで見かけだけなので残念ながらポキポキいったりはしない。体を伸ばしたのも単なる気分だ。

それをちょっとだけ物足りなく思いながらも、姿勢を戻してステータスを開く。今の本がこの部屋にある最後の本だった。これで全て読み終えたのだ。

数値を見れば、予定通り知性に＋1がされている。思わず顔がほころんだ。

あとは手作りクッキーを食べるだけで目標はクリアだ。あと少しで杖が装備できる！

私はアイテムボックスを開き、手作りクッキーと記されている文字に触れ、指先で摘んで引っ張る動作をした。

途端に目の前にキラッと光が弾け、手の平に乗るサイズの紙袋が現れる。アイテムはこうして画面から取り出すことで、物質化ができるのだ。見た目がファンタジーなので密かに気に入っている。

「おお、これは美味そうだ」

現れたアイテムを手にとって袋を開けて中を覗くと、少し不揃いだが美味しそうなナッツ入りのクッキーが幾つも入っていた。仮想だというのにとても美味しそうな香ばしい香りまでする。思わずお腹が空いたような気分になった。

文字を読んで脳が疲れた気もすることだし、お茶はないが今食べてしまおう。

もっとも、これを食べたからといって私の脳に実際に糖分が行くわけではないのだが……とりあえずそんなことは置いておき、私はうきうきとクッキーに向かって手を伸ばした。


「……甘い匂いがする」


不意に小さな声と鼻をならすような音が聞こえ、クッキーを摘もうとした私の指が止まった。

驚いてパッと顔を上げ、扉のほうを見たがそこには誰もいない。

　この図書室は瞑想室などと違って個人用の部屋ではない。しかし魔法ギルドの過疎ぶりから、ここで人に出会ったことは未だになかった。

「いい匂い」

　部屋を見回しているとまた声がして、私は慌てて振り向いた。

　しかしそちらにもやはり誰かがいる訳ではなく、ただ本棚があるのみだ。

　不可解な出来事に、システムにはないのに背中に冷や汗が流れるような気がした。

「こっちだよ。上、上」

　弾かれたように上を見る。声がしたのは目の前の本棚の上から。

　視線を向けると、そこには何かおかしな生き物が座っていた。

　短い手足をプラプラさせながらこちらをじっと見ているそれは、奇妙な形の緑の服に身を包んでいる、一応人の形をした何かだった。背丈はおよそ十五から二十センチくらいだろうか。

　ついさっき読んだ本に載っていた、妖精種、という言葉が脳裏を過(よ)ぎる。

　しかし私の脳はそれを認めることを全力で拒否したがっていた。

　老魔法使いへの強い憧れを持つ私は、当然妖精という未知の生き物にもそれなりの夢を抱いている。

　出来れば総じて可愛く美しく、あるいは愛嬌たっぷりといった風であってほしい。

　しかし、目の前の生き物はそのどれにも全く当てはまらない。いや、かろうじて愛嬌だけは、ほんの端っこくらいはかするだろうか？

「いけないんだぁ。ここでは物を食べちゃだめなんだよ」

それの声は幼い男の子のようでとても可愛い。声だけ聞けば、とても。

しかしそのおかしな格好は何だ。

頭まで覆う鮮やかな緑色の全身タイツ。

何故か赤いビキニパンツをその上から穿き、足元は先のとがった革のブーツだ。

しかも体は微妙にメタボな中年体型。

おまけに顔がものすごく可愛くない。可愛くないどころか、どう見てもブサイクなおっさん顔という他ないような顔をしている。

こんな格好はどこかで見たことがある。確か、父から譲られた古いゲームにこれによく似た生き物が出てきていたような気がする。私はあのゲームはアクションが苦手で上手く出来なかったので、兄がプレイするのを横からよく見ていた。

私は呆然とその生き物を見つめ、そしてふっと視線を横に逸らした。

「……さて、そろそろ出るか」

独り言のように呟き、袋の口をきゅっと閉じてくるりと体の向きを変える。

うむ、私は何も見なかった。太ったおっさんのピエロのような生き物など、視界に入れなかった。

そう自分に言い聞かせ部屋を出ようとする背を高い声が追ってくる。

「ちょっと、何で見なかったことにするのさ！」

「今日は良い天気じゃったから、外で食べようかの」

「ねぇったらー！　もー！」

そのまま足を踏み出そうとしたが……何故か動かない。慌てて下を見ると、足に何かキラキラした光が絡みついている。

くっ、妨害されるとは……あ、こら、勝手に体を振り向かせるな！

「ちゃんとこっち見てよ！　何で出ていこうとするのさ！」

プンプンと擬音がつきそうな可愛い仕草で妖精が怒っている。しかし、残念ながらその顔はムカつくほど可愛くなかった。

これが妖精だと認めたくない……開発者出て来いゴラァ！

私の開発者への怒りはさておき。

可愛い妖精に会ってみたいという淡い夢をほんの一瞬で打ち砕かれた私は、上を見上げてしまわないようにしながらその生き物と対峙していた。

上を見て姿を視界に入れると動揺してしまいそうになるため、不自然じゃない程度に顔を逸らす。

「あー……君は、もしかして、いや、そんなはずは絶対ないんじゃないかと思うが、ひょっとすると……万が一……その、妖精、だったりとか？」

「僕がそれ以外の何に見えるってのさ、魔道士さん」

声だけは可愛い。可愛い声で呼びかけられるのは嫌ではない。しかしその姿を見るとがっかりを通り越して軽く絶望しそうだ。

「そうか……妖精なのか……」

「そうだよ。この図書室に住んでるのさ。ブラウって呼んでね」

それはブラウニーから来ているのだろうか。

どこからどう見ても変なおっさんのようなこの生き物がブラウニーだとは。どっちかというと小太りで愛嬌のあるゴブリンと言われたほうがしっくりくる。

私は顔を見ないように気をつけながら、ちらりと彼の頭上を見上げた。そこには緑色の小さなマーカーが付いている。NPCの印だ。そうするとこれはイベントなんだろうか。

もうかなり長い時間をこの図書室で過ごしているが、イベントが起きたのはもちろん初めてだ。

情報掲示板に書いてあった図書室に関する話にもこんなものが出てくるなんてことは書いていなかった。

掲示板に書いてあったのは確か、この地区に出現するモンスターの基本情報が載っている本だけは役に立ったとか、そういうことくらいだ。

さて……こういう場合はどうするべきなんだろう？

「ええと……ご丁寧に、どうも。わしはウォレスじゃよ」

私は考えながらもどうにか名乗り返し、それの顔を視界に入れないように頭を下げた。

NPCだと解ってはいても、挨拶は友好の基本だと私は思っている。それにこのゲームのNPCは会話の幅がかなり広く、意外と侮れない。

シエさんのようなAIが社会に広く普及して久しいが、VRゲームなどで使用されるAIには実は一定の基準というか……規制がある。

その枠に沿った高度なＡＩをわざわざ無数に用意するより、プログラムによる定型の行動しかしないＮＰＣを作るほうが遥かに簡単だ。という理由で、未だに多くのゲームでＮＰＣは決められた言動しかしないのだ。

それぞれに用意された役割を果たすだけの人形のような住人たちは、プレイヤーにはそういうものだと当たり前に受け入れられている。

しかしＲＧＯはその辺にかなり手を入れていると評価が高いらしい……と、ミツや由里に雑談混じりに教えてもらっていた。

情報掲示板でもこういったイベントでのＮＰＣへの対応には気を使ったほうがいいんじゃないかという話をちらほら見かけたんだよね。

ついでに言えば、さっき読んでいた本にも妖精と友好を築くと良いことがあると書いてあったし……それを考えると無下には出来ない。まぁ、心情的には無下にしたいんだけども。

そんなことを思いながらの私のぎこちない挨拶に、ブラウはよろしくねと言って嬉しそうな笑い声を立てた。

「ね、ウォレスさん、ここでは物を食べたり飲んだりしちゃだめなんだよ。それ、どうするの？」

ブラウは小さな指で私の手元を指し示し、首を傾げた。

私はその言葉で、うっかり握りつぶしそうになっていたクッキーの袋の存在を思い出し、慌てて中を覗いた。良かった、特に潰れてはいないようだ。

「ああ、ここは飲食禁止なのか……そりゃすまんかったのう。それなら外で食べることにしよう」

向けられている気がする熱い視線から隠すようにして袋をしまおうとすると、ブラウから不満の声が漏れる。

「えー、しまっちゃうの？　ねぇ、僕もそれ食べたい！　ちょうだい！」

「いきなり直球できたな!?」

遠回しに強請られてるっぽいからどうにかスルーしようと思ったのに！

これが普通の店売りクッキーで、目の前の自称妖精が声に見合う可愛い子供だったなら、私は二つ返事でこのクッキーをあげただろう。

けどこれはラルフのお母さんの手作りクッキーだ。これにしか知性＋1の効果はない上に、一回しか貰えないんだぞ！

しかしこの自称妖精との間に生じたらしい謎のイベントも、このまま終わらせてしまうのは少々ためらわれる。

うーん、他に食べ物アイテムは持っていたっけ……あ、堅焼きクッキーみたいな携帯保存食ならあったはず。あれも一応甘いし、それじゃ駄目かな？

「すまんが、これは頂き物で譲るにはちょっとのう……甘いものが食べたいのなら代わりになりそうなクッキーがあるから、それで我慢してくれんかの？」

「やだやだやだ！　それラルフのママのでしょ？　それがいいんだもん！」

くっ、この声だけ妖精め、ピンポイントでこれ狙いだったのか！　可愛い声で駄々をこねるな！

「しかし……わしもこのクッキーの効果がないと困るんじゃよ」

このクッキーで知性＋1が取得出来なければ、目標だった杖を装備できなくなってしまう。

魔道書よりも杖のほうが補正効果が大きいから、そこは絶対拘りたい。

「だってラルフのママのクッキー美味しいんだもん！　ねぇ、じゃあ僕がそのクッキーの代わりにおまじないしてあげるから、お願い！」

「おまじない？」

その言葉に顔を上げた私は、うっかり妖精のおっさん顔を直視してしまった。慌てて視線を下げるがダメージは大きい。もうこのクッキーをあげるからいなくなってくれってつい言ってしまいそうだ。

「そう、おまじない！　妖精の祝福だよ、滅多にもらえないんだから！」

だが妖精はそんな私の様子は気にせず、自慢げにおまじないとやらの説明をしてくれた。

「その効果は？」

「さぁー？」

「さらばじゃ」

サッと踵(きびす)を返すと妖精は慌てて近くにあった机の上に飛び降り、私の前に回り込んできた。くっ、勝手に視界に入るな、この！

「待って待って！　じゃあもう一つ良いことを教えてあげるから！」

ブラウの懸命な声に私は足を止めた。というより先回りするように移動されると視界に入れるの

が嫌で歩きにくいだけだが。

声だけ妖精は私の返事も聞かずに、急くように口を開いた。

「あのね、そのクッキーを持ってるってことは、ラルフから本をもらったでしょ？　まだ持ってる？」

「確かに絵本は持っとるが……」

「ラルフはお気に入りの本はいっつもぼろぼろになるまで読んじゃうんだよね。でもそれね、修理できるんだよ！」

本を修理できるという言葉に私は目を見張った。

あのラルフの絵本について私が知っているのは、一回きりの回復アイテムだということだけだ。

確かに本という形態なのだから、現実だったら直すのは難しくはない。しかし、ＲＧＯの中でそんな話を聞いたことはなかった。

「……直すにはどうしたら？」

「ロブルっていうおじさんに会いに行けばいいんだよ！」

「そのロブルさんとやらが直してくれるのかな？　して、その人はどこに？」

ロブルという名に聞き覚えのなかった私の問いにブラウはこくこくと頷き、部屋の出口を指差した。

「ロブルの家に行くには、まずここから出た通りを西門の方に進んで、門が見えたらそこから二つ手前の南へ続く細い小路に入るんだ」

「ふむふむ」

「そうしたら入り口から八軒目がロブルの古書店だよ。目立たないけど見逃さないでね」

「古書店……そんな店もあるのか」

「そうだよ！　ロブルに会ったら本を見せて、白き木の葉は入荷しているかって聞いてね」

どうやら合言葉まで必要らしい。何故そんな面倒を、と考えているとブラウはそれを感じたのか自慢げに胸を反らした。

「ロブルは本が好きで、旅人が嫌いなんだ。それで、本の沢山あるところが好きな僕と友達なんだ」

「なるほど。その合言葉は君の知り合いだという証拠なのか」

「うん！　だから、ロブルに会ったらよろしくね！」

ブラウの話を聞いて私はしばらく考え、結局手に持ったままのクッキーの袋を彼に差し出した。

知性＋1は惜しいが、このイベントの先への好奇心を思うとやはりここは乗っておくべきだろう。

妖精の顔がどうとかはこの際棚上げだ。

「いいの!?」

「仕方ない。先に良いこととやらを聞いてしまったのじゃから、約束は守らねばのう」

ブラウはパッと顔を輝かせて袋を受け取った。うう、おっさん顔の満面の笑みは破壊力抜群だ。

しかし仕草や声は可愛いのだから、あとは私脳内でフィルターをかけるしかない。

そうだ、ここは一つ近所に住む幼稚園児、サトル君を思い出そう。

サトル君は時々散歩などで行き合うと、「ナミちゃん、あるくのおっせー！　オレがひっぱって

やろーか？」などと声を掛けてくれる。そんな少し生意気なところも含めて、文句なしに近所で一番可愛い幼児だ。

心の目を開けば目の前のおっさん妖精もサトル君に見える……気がする。

私が心の目を開くべく努力をしている前で、妖精は大事そうにクッキーを一つ摘むと口に放り込んで満面の笑みを浮かべた。笑顔の破壊力は高いがその姿は本当に美味しそうで嬉しそうで、何かに開眼中の私も思わず少し嬉しくなった。

「ん～、美味しい！　ありがとうウォレスさん。僕ね、ラルフとも友達なんだ。だからラルフのママがクッキーを焼くと、時々こっそり分けてもらってたんだよ。でも、ラルフのママは最近ずっと忙しくって、なかなかクッキーを焼いてくれなかったんだ。だからすごく嬉しいよ！」

「……そうじゃったか、それは良かった。そんなに喜んでもらえたなら、わしも嬉しいことじゃよ」

私は喜ぶブラウに笑顔を返した。サトル君に喜んでもらえたと思えば私も嬉しい、うん。

ブラウは残ったクッキーはそのままに袋を閉じ、大切そうにそれを腰につけていたポシェットにしまいこんだ。

「じゃあ、約束だからおまじないしてあげるね。ちょっと椅子に座ってくれる？」

ブラウの顔が近くなるのがちょっとやだなぁと思いつつ、私は言われるままに椅子に腰を下ろす。目線が低くなると妖精の顔が嫌でも目に入って、やはり少々居心地が悪い。何か段々このおっさん顔も見慣れてきた気がするけども……。

さて何をするのかとじっと見ていると、ブラウは立っている机の上でくるくると謎の踊りを踊り始めた。妖精が回るたびに彼の周りの空気がチカチカと光を纏い、小さな体がその光に紛れて少しずつ不鮮明になる。

その姿をよく見ようと目を凝らした次の瞬間、ブラウの体が一際強い光を放ち、私は思わず目を瞑った。

「ウォレスさん」

再び名を呼ばれて目を開けた私は、自分の見たものが信じられなくてぱちぱちと瞬きを繰り返した。目をこすってもみたが、目の前のものには変化はない。

「驚いた？」

その生き物は、いたずらっぽい笑みを浮かべて私の顔を下から見上げてくる。声と背丈はさっきと何も変わっていない。だからこれがブラウなのだと判る。

だが、その姿の変化は劇的だった。

ピエロのような奇妙な衣装とおっさん顔は消え去り、目の前にいるのはいかにも妖精らしい姿の少年だった。

濃いめの青色のチュニックとズボンを細身の体に纏い、腰には茶色いベルトが巻いてある。頭には先が垂れ下がった三角帽を被っていた。その帽子の下には栗色の柔らかそうな髪、愛嬌のある可愛い顔に、明るい笑顔。

私が内心で快哉を叫んだことは言うまでもない。

そうだよ、これだよこれ！　これが妖精だよ！

「……うむ、驚いたのう」

「反応薄いなぁ。でも、それでこそ魔道士って言うべきなのかな？」

いや、本当は心の中では万歳してるんだけどね？　ちょっと髭でも撫でて落ち着こうと一生懸命なんだけどね？

「ま、まぁの。それで、それが君の本当の姿か？」

「そうだよ。僕たちは大体みんなこんな感じで、本当の姿を隠して生きてるんだ。臆病だからね」

隠すにしてももう少しマシな姿はなかったのか、と言いたいところをぐっとこらえる。

芸が細かいというかなんというか、恐らくあの姿を見て示した態度次第では、この妖精と仲良くなることは出来ないのだろう。

その審査にどうやら合格したらしいことにほっと胸を撫で下ろしていると、ブラウは机の上をとことこと歩いて私のすぐ傍まで来ると、手招きをした。

招かれるままに身を屈め、ブラウに顔を近づけるとその手が私の頬に触れる。

「――知の道は目に見え難く、時には薄闇に続く。貴方の志が、その道を照らす光たらんことを。言の葉の合間に住まう知の妖精ブラウがここに祝福を贈る――」

可愛らしい声が、厳かに祝福の言葉を紡ぐ。

言葉の後にそっと頬に触れた小さな唇は、何だかくすぐったかった。

「……どうもありがとう、ブラウ」

「こちらこそ。クッキーをどうもありがとう。また遊びに来てね、ウォレス！」

小さな手を振ってブラウはひらりと姿を消した。後に残されたのは、椅子に座ったままの私と元通りの静寂だけ。

何か変化があったのだろうかと思いステータスウィンドウを開いてみたが、残念ながらステータスにはどこも変わりはなかった。

あ、いや一箇所だけ、スキルとはまた別の欄が下のほうに新しく出ている。

『祝福：知の妖精（1）』

と書いてあるその項目を押してみたが、残念ながら特に詳細などは出てこなかった。

結局クッキーと引き換えにした祝福がどういうものだったのかは解らないままだが、たった今起こったこの不可思議な出会いは私に後悔を残していない。それに、厳密にはこのイベントはまだ終わったとは言えないのだ。

私はロブルの古書店に行く為に、腰を上げて扉に向かって歩き出した。次に何が待っているのかと想像すると思わず足が早くなり、頬が自然と緩む。

物語は、やはりこうでなくては。

何だか、どうしようもなく胸が躍っていた。

「……六、七……八と、ここかの？」

ブラウに教わった道を辿り、細い小路にある家の数を数えて歩いて八軒目。

私は、ロブルの古書店と思われる建物の前に立っていた。

しかし、ようやく見つけたのは、本当にここが店なのかと疑いたくなるような小汚い建物だった。

多分この周囲はいわゆる下町だとか、古くからある地区だという設定が与えられているのだろう。周りの建物の多くが簡素な木と土壁作りの家屋で、窓は小さく作られ、ガラスの代わりに古びた木の扉や鎧戸がついている。表通りの建物は大抵窓にちゃんとガラスが嵌まっていたが、この辺では殆ど見かけない。

目の前のロブルの店はかろうじて通りに面した丸窓にガラスが嵌まっているが、それも質の悪い分厚く歪んだガラスだ。少し色がついているのかすっかり曇っているのかは判らないが、店の中がぼんやり見えるかどうかという感じだ。うんと顔を近づけて中を覗き込むと、ぼやけてはいるが本棚のような物がかろうじて見えた。

上を見れば一応小さな看板らしき物がぶら下がっているのだが、それも雨風に晒され色褪せて絵柄や文字の判別が難しい。目を凝らせば、開いた本の絵が描いてある……ように見えるかな？

とりあえず、どうやらここが目的の場所で間違いはなさそうだった。しかし、建物にまで芸が細かいものだ。

感心しながらも入り口に向かい、木の扉を引くと鍵はかかっていなかった。ギギィ、と今にも力尽きそうな音を立てて扉が開く。

開いた隙間からそっと中を覗き込むと、店内は随分と薄暗い。窓も小さいし……そもそも本は光に弱い物だから仕方ないのかもしれない。

店なのだから入っても構わないのだろうが一応挨拶だけ投げかけ、私はできるだけ静かに店の中に足を踏み入れた。

「こんにちは」

中に入ってみると店内は外から見た印象よりも随分と広かった。まぁ考えてみればVRなんだからそれも不思議ではない……はずなんだけど。

街並みも建物の中も、街行く人の服や小物などの細かいところも実によくできているので、時々仮想空間やゲームであることを忘れそうなんだよね。

私はそんなことを考えながら、薄暗い部屋の中を見回した。

部屋の中はまさに本の海だった。ギルドの図書室よりも遥かに本が多い。入り口側を除く壁には天井近くまである背の高い本棚がきっちりと並び、フロアにも背中合わせに設(しつら)えられた背の高い本棚が並び、奥まで続いている。

そんな大きな本棚が沢山あるというのに、そこから溢れた本が通路に置かれた沢山の木箱の中に適当に積み重ねてあって、それらを避けながら歩くのも一苦労だ。

ここの本は読めるのかと棚の一つに手を伸ばしてみたが、並んだ本たちは一塊(ひとかたまり)になったまま動く様子はない。どうやらよくできてはいるが、手に取ることのできない飾り物のようだ。

残念に思いつつも、私はローブの裾を持ち上げて本棚の合間をすり抜け、奥を目指した。

少し歩くと出口らしい扉のついた部屋の向こうの壁が見え、その手前には本に半ば埋もれたカウンターと、そしてその陰に隠れるように座る人影が見えた。あれがここの店主……ロブルさんかな？

ロブルさんと思しきその人は、実にいい感じの爺さんだった。

歳は今の私よりも少し若いだろう。痩せた体を揺り椅子に収め、熱心に本を読んでいる。

年経た顔にはその頑固さを物語るような深い皺を幾つも刻み、短めの白い髭が鼻の下と顎を飾っていた。

高い鼻に乗せた丸眼鏡が、それらと実によく似合っている。老眼鏡だろうか？　ああ、いいな、私もアレをかけたい。

灰色の短い髪の上には丸い毛糸の帽子を深く被っていて、髪は少し薄そうだ。

どこからどう見ても、ちょっと偏屈そうな古書店の店主を絵に描いたような人物だった。彼は恐らく私が入ってきたことに気付いているだろうに、顔も上げようとはしない。

偏屈ジジイ、イイ！　と私は内心でガッツポーズを決めた。これはぜひともジジイ同士の友情フラグを立てたいものだ。

「お邪魔するよ」

もう一度声を掛けてから近寄ると、彼はチラリと目線だけで私を確認し、それからフン、と鼻を鳴らしてまた本へと視線を戻した。

うむ、一見さんへのこの冷たい対応、まさに偏屈ジジイだ。最高だ。

その冷たい反応にいっそ感動を覚えながら、私はアイテムボックスを開いてラルフの絵本を取り出し、積み重なった本で三分の二が埋まったカウンターの端にそっと乗せた。

「白き木の葉は入荷しておるかね？」

ブラウから教わった言葉を告げると、老人は驚いたように顔を上げ、私の顔とカウンターの上の本を交互に見つめた。

「……ふん、どうやらあんたはお客のようだな。よかろう、何用だね？」

「ここへ来たらこの本を修理してもらえると聞いての。それに古書店と聞けば、本好きとしてはなおさら来んわけにはいかんしのう」

手に取れない本たちを残念そうに見回すと、ロブルはその私の様子を見て微かに口の端を上げた。

「古本なんぞに興味のある旅人がいるとは、珍しいこともあるもんだ」

「はは、旅人嫌いという話は本当のようじゃの」

私が笑うと、ロブルは面白くもなさそうに鼻を鳴らし、ぼろぼろになったラルフの絵本を手に取った。

「旅人なんぞ好きになれる訳があるまい？　不意に街にやって来ちゃ、あちこち好き勝手にうろつき回り、草原で弱い者いじめをして気が済むと去っていく連中だ。顔を合わせても挨拶一つできやせん。何を目指しておるんだかは知らんが……大半はごろつきとかわらんさ」

面白くなさそうなロブルの言葉に私は目を見開いた。

思わず彼の頭の上に視線を投げ、そこにＮＰＣのマーカーがあることを確かめてしまった。間違いなくNPCだ、うん。

　しかし今のセリフはすごく人間くさくて、一瞬NPCと話していることを忘れそうだった。

　確かにそう言われると、彼ら街の住人の視点で見たら冒険者は騒々しい厄介者と言えなくもない気がする。

「……同じ旅人としては、耳が痛いのう」

　私が苦笑と共にそう返すと、ロブルは首を横に振ってくれた。

「ブラウの紹介でここに来たのなら、あんたはまだちっとはマシなほうさ。少なくとも本が好きな暇人だってことは確かだろうしな」

「そうそう、ブラウが貴方によろしくと言っとったよ」

　本が好きな暇人、と評されたことは少々不本意だが不問にし、ブラウの言葉を伝えるとロブルは初めてはっきりとした笑顔を見せた。

　うう、偏屈ジジイの笑顔とはレアなものを見た。幸せだ。

「あんた、何か取られたかい？」

「うむ……ラルフの母御の手作りクッキーをのぅ。楽しみにしとったんだが……」

「はっは、そりゃ運が悪い！　なら、今日は夜辺りアイツが訪ねてくるかもしれんな」

　私はその言葉に首を傾げた。私の反応を見てロブルは楽しそうに秘密を一つ明かしてくれた。

「アイツは誰かから菓子やら面白い物やらをせしめるとここに来て、ソレを茶菓子にしてわしとお茶を飲むのが習慣なのさ。最近は機会が減っておったが、今日は久しぶりにご相伴に与(あずか)れそうだ」

なんとそうだったのか。

道理でブラウはあんなに嬉しそうにクッキーを受け取ったのに、すぐに全部食べてしまわなかったなと思ったら。

孫のような妖精と偏屈ジジイの友情っていうのもいいなぁ……しかし、運が悪いっていうのは？

「運が悪いというのは、あの菓子を与えなくても別に良かったということかね？」

「ああ。妖精ってのはな、普段は姿を隠しているくせに本当は寂しがりなのさ。アイツもギルドにしょっちゅう来る人間をよく見ていて、機会があれば話しかけようと思っとるらしい」

「確かに、ちょうど計ったように声を掛けられた気がするのう……」

「そうだろう。だがそうして姿を現しても、アイツらは大抵の場合、まず『試し』を仕掛ける。例えば醜い姿で出てきたり、持ち物を強請ったり、使いを頼んだり、謎をかけたりと色々のようだが……あんたが話しかけられたのは、アイツがもともとそれを狙っとったからだろう。たまたまその時にとっておきの菓子を持っていて、それを強請られて取られちまうなんて運が悪いとしか言いようがなかろう？」

私はその言葉にガックリと肩を落とした。

妖精との出会いのフラグが何なのか正確なところはわからないが、どうやらクッキーはきっかけの一つに過ぎなかったらしい。

もしかしたら本当の出会いフラグはあそこの本を全部読み終えた時とか、瞑想何十時間とか、そういう条件だったのかもしれない。ということはクッキーは取られ損なのか？

「まぁ、もしまた妖精と出会う機会があったら気をつけるこった。アイツらはちゃっかり者ばかりだからな。与えられたものに見合う何かを返すのが連中の流儀ではあるが、それがその時こちらが望む物とは限るまい。何せ気まぐれな連中だ」

なるほど。そうすると私がもし手ぶらで出会っていたなら、あるいはクッキーとは別の物を持っていたなら、また違うやり取りがあったかもしれないということか。

だが、もしかしたらアレがきっかけで簡単に仲良くなれたのかもしれないし、この店のことを教えてもらえたのもそのおかげなのかもしれない。

「……この店を教えてもらったから、それで良しとするかの」

「こんな本しかないボロ屋の情報で納得するってのかね？　やはり変わってるな」

そうは言われても、手ぶらだったらどうだったのかはもう知りようがないのだから、そう思っておくのが精神的には良さそうだ。

私はそうポジティブに考えることにして、無理矢理己を納得させた。どうせもうあげてしまったクッキーは戻ってこないのだ。

私が納得したのを見て、ロブルはまた笑うと手にしていた絵本をすっと私に差し出した。

「さて、ではわしからも茶菓子の礼だ。もう直ってるぞ」

「いつの間に……」

私は知らぬ間に糊と布テープで補強されていた薄い絵本を受け取り、それを開こうと手をかけた。

一体この本を修理すると何が起こるのかずっと気になっていたのだ。

絵本の表紙には一本の木が描かれ、『木々は歌う』と表題が書かれている。

その表紙だけをそっと開くと、何故かそれに釣られたように勝手に紙がパラパラとめくれ、真ん中あたりのページが開かれて動かなくなった。この本の動きは、まさか。

目を落とすとそこにあったのはページの片側にぽつんと記された、『白き木の歌』という一文だった。緑のインクで書かれたその文字は金粉を蒔いたような煌めきを帯び、薄らと光っているように見えた。その文字の煌めきを私はよく知っている。

「これは……まさか、魔道書!?」

私の声にロブルはニヤリと笑みを浮かべ頷いた。

「そうさ。ただし、こいつは見ての通りもうぼろぼろの本だ。直したとはいえ、またすぐ壊れるだろうな」

すぐ壊れる……じゃあ修理してもらってもやはり回数限定アイテムってこと?

「せいぜい、読めるのはあと一回というところだろう」

「たった一回？　しかし、それではさっきまでと変わらんのでは？」

「あんたそれでも魔道士かい？　覚えりゃいいだろうが」

……なるほど、そういうことか。

私はその意味に気付き、この本の使い道を理解した。

本来ならこの本は読むことも出来ない、掲げるだけで発動する範囲回復薬代わりのアイテムだ。

しかしここで修理してもらえば、一回きりだが魔道書として読んで使うことができる。

そのたった一回で呪文を覚えきれるかどうか。

「……面白い」

開発者からの挑戦のようなアイテムに、私はこらえ切れず笑みを浮かべた。私の笑みをどうとったのか、ロブルもまた面白そうな表情を浮かべて頷いた。

「美味いクッキーに免じて、わしからも良いことを教えてやろう。これはな、『始まりの木の葉』と総称される魔法の一つだ」

「魔法……何か、特別なものなのかね？」

「ああ。始まりの王と共にこの大陸にもたらされた魔法だとも、古い妖精種の残した魔法だとも言われているが、本当のことは誰も知らん。判っているのはどれも普通の魔法よりも遥かに強かったり、特殊な力を持っていたりするらしいということくらいで、それがどれほどの数あるのかも知られてはおらん。少なくとも、そこいらの店で売っているようなものではないってことは確かだな」

「皆このように絵本の中に隠れているものなのかの？」

「絵本とは限らんが……まぁ本の間に隠れているのは間違いない。大抵はこれのように、バラバラになっちまう寸前のような古びた本に隠れているな。こいつらはそういう古い本が好きなのさ」

まるで魔法自体に意思があるかのような言い方だ。私は首を傾げ、その疑問を投げかけた。

「まるで魔法に意思があるような言い方じゃな？」

「ある意味ではそうかもしれんな。こいつら『始まりの木の葉』は言の葉の合間……つまり、普通の本の中に姿を隠し、渡り歩いていると言われている。確かめたものはおらんがな。まぁ覚えとく

といい。こういった本は、大陸中にそれなりにあるのさ。その出会いは偶然で、ただ一度きりかもしれない。気がつくかどうかも運次第だ。だが、そこにこそ面白みがあるってもんだ」

「うむ……憶えておこう。是非とも何度でも出会いたいもんだの」

「あんたなら恐らくまた出会いがあるだろう」

ロブルの言葉に何故かと問いかけると彼は、ブラウだ、と教えてくれた。

「アイツの祝福を受けたろう？」

「ああ、確かに受けたが……何も目に見える変化はなかったが、あれは一体？」

「この本を開き、魔道書として読めるってのがその祝福なのさ。知の妖精の祝福を受けると、これと同じように世界のあちこちに散らばった『始まりの木の葉』を見つけることができるようになる。祝福には他にも効果があるが、一番は何といってもそれだ。これらの魔法が古い妖精種のものじゃないかと言われるのはその辺りが理由だ。アイツらと同じように、本当の姿を隠して擬態しているからな」

私は胸の内で、どうしよう、と小さく呟いた。何かドキドキしてきた。

始まりは、草臥（くたび）れたおじさんみたいな顔の妖精との出会いだったのに、その話がおかしな方向へどんどん広がっている気がする。

一体私はどんなフラグを立てたんだ？　未だにレベル一だっていうのに、何だか壮大な夢を持ってしまいそうだ。

高鳴る胸を押さえながら、私はロブルの顔を見た。ブラウもロブルも、本当に会話や仕草が自然だった。もう私は彼をＮＰＣ扱いする気にはなれない。だから、答えが判りきっていても聞きたかった。

「それを知る貴方は探そうとはしないのかの？」

「フン、わしはただの古本屋の店主さ。それが一番性に合っている。世界中を旅して、世界中の本を読み漁るなんてのはごめんだよ。そんなことをしたら持病の腰痛が悪くなって婆さんにどやされちまう」

婆さんもいるのか！　この偏屈ジジイと夫婦とは、一体どんな最強婆さんなんだろう。是非とも一度お会いしたいものだ。

私が胸をときめかせていると、不意にロブルは店内の本棚を指差した。

「この中にもどこかに確か一冊くらいそんなのがあったはずだ。まだあるかもしれんから、気になるなら探してみたらいい」

「この中に……しかし、さっきは本を手に取れんかったのだが……」

私が眉を寄せると、ロブルはパチンと指を一つ鳴らした。

「うちの本はどれも器量良しだが気難しくてな。気に入らん客とは手も繋いでくれんのさ。これで読めるようになるはずだ。まぁ道楽でやってる暇な店だ。あんたなら長居したって構わんよ」

「ほほう、どれ……」

言われるままにカウンターに載る一冊に手を伸ばすと本は素直に私の手に渡り、はらりと開かれてくれた。うーん、何て身持ちが堅いんだ。

適当に手にした本はもちろん当たりではなかったが、『フォナンの闘技場とその歴史』という知らないタイトルのものだった。

店内は薄暗いが、外はまだ日が高い。時間はたっぷりありそうだ。

店主の許しも出たことだし、私は本に埋もれていた小さな木の椅子を探し出すとカウンターの上にぶら下がっているランプの下に寄せ、そこに陣取って本を読ませてもらうことにした。

私が読書の態勢に入ったのを見てもロブルは何も言わないところをみると、売り物を読んでも特に気にはならないらしい。

ひょっとするとここの本を読んだらクッキーで上げ損ねた知性＋1を取り戻せたりするかもしれない。

ささやかな期待と共に本を読み始めた私の姿を見て、ロブルもまた揺り椅子に体を戻して本を手に取る。

静かな店内に、爺さん二人が本をめくる音だけが密やかに響いていた。

▼第四話
金欠と旅立ち

『――来たれ来たれ、白き紡ぎ手、氷雪の子供。遥かなる天よりの使者にして、眠りと死を運ぶもの。我が望む全てをその白き御手に包み込め』

言葉を紡ぐ度、右手に持った杖がほのかな光を帯びる。光は徐々に強まり、やがて呪文をほぼ唱え終えると、杖頭（じょうとう）についた透明な丸い石の中に凝縮するように青い光が灯った。私はそれを軽く振り上げ、前方に集まった敵を見えない輪で囲むようにくるりと動かした。

『降れ、氷の華』

パキパキと何かが軋むような硬い音と共に周囲の温度が急激に下がる。

少し離れた場所にいる、半透明のゼリー状の生き物――いわゆるスライムというやつだ――の上にチラチラと白い雪が降り、彼らは次々にその体を白く濁らせ凍り付いていく。

私は三匹いたそれらが完全に動かなくなるまで待ってからゆっくりと近づき、杖の先で一匹をツン、とつついた。

途端にパチンと光が弾け、キラキラと周囲に散った光がその生き物の最期を告げる。コンコンと他のスライムも叩くと、同じように次々弾けて姿を消した。

周囲の光も敵の姿も全て消えたことを確かめてから、私はアイテムボックスを開いた。

「お、出たな、沼スライムの核石。よしよし」

今の三匹を倒して出たアイテムは二つ。一体は何も落とさなかったようだがそれでも嬉しい。ついでにステータスを見ると、レベルも一つ上がっている。

「これでレベル五か。まぁまぁのペースかの」

レベルが上がってかなり余裕が出てきたＭＰを見ながら、私はこうして危なげなく戦えることにひとまずの達成感を覚えて頷いた。

杖を装備しているし、幾つかの魔法スキルの熟練度をあらかじめ上げておいたおかげもあって、レベルアップの度に魔道士が上げたいＭＰや知性、精神などの数値がかなり上がりやすくなっている。その三つだけはうなぎのぼり状態だと言ってもいいくらいだ。

他人と比較したわけではないので正確なところはわからないが、このレベルで沼スライム三匹を魔法一発で倒せるのだから、今のところ良いペースで育っているんじゃないだろうか。

その代わりＨＰやら腕力やら体力やらはかなり底辺を彷徨っているような気もするが。

「うーん、ＨＰは少し心配かの……だが元々エルフはその辺の期待値は低いはずだしのう」

元々エルフはそれらの数値が高くないし、上がりにくいから仕方ないこととも思える。その分、敏捷（びんしょう）なんかは種族の特性のおかげで上がりやすいので、何もしてなくても結構高い。

もっとも、私の場合は口だけ素早く動けばそれでいいので、敏捷はあんまり必要じゃないんだけど。

「範囲魔法の効果も十分かの。範囲はもう少し広がるはずじゃが……そこはさらに精進するか」

今使った氷の華は青の魔道書Ⅰで覚えられる氷系の初級範囲魔法だ。

範囲魔法といっても最初はほんの直径一メートルくらいの範囲しか凍らせられなかったのだが、魔法ギルドでせっせと熟練度上げをした結果、今では三メートルくらいに効果範囲が広がって使い勝手が大分良くなった。

ちなみに沼スライムはファトスの北にある湿地帯に棲む不定形生物で、その体の柔らかさから物理攻撃に強く、魔法以外の攻撃が効きにくいという性質を持っている。

ソロで挑む推奨レベルは七くらいだが、ノンアクティブなのである程度レベルの上がった魔道士にはいいカモだ。

落とすアイテムも色々な種類の回復薬の材料となるので、生産で薬師をやっている人たちにいつでも需要があってそこそこの値段で引き取ってもらえる……はずなのだが。

「ふむ……これで核石が十六個か。今の相場から行くと、全部売り払ってもちと厳しいかのう……いっそ生産は薬師にでもするべきか……」

ここに来る前に確かめた核石の相場は、確か一つ150R前後だった。そう悪い値段ではないが、このところ少し下がって来ている。私はううん、と唸って眉を寄せた。

RGO生活二週間目。

今のところ、私の計画自体はそれなりに順調に進んでいる。

あれからロブルの店で沢山の本を読ませてもらえたおかげで、知性をいくつか上げることが出来た。杖を装備するための目標数値も無事にクリアし、こうして予定通りフィールドに出てレベル上げを始めているのだ。

ファトスの周辺なら敵はノンアクティブのものばかりだし、図書室で仕入れたモンスターの知識によって弱点は熟知している上、練習室で仮想敵を相手に散々魔法の訓練をしたのでソロでも恐怖はない。

興味が勝らない限り無理はしない主義なので、ここら辺の雑魚には今のところ無敗と言っていい。

ブラウやロブルとの出会いによって、魔法を探す旅をしたいという大きな目標も新しく生まれた。

私のＲＧＯ生活は今のところ概ね順調で、ただ一点を除いて大きな問題はない。

そして、その一点とは――

「ロブルの所にあった始まりの木の葉の書も、見つけたはいいけど使う為には買い取りだし、そのうち赤の魔道書Ⅱと白の魔道書Ⅱも欲しいし……やっぱ探索者の書を買ったのは早まったかなぁ」

色々考えると憂鬱で、思わず言葉遣いも素に戻ってしまう。

欲しい物を指折り数えてみたが、私の現在の所持金は１２００Ｒくらい。

対して欲しい魔道書は大体どれも１５００Ｒから３０００Ｒくらいの値段帯。とてもじゃないが全てをすぐに買えそうにない。

ちなみにロブルの店に置いてあった本は、この先のエリアや都市を紹介するような旅行記や歴史書、周辺地域の民話をまとめた本が多かった。どれも面白くて、先へ進むことや、街歩きが楽しみになるような本ばかりだった。

そんな本を読んだせいか、どうもこのところ、次の街を目指したい気分になってきているんだよね……。

まだレベルは低いけど目標もできたことだし、そろそろもう少し遠出できるようにしたい……でもそのためには魔道書を買い足すとか地図を買うとか、そういうある程度の準備が必要で。

「完璧、金欠だな……はてさて、どうするかのう」

――要するに、金の問題というやつだった。

「うーん、困ったのう」
「のうって言うな！」
「おっと、いかんいかん」
「それもやめろぉ!!」

朝の通学路で行われた漫才めいたやり取りも、ここ最近の日課だ。

このところどうもうっかりすると時々口調がジジイ語になってしまう。まずいかなぁと考えているとあくびが一つこぼれた。隣では光伸が朝から辛気臭く肩を落として歩いている。

そうだ、せっかくだから感想を聞いておこう。

「ね、今のさ、のうって言うのと、のじゃって言うの、どっちが良いと思う？　やっぱりのじゃはちょっとやりすぎかなって思うんだけど……ミツはどっちが好き？」
「いやどっちも好きじゃないからな!?」

そうなのか。うーん、残念。じゃあ何なら好きかなぁと考えていると、光伸は大きなため息を吐いた。

「朝から元気ないね、ミツ」

「誰のせいだ誰の！」

「ちょっと失敗したくらいいいじゃない。ミツだってたまにミストを意識した振る舞い出てるし、お互い様だって」

「えっ!?　嘘だろ、いつだよそれ！」

「たとえば……体育の剣道の時とか？　この前、うちのクラスと合同だったよね。雨だったから武道館の半分で女子がダンスしてた時さ。ミツが盾もないのに片手剣よろしく竹刀を斜めに大きく振りかぶって、胴をあっさり払われていたのを目撃したよ」

　ぐあぁぁぁ、と聞き苦しい声を上げて光伸は頭を抱えた。

　あの時の光伸は、オレ騎士道まっしぐらだぜーと言わんばかりの自信に満ちた雰囲気を出していた。だがそれは言わないでやろう。武士……じゃないけど、老魔道士のせめてもの情けだ。

　ちなみにその時間の私はもちろん体育館の隅で見学だ。ダンスなんて激しい運動をしたら、ステップを踏み損なって足首をくじいてしまうに決まっている。

　運動をする度に毎回保健室に運ばれる私に、体育教師ももう諦めているので問題はない。どうせ表向きは病弱ということになっているのだ。滅多に風邪も引かない健康体だが。

　そんなことを回想している私の横で光伸はひとしきり呻いて激しく後悔したあと、気を取り直してまた歩き出した。立ち直りが早いところがコイツの良いところだ。

「ああ、くそ、俺も気をつけなきゃな……。それで、南海は何に困ってるんだ？」

　ようやく話が本題に戻った。私は少し悩んだが、ウォレスが金欠であることを素直に話すことに

した。

「金欠かな。クエストなんかでちまちま金を稼いでたんだけど、魔法が面白くて調子に乗って魔道書を買っていたら、本当に欲しい物が出てきて今ちょっと困ってるんだよね」

「レベルは上がってるのか？」

「昨日五……六になったとこ。ファトスの周りで戦う分には苦労していないから狩りをすればいいんだけど、そればっかりやっているのも飽きるしさ」

なるほど、と光伸は頷く。金欠は序盤のプレイヤーにはよくある問題だろう。

パーティを組んで効率のいい狩りをしたなら問題はないのだろうが、あいにく私にはその気はないし。

まだ相変わらず瞑想なんかも続けているし、最近はロブルの店にも通い続けているのでそちらにも時間を割きたい。何せ今や私とロブルは立派な友人なのだ。

あのブラウやロブルとの出会い以来、私はＮＰＣをＮＰＣだと思うのを止めることにした。

店の店員にも、街角を行く人にも、緑のマーカーがついていたら積極的に何度でも話しかけてみることにしている。

買い物や部屋を借りるのも、ウィンドウを開いて「操作」をするのを止めて、何事も直接の会話で大体の用件を済ませるようにしている。ＲＧＯはシステム上そういう行為も普通に可能なのだ。

もっともいちいち口頭でやり取りをするよりもウィンドウを開くほうが面倒がなくていいので、大抵のプレイヤーは意図して情報を集める時や、クエストの時以外そんなことはしていないと思う。

すると何とそれ以来、NPCたちの態度が目に見えて変わってきた。

会話をする度にNPCの話す内容が変わり、その日のオススメを教えてくれたり、パン屋で人気のパンの焼きあがり時間を教えてくれたり、町内の美人ランキングや花屋のお姉さんの思い人を教えてくれたりする。

それが役に立つか立たないかは置いておいて、今では私はすっかりファトスの街の人々に馴染んでしまった。まったく、本当によくできたシステムだと感心するばっかりだ。

まぁ、そのおかげですれ違うプレイヤーには私もNPCかなと疑われたり、胡乱な目で見られたりすることもままあるのだが。ま、多少不愉快だけど実害はないから構わない。

話がそれたが、私はファトスの街の周辺情報を脳内で検索して、出てくるモンスターについても考察を加えた。

沼スライムは倒しやすいがドロップ品の値段が下落しているから、そろそろ次のターゲットを考えるべきか。しかしあの周辺の敵は取得経験値のほうに若干のボーナスがついていて、ドロップアイテムは大した物がないという種類が多い。沼スライムは良いほうなのだ。

その辺は初心者向けのレベル上げ用の敵ばかりなのだから仕方ない。

やっぱりコツコツやるしかないかなぁ。

「それなら、そろそろ一緒にどっか行こうぜ。セダの周辺ならもっといい敵いるし、金も稼げるからさ」

「断る。まだまだ、理想には程遠いからね」

「ったく、そんなに拘ることかよ……レベル上がるペースも遅いし、結構インしてるみたいなのに、何に時間使ってんだ？」

「何でもいいでしょ。余計なお世話だよ。私は私なりに有意義に時間を使っているんだから放っといて」

その言い草に何となく腹が立ってぷいと顔を背けると、光伸は困ったような声音で、悪い、と小さく呟いた。自分の仲間が原因で私がソロの道をひた走っていることを、光伸はまだ後悔しているらしい。

私はもうそんなのは全く気にしていない。むしろどんどん楽しくなっているところだ。こういうのは、好きなように拘ってこそやりがいがあるというものだろうに、まったく。

「とりあえず、レベル上げ始めたなら、ファトスで受けられそうなクエストを端から潰したらどうだ？　報酬は安いけど簡単なのが多いから、一通り終わらせるとそれなりに金になる……はず？」

ああ、それは良さそう。自分のステータスの調整を優先していたから、街中で終わらせていないクエストはまだ結構ある。ファトスのなら一人で出来る簡単なものばかりだし……後は、生産かなぁ。

「クエストはやってみるよ。あとは、やっぱりセダに急いで行くのは止めて、先に何か生産スキルでも取ろうかなぁ」

次の街への興味はあるが、ここは我慢かもしれない。

とりあえずロブルの店の『始まりの木の葉』だけ急いで確保して、他は長期戦で行くか。ついで

に何か生産を始めて、ゆくゆくはある程度の収入や自給自足の道を確保したいところだ。

「お、生産スキル取るのか？　何にするんだ？」

光伸は興味津々といった風に問いかけてくる。しかしあいにくその問いへの答えは私の中でもまだ出ていなかった。


ＲＧＯには他のＭＭＯなんかと同じように生産という行為があり、基本の職業の他に、一種類だけ副職を選ぶことが出来る。

といってもキャラメイキングの時に副職を選べるわけではなく、あとからその副職に就く方法を探して覚える方式だ。

大抵は街にそれら生産職のエキスパートのＮＰＣがいて、彼らに弟子入りするなりなんなりして覚えることとなる。

もっとも、各職業に就くための必須スキルや必要ステータスポイントというのも設定されており、選べる副職は自分のステータスが許す範囲のものだけだ。

だからある程度レベルが上がってから副職を始める人のほうが多いらしい。

私も多少のレベルアップをしたし、ステータスも順調に伸びているのでそろそろ就ける職業があるはずだ。

鍛冶や農業などの職業は腕力や体力が足りていないので無理だろうが、魔法具の生産や薬師とかなら多分就けると思う。

「最初は薬師がいいかなぁと思ってたんだけど……ファトス辺りの材料で作れる薬の需要が減ってきてるみたいだから悩んでるとこかな」

「ああ、そっか。そういやフォナン地区が開いたもんな。今あの辺で採れる薬草とか、ドロップ品を使った薬に人気が集まってるからなぁ」

そう、私がロブルの店に入り浸って偏屈ジジイに癒やされている間に、いつの間にか大陸四つ目のフォナン地区まで踏破されたのだ。

グランガーデン大陸は全部で十五ほどの地区に大まかに区分けされている。で、踏破というのは、次の地区の主要都市に最初の旅人が辿り着くことを言う。

大陸が区分けされ、そこに街があることがわかっているのに踏破というのはおかしな表現だと思うが、まぁそう呼ばれている。

それぞれの地区は中心となる大きな街が一つか二つに小さな町や村が幾つか、という形で構成され、本来なら各地区同士には交易や行き来が普通にあったらしい。

しかしゲーム内の歴史でここ二、三十年の間に魔物の活発化が各地で頻発しており、あちこちの土地が乱れ、徐々に国の情勢が不安定になってしまった。そのため人々の行き来が減り、交易もかなり少なくなったらしい。

今では大規模な隊商が協力して年に一、二回交易を行うのみで、一般の人間はその中には加えてもらえない。

使われなくなった街道はいつの間にか荒れ果て、モンスターの群れが居座ったとか、強いモンスターが地形を変えてしまった、などの様々な要因で道が寸断された場所も増えた。

やがて使える道や安全地帯もわからなくなり、しかし地図を作り直すことも出来ず、交流が少なくなった街や村はどこも衰退し始めている……という設定が、背景にある。


で、そこで登場するのが大陸を行く旅人たる、我らプレイヤーだ。

旅人たちは大勢で協力して、一般人の往来が途絶えて荒れ果てた街道や荒野を辿り、周辺の敵を倒して安全を確保し、地図を描きながら次の街への道をもう一度拓く。

そうやって荒野を通り抜けた旅人が次の街に到着すると、その辺りの新しい地図が売られるようになり、一般レベルでの交流が復活するので周辺の街は活気付いて再び発展を始め、定期便の馬車が往来し始めたりするのだ。

それが新しい地区を踏破する、という行為の意味だ。

もちろん、それはプレイヤーにとってはゲーム攻略の要であり、最前線を競える楽しい舞台に過ぎない。

未知のモンスターがわさわさいたり、ボスクラスの大きなモンスターに襲われたりということは当然あるが、それも多分お楽しみなんだろう。というか、そもそも街道ボスを倒さないと次のエリアには行けないらしい。

その他にも沼や川に足止めされたり、休める安全地帯がなかなか見つからなかったりと様々な出来事があるため、幾つものチームが協力して何日もかけて調査することが多いようだ。

それはそれで楽しそうだが、今のところまだ私には縁のない話だ。

今の話で私に縁があるのは、四つ目の地区が踏破されて色々と流通や相場の事情が変わった、というところだけ。それによって私の考えていたささやかな金策方法は軌道修正をしなくてはならなくなったのだ。

「そういえばミツは何か生産やってるの？」

「ああ、俺は騎獣生産ってのをやってるよ。せっかく騎乗スキル取ったしな。セダの南に牧場のある村があってさ、そこで覚えられるんだ」

光伸の説明によると、野にいる獣の中から騎乗可能なものを専用の道具で生かして捕らえ、調教するらしい。牧場にスペースを借りたり、道具が必要だったりして初期投資が少しいるらしいが、売れれば結構いい値段になるということだった。

面白そうだが、腕力と体力と騎乗スキルが必須ということで、私には多分無理そうだ。……そもそも動物に乗ったら酔う気がする。

「私には無理そうだなぁ。腕力とか、全然だもん」

「魔法職向きじゃないやつだしな。腕力が必要じゃないやつも色々あるけど……今からやるなら薬師はあんまり薦めないかな。魔道士が少ないこともあって、皆回復薬に頼りがちだからな。薬師はダブつき気味だと思うぜ」

「ああ、そっか。そう言われてみればそうだね……材料の需要が結構高いから、単純に材料よりも完成品を売ったほうが儲けになるかなって思ったんだけど、それはつまりもう薬師はいっぱいいる

ってことだもんね」

単純な事実に今更気付いて私はため息を一つ吐き出した。

やっぱりファトスから動かず、他人と交流をしていないとわからないことも多いな。この辺も少し考え直さなければ。

「魔道士だと魔法具の生産系がやりやすいと思うけど、そっちもそれなりに稼いでる奴はいるからなー。けど、生産スキルもまだまだ色々あるんじゃないかって言われてるし、そういうのが出てきてからでもいいと思うぜ。そうしたら、後発とか関係なくなるし。ま、南海ならそのうち変な職業とか探してきたりしそうだけどな」

なるほど。そうか、まだたった四つ目の地区が開いたばかりなのだから、今後色々出てくる可能性もあるわけだ。

生産職は一度に一つしか就くことが出来ないが、他の職業に転職することはできる。新しい街で新しい生産職が見つかるとそれに鞍替え（くらがえ）する人もいたりするらしい。

転職すると前職のスキルは凍結されて使えなくなるが熟練度は残るそうで、一定の手順を踏むと元の職にまた再就職（？）することも出来るそうだ。

検討課題が色々増えて、私は逆に憂鬱な気分から解放された気がした。私の抱えた問題は何も解決はしていないが、楽しみはまだまだ隠れているのだ。

プレイヤーの数だけ楽しみ方はあるのだから、焦らずそれらを探してみよう。

……今日は帰ったら何をしようかな？　まだ今日が始まったばかりだというのに、私はもうそん

なことを考え始め……あ、そうだ。もう一つ悩みがあったんだ。
「ところでさ、呪文唱えた後にこうやって杖を高く振り上げるのと、前に向かって大きく回すのと、どっちがかっこいいと思う？　それとも杖の頭でびしっと敵を指し示すべき？」
「知るか！」

「これを頼むよ」

手に持っていた本を渡すと、ロブルは丸眼鏡を押し上げてそれをまじまじと眺めた。渡したのはひどく古ぼけた歴史書だ。

ロブルはそれを一度ひっくり返してからニヤリと笑うと、２５００だ、とそっけなく告げた。今の私には結構痛い金額だが、それもまぁ仕方ない。

言われた通りの金額を払うと、本はとうとう私の物となった。思わず顔がほころんでしまう。

「まいど」

「うむ。売れてしまわなくて良かった。金を用意するのに手間取ってしもうて、ハラハラしたよ。他の本を先に買ってしまったしのう」

ここ、ロブルの古書店に通い始めてもう何日になるのかそろそろ忘れてしまいそうだが、私はこの店に並んだ本のほとんどを読み終えていた。

もっとも全ての本が読める本な訳ではなく、壁の棚の上のほうは飾りだったりもしたのだが、とりあえず目に付く限りは大体制覇した気がする。

だがその過程で見つけた二冊の魔道書を誘惑に負けて先に買ったら、肝心の始まりの木の葉の書を見つけた時に金が足りないという間抜けな羽目に陥ってしまった。

どうにか外で狩りをして金を作れて本当に良かった。

私がいそいそと本をしまいこんでいると、ロブルは短い髭を擦りながら首を傾げた。

「何だ、あんたは何か手に職を持っとらんのか？」

手に職、というところで一瞬考えたが、要するに生産職のことだろう。私が頷くとロブルは呆れたように首を横に振った。

「職もないくせにこんなところに入り浸っておったら、そりゃ金もなくなるだろうさ、まったく」

「や、職業は一応魔道士だし、それでも少しは外で稼いどったぞ」

「ここにいる時間のほうがどう考えても長そうだ。まぁ、学者なんてもんは、大体貧乏と相場が決まっとるから仕方ないのかもしれんな」

どうやらロブルの中では私は魔道士というより学者に近いような認識をされているらしい。確かにここで本を読んでばかりいるからなぁ。

って、ちょっと待って、学者!?

それはもしかして、私はこのまま行くと学者になるかもしれないっていうこと？

「それは困る！」

「何だねいきなり」

「あ、いや、すまん。独り言じゃ」

私はロブルにごまかすように笑いかけ、一言断ってからウィンドウを開いた。

ステータスの欄はいつもと特に変わりはない。良かった、まだ特に何もないようだ。

ＲＧＯがサービスを開始して、そろそろ二ヶ月ほど。

戦士と魔道士の二択で始まるこのゲームで、そこから分岐する次の職業に転職した人がかなり多くなってきた。まだ初期職でいる人は、私と同じような後発組が多い。

戦士系なら大体は扱う武器で道が分かれるらしい。剣士や盾剣士、斧や鈍器を使う闘士などは近接系で、弓士や銃士などは遠距離系だ。

魔道士なら熟練度を上げて得意な魔法を作ることによって、色分けされるように職業が分岐する。

新しい職自体はそれなりに色々と出揃って来ているらしい。しかしまだその分岐についての条件が完全に解明されたものはあまり多くなくて、誰もが手探りをしている時期だ。転職のための細かい条件が明かされていないものもある。

更に上位の職についてもちらほらと名前くらいは出てきてはいるようだが、現段階で転職できるレベル帯の人間はまだほとんどいないらしい。

「やはり今のは呼びかけだったのかの……うぅむ」

そんな状況なので、転職について私が得ている情報もあまり多くはない。

ただ、ステータスやスキルなどの条件が整い転職が可能になると、ステータスウィンドウの職業欄にピコンとマークが出て、転職可能職業一覧を見られるようになるというのは知っていた。それ

が出たらそれぞれの転職クエストを受けることが出来るのだ。

そしてそれとは別に、まだ条件は整っていないが今一番可能性がある職業を知ることもできるらしいと聞いている。

セダの街にいる占い師に占ってもらうとか、ＮＰＣと話をした時に彼らが呼びかけてくる言葉で予測がある程度可能だという話を。

もしさっきのロブルの言葉が私の転職の可能性を示唆するものだったとしたら、このまま行くと私はいずれ学者とやらになれるかもしれないということだ。

まだそう呼びかけられただけだし、レベルも低いから先の話だとは思うんだけど……本を読みすぎたとか、関係あるのかな？

「……学者とやらは、魔法系かの？」

小さく呟いた言葉はロブルには届かなかったようで、返事は特になかった。

学者がどんな職業なのかさっぱりわからないが、立派な老魔道士を目指している身からすると方向がずれてしまうような気がする。

いや、それに転職しなければ良いという話ではあるのだが、いざという時になったら好奇心に負けてしまいそうだし。

これはちょっと困った。そろそろもっとレベルを上げるとか、使える魔法を更に増やすとか、魔道士らしさをもう少し追求するべきだということだろうか。

「副職も何にするか考えんとだしのう……そういえば、ここには生産に関する本があまりないよう

じゃったの？」

顔を上げてそう問いかけると、ロブルは本棚を見回しながら頷いた。

「ああ、うちにはそういった本は少ないな。そういう産業に関する本は、確かセダの商業ギルドなんかが熱心に収集しとるはずだ」

「なるほど、収集にも場所によって得意分野があるのか。そうすると、セダに行くと参考になる本が色々ありそうじゃの……」

そうだな、と返事をしつつロブルは不意に私のことをじろじろと眺めた。ふぅむ、などと唸りながら何か思案している様子だ。

「あんた、今魔法はどのくらい覚えとるんだね」

「魔法？　ええと……」

考えてみたが幾つあるかは数えたことがない気がするので正確なところが思い出せない。仕方なくウィンドウを開き、スキル一覧のところを出して数を数えた。

私が今持っている魔道書はミストから貰った赤、青、白の魔道書Ⅰがそれぞれ一冊ずつ。後から自分で買った緑と黄の魔道書Ⅰもある。

これらファトスの魔法具屋で販売している基本的な魔道書には、それぞれ単体、範囲、補助に当たる魔法が一つずつ、計三つの魔法が入っている。

色はそのまま属性を表し、火、水（あるいは氷）、風、土、それと回復系の光が白、という定番な感じだ。

その他に古書店で見つけた二冊の魔道書があり、あとは絵本による、白き木の葉……そのくらいかな？

一冊の本で使える魔法の数はばらつきが多少あるのだが、色々数えると二十を少し超えるくらいになることがわかった。いつの間にか随分覚えたもんだ。

それでもまだ初級の魔道書がほとんどなのだから、先は長そうだ。

「今のところ二十と少しくらいかのう」

「それを全て覚えておるか？」

「暗記しているかということならしておるが。あ、そういえば本はもう要らぬから売ってもいいのか」

そうだ、もう手に入れた本の呪文は全て覚えてしまったんだから、売っても良かったんだ。

アイテム欄が空くし丁度いいな、と考えていると、不意にロブルが何かの包みを差し出してきた。

「二十を超えた魔法が使えるなら、まぁ何とかなるだろう。あんた、これをもってサラムへ行ってみんか」

「サラム？」

私が首を傾げると、ロブルは包みをカウンターに置いて、そのカウンターの下から折りたたまれた茶色い紙を取り出した。今にもバラバラになりそうな古ぼけた色合いの紙をロブルがそっと開く。

開かれたそれは、どうやら地図のようだった。

「これは……この大陸の地図かの？」

「ああ。とは言っても大分古いもんだが……ほら、ここがファトスだ」

ロブルの指が大陸の端をトンと叩く。

グランガーデンは横に大きく伸びた形の大陸で、オーストラリアに少し似ているようにみえた。

ロブルが指さしたファトス地方はその東の端っこに位置している。

「ここから西隣がセダ領だ。広い港を有する大きな街があって商業が盛んなとこだな。そのセダから北へ行った……この辺がサラムだ」

ロブルの指がセダを指し、それからその上へと滑って行く。別の地方の名だけは見知っていたが、こうして地図で位置関係を確認するのは初めてだ。

「ここがサラムか……フォナンは？」

「フォナンはセダのさらに西だな。この辺だ」

この間踏破されたばかりのフォナンはセダの西側にあるらしい。距離的にはどちらもセダから近いようだが、フォナンよりもサラム側のほうがフィールドのモンスターが弱く、そちらが先に踏破されたと聞いていた。

しかし弱いといってもサラム近辺の適正レベルは十五から二十五くらいだと聞く。

サラムどころか、未だにファトスを離れたことがなく、セダにさえ行っていない私には遠い場所だ。

「ふむ……サラムはわしにはまだ遠すぎる気がするが。で、それは何だね？」

カウンターに置かれた包みは両手で持てるくらいの大きさで、茶色い油紙で包まれていた。

「娘への土産だ。あとうちの婆さんにもな」

「娘さん？　娘がおったのか？　婆さんって……今出かけていると言っていた？」

「ああ、そうだ。ここにいたら会っとるだろうが」

確かに、ロブルの奥さんは今家にいないとだけは聞いていたし、未だ顔を合わせたことはない。

ＮＰＣは時間によって大まかな行動パターンが決められていて、大体誰しも一日に一度は外に出てくるような設定になっているらしい。だから奥さんも娘さんも、もしここに住んでいるのなら一度くらいは私とも顔を合わせていただろう。

それがなかったから本当にいないのだと分かっていたのだが、まさかそんな遠くにいたとは……。

ちなみにロブルは夜七時になると店を閉めて、西通りの端にある食堂に夕飯がてら一杯引っ掛けに行くのが日課だ。

それとなく後を尾けて何回か一緒に食事をしたのでよく知っている。この街にいるプレイヤーで、積極的にＮＰＣと食事をするような人間は恐らく私くらいだろう。だが楽しかったので問題はない。

「……サラムには娘夫婦がおるんだ。遅くに出来た娘なんだが、数年前に隊商に交じってファトスに来ていた商人と恋仲になって、そいつについていてっちまった」

ロブルは如何にも面白くなさそうにフンと鼻を鳴らした。娘さんが遠くに嫁に行ってしまって寂しいんだろうな。

「で、ちょいと前に娘に子が生まれてな。しかし娘の産後の容態が良くないと聞いたもんだから、婆さんが手伝いに行っとるのさ。丁度行き来が再開されて良かった。それだけは旅人らに感謝しとる」

「そうじゃったのか」

ロブルは頷くと包みをぽんと叩き、頼まれてくれんかと呟いた。

「今はエッタの実が採れる季節だろう。八百屋の婆さんに頼んで干したのを作ってもらったんだ。滋養に良いのさ。娘はこれが好きだったしな」

エッタとはプルーンに似たこの地方特産の果物で、プレイヤーにとっては休憩時に食べられるMP回復アイテムの一つだ。

庶民的な値段の割に回復効果が比較的大きいし、甘酸っぱくて結構美味しいので、私も時々買って狩りの時に持っていっている。

干した物は見たことがなかったなと思っていると、ポーン、と音がして、私の右前方に勝手にウィンドウが現れた。正面に出てくると邪魔になることが多いので場所を調整してあるのだ。

視線を走らせると、文字が出ているのが見えた。


『クエスト「ロブルの届け物」が発生しました。依頼を受けますか？』


YesとNoの項目には手を触れず、私はロブルに視線を戻した。

「サラムは確かに近くはないが、それだけ魔法が使えるなら、馬車を使えば何とかなるだろうさ。それにあそこはニナス程ではないが魔法が盛んな街でな。あんたの為になることも多いはずだ」

ニナスというのが一体何番目の地方の街なのかはわからないが、魔法が盛んな街というところは私を惹きつける。

ロブルからの頼みごと、というのもポイントが大きい。この旅人嫌いの偏屈ジジイに、個人的な頼みごとをされるまでに仲良くなったのかと思うと感無量というものだ。

本当はもう少しレベルを上げてからこの街を旅立とうと思っていたので少し悩んだが、結局私は好奇心に身を任せることにした。

「わかった、引き受けよう」

手を伸ばして包みを持ち上げると、ロブルはほっとしたのか頬を緩めた。

開いたままのウィンドウの文字が勝手に変化し、『クエストを受理しました』と案内が出る。

「すまんな、助かるよ。うちの婆さんは少々手強いが、まぁあんたなら何とか上手くやるだろう。よろしくな」

「……心しておこう」

包みをアイテム欄にしまうと、私はその場でしばし考え込んだ。

セダに腰を据えずに一息にサラムを目指すとなると、やはり準備が必要となる。

どの道セダは経由する訳だから、そこで色々装備を見直すなどするべきだろう。それならそこまでに少し金を稼いでおきたいところだ。

考えを巡らせながら、ウィンドウを開いて受注クエストの詳細を見る。

クリア条件は、預かった包みをサラムの九番通りの魔法具店にいるグレンダさんに届けること。

期限はなし、報酬は？？？となっている。

「ふむ、期限はないのか」

「ああ。別に腐るようなもんは入っとらん。あんたの都合でいいさ」

それなら何とかなりそうだ。

私は一つ頷くと、ロブルの顔を見た。この偏屈ジジイの顔もしばらく見られないのかな。

サラムまで行くとなると、どうしてもしばらくは帰って来られないだろう。そう思うと何だか寂しい。

「しばらく会えんな。元気で」

「ふん、旅人なら旅人らしく、振り向かずにさっさと行ったら良かろうに」

「届け物をしたら、報告しに戻ってくるよ。では、またの」

ふん、と鼻を鳴らすとロブルは椅子をぐいと回してそっぽを向いてしまった。

話は終わったとばかりの様子に、私は苦笑しながら店の出口へと向かう。

「気をつけてな」

ギィ、と扉が立てた音に紛れて、奥から小さく聞こえた声に思わず振り返った。だがそこにはさっきと変わらない様子のロブルが本をめくっている姿があるだけだ。

私はそっと扉をくぐり、パタンと閉じてからくすくすと笑ってしまった。

ああ、あの爺さんのツンデレぶりがもうたまらない。このゲームの開発者とは本当に気が合いそうだ。

私は店の前に立ったまま、今後の予定をざっと考える。

まずはいらない魔道書を売り払って、旅のための薬などに変えよう。

その後は、魔法ギルドへ行って練習室で今しがた手に入れた魔道書を使って覚えてから、いつも通り瞑想室で詳しい計画を立てよう。

私は機嫌よく鼻歌を歌いながら表通りへとゆっくり歩き出した。

「旅立つの？」

「ああ、しばらく会えんが元気でな」

図書室の机の上で私の土産のクッキーをぱくついていたブラウは一瞬寂しそうな顔を見せた。

こういう表情もリアルで芸が細かい……。

「そっか、行っちゃうんだね」

「また遊びに来るよ」

約束だと言うと、ブラウは顔を上げて笑顔を見せてくれた。

本を全て読み終えた後も時々訪ねていたこともあって、ブラウともかなり仲が良くなった気がする。

ブラウはしばらく黙っていたが、不意に立ち上がって私の手を取った。

取ったといっても何せサイズが大分違う。小さな手で私の小指を摑んだ、というべきだろう。

「あのね、一つ気をつけてね」

「うん？」

「僕たち妖精と一度出会った人は、他の妖精とも出会いやすくなるんだ。でも、その祝福を受けたらだめだよ」

唐突な言葉に私は首を傾げた。

妖精には色々な種類がいるらしいことは、確かに本にも書いてあった。そうすると、ブラウのように機会があれば、他の妖精から祝福を貰えることもあるのか。

「わしが他の妖精から祝福を受けるとどうなるのかね？」

「僕の……知の妖精の祝福は消えちゃうんだよ。そうしたらもう僕たちの祝福は受けられないんだ」

祝福は上書きできるが、一度消したものはもう二度とは受けられないということらしい。

そこら辺は生産スキルのように都合よくは行かないようだ。

「知の妖精は僕一人じゃないから、僕の友達からなら祝福を受けても大丈夫。でも、他の妖精はだめだよ」

「わかったよ。それなら気をつけるとしよう」

何事も欲張ってはいかんということらしい。

この世界にどれだけの妖精種がいるのかは知らないが、他を諦めなければいけないと思うと少しだけ残念な気もした。

それでも、そういう多少の不自由さや制約があるところも逆に考えれば良さなのかもしれない。

「全てを手に入れることは出来ないからこそ、手に入ったものに価値があるのかもしれんのう」

全てを手に入れられなければ、人はその出会いを大事にするだろうし、自分に合う道を懸命に考えるかもしれない。

「ウォレスさん、また遊びに来てね。僕の仲間に会ったらよろしくね！」

「ああ、伝えておくよ」

私はブラウの頭を撫でてから、図書室を後にした。

挨拶も終えたし、準備もあらかた整っている。まずはセダを目指さねば。

予定よりも早い旅立ちを迎えることになってしまい、大分今後の予定を修正しなければならなかったが、新しい街に行くことを思うとやはり心が弾む。

「……しかし、残念ながら今日はまだ木曜なのであった、と」

独り言をこぼしながら、私は修正した予定に従って練習室の扉を開いた。

早く旅立ちたいが、現実はまだ木曜日。ゲーム内であと二時間もすれば、寝るためにログアウトしなければいけない。今すぐ旅立っても今からでは次の村まで辿り着けないのだ。

明日も多分、夜のログイン時間では長旅に不安が残る。出発はまとまった時間がとれる土日まで我慢だ。

私はその鬱憤を晴らすように、練習室で気が済むまで一人で魔法を使い続けた。

待ちに待った土曜日。

ＲＧＯにログインするとちょうどよくこちらも朝だった。

旅の準備は万端だ……とは言っても、ファトスで手に入る魔道書を全て手に入れ、回復薬や食料などを少し買っただけなんだけどね。

装備の更新も考えたが、ファトスで手に入る物はどれもミストから貰った品より少し劣るか、同じくらいなのでそれはセダで検討することにした。だからもう出発しても大丈夫。

というわけで私は予定通り、西門から外に出て街道を歩き始めた。

歩きながら街道脇をうろつくモンスターを時々倒しての、レベル上げと多少の金策を兼ねた道行きを予定している。その為にファトスとセダを結ぶ定期馬車を利用しないで行く。

今のレベルはまだまだ低いけど、街道を大きく逸れなければセダまでは何とか一人で辿り着けると思うんだよね。

街道を塞ぐボスは、一度誰かが倒してしまえばそこから姿を消している。戦いたい場合は個別でクエストを受ける必要があるから、倒さなければ街道を通れないなんてことはない。

とりあえず今日は敵を倒しながらのんびりと進み、道中にある安全地帯で時々休憩をする。日が落ちる前には途中にある小さな村まで行けるはずなので、そこで一泊する予定だ。

この辺り、ＲＧＯはゲームながら時間感覚が妙にリアルだ。馬車なら多分半日かからず着くだろう。

私は明るい朝の日差しの中を歩きながら、ステータス画面から地図を開いた。街にあった地図屋

で街道周辺の地図をあらかじめ買ってきたのだ。

街道は多少曲がりくねっていたり分岐があったりするのだが、この地図にはちゃんとその分岐がどこ行きかとか、周辺の安全地帯なども細かく書いてある。

「安全地帯もぽつぽつあるし……それなりにMPを使っても平気そうだの」

ちなみにこの地図は測量士という生産職の人が地図屋に販売したものだ。

RGOの地図は基本的にオートマッピングで、知らない土地を歩けばそれだけでウィンドウに表示されるマップは広がるのだが普通はあまり細かい地図は作られない。

測量士になった人だけが詳細な地図を作れて、そこにさらに細かい情報を書き加えたりも出来る。

出来た地図を地図屋に持ち込むと、まだ誰も登録していない部分の地図があった場合は買い取ってもらえ、以降はそれを他のプレイヤーも一定金額で買うことが出来る。

自分で自由に値段を設定することはできないそうだが、登録した部分の地図を他のプレイヤーが買うごとにその収益のほとんどが測量士に入るので、新しい場所へ早く行けば行くほど儲かるという職業らしい。

ライバルは少なくないが、自分で店を持ったり交渉したりする手間もなく、定期的な収入が見込めるところがメリットだという。

中には型通りの地図ではなく、様々なお得情報なども記した非常に細かい地図を個人的に売っている人もいるらしく、そういう人の地図は当然人気も出る。

彼らがいないと新しい場所を踏破しても詳細な地図が作れないので、最前線の攻略チームには人

気の職業らしい。私のような初心者はその恩恵を受けるばっかりだ。

少し先の道端で草を食んでいたポルクルを炎で焼きつつ、街道をさくさく進む。

現実よりもペースも速いし、長く歩いても疲れたりしないところが素晴らしい。

こうして休まずに歩き続けられる距離は、個人の体力数値によってある程度決まっている。

だがどんなにその数値が低くても、安全地帯から次の安全地帯までの距離は絶対に歩けるようになっているので、私でも安心だね。

途中の安全地帯で何度か瞑想してMP回復をしたりする予定だけど……このペースならファトス地方とセダ地方の境にある村まで、のんびりしていても夕方までには余裕で辿り着けるだろう。

「セダに行ったら転移の書だけでも買うかの……」

転移の書とはその名のまま、一度行った街や村に一瞬で移動できる転移魔法を覚えることのできる魔道書のことだ。

これを覚えられない職業の人は転移所と呼ばれる施設へ行って金を払って移動するか、回数制限のある転移用アイテムを買って移動するかのどちらかになる。

仲間に魔法使いがいれば一緒に連れて行ってもらうことも可能だ。この転移魔法は、不人気な魔法職にとっての数少ない利点と言って良いだろう。

しかしあいにくというか当然というか、ファトスにはその魔道書は売っていなかったので、私はまだ覚えていない。

それを覚えてしまえばロブルやブラウに会うのも簡単なのだが……商業都市というからには、セ

ダでは欲しいものが沢山ありそうで今からちょっと待ち遠しいような恐ろしいような。

「買い物には気をつけんとのう……」

サラムへも行くのだから、多少は資金に余裕を持っておきたい。

セダからサラムへはさすがに敵を倒しながら歩いていく余裕はないだろうから、馬車を利用しないとだし。

定期馬車といっても実はそれも敵に襲われることが皆無ではないため、できれば一人で戦わなくてもいいように他の利用者がいる時間帯を選ぶ必要がある。

そういうことも含めて、どの道しばらくは情報収集の為にセダに留まるべきだろう。多分セダなら色々クエストもあるだろうし、金策になりそうなのを探すのも良いかも。

考えることは沢山あるが、行ってみないとわからないことも多い。楽しみが尽きないように思えて、私は歩きながらも笑みを浮かべた。

ファトス地方は今日も快晴。旅をするには、最高の日だった。

▼第五話 忍者（自称）

「世話になったのう。ではまた」

「いってらっしゃい。またどうぞ！」

ゲーム内での翌日。

朝早く、ファトス地区とセダ地区の境にある村の小さな宿を、女将さんに見送られながら後にする。

小さな村の小さな宿の部屋はさすがにファトスの宿よりも大分質素だったが、寝心地は悪くなかった。といってもただログアウトする為に利用しただけなので心地よさは関係ないんだけども。

今日も天気が良く、小さな村の朝はのどかだ。井戸から水を汲むための順番待ちのおばさんたちが楽しそうにお喋りをしていたり、おじさんが畑で野菜を収穫していたりする。

その景色が私にとっては逆に物珍しく、何となく旅立つのが少し惜しくなった。

「うむ……和む」

あちこちを見回し感想をこぼした時、道の先で何かが動くのが目に入った。

見れば目の前を親らしき雌鶏がひょこひょこと横切り、その後ろを数羽のひよこがちょろちょろと追いかけて行く。

本物の鶏なんて、小学校の飼育小屋で飼っていたのを見た以来だ。いや、ＶＲだから本物ではないけど、この際それは置いておいて。

ああ、鳥可愛い。

「うーん、いつかマイホームを持つなら田舎にしようかのう」

街や村にはあちこちに大小様々な空き部屋や空き家などの物件があって、それは何か条件を満たせれば買えるのでは、とまことしやかに囁かれている。

噂では、プレイヤーは『旅人』なのだから、旅を止めて一定期間一つの場所に滞在し続けなければならないのではとかも言われているが、それなら買う人間は恐らく少数だろう。

気にはなるけど、今のところ私も旅を止めるつもりはないからまだ関係はないかな。

でも遠いいつか、隠居した老魔道士を気取ってどこか田舎に家を買って暮らすのもいいかもしれない。うん、夢が広がるね。

村を出てふらふらと敵を倒しつつ歩くこと数時間。

安全地帯で休憩を終えた私は午後に入りかけた高い日差しを浴びながら、ファトスよりも少しだけ慎重に道を進んでいた。

境の村を出てから敵の種類も徐々に変わり、強さも上がってきている。アクティブの敵が多くなり危険も増しているが、街道から逸れない限りはまだ私にも戦える範囲内だ。

しかし道からわずかな草原を挟んですぐ近くに見える森には、大型の蜂や狼などの群れで行動することの多いモンスターもいるはずなので油断は出来ない。

まぁ、彼らにはそれぞれテリトリーがあって基本はそこから出てこないらしいので、うっかり足を踏み入れなければ多分大丈夫だ。

とりあえず、ファトスからセダまでの地方に出てくるモンスターは図書室にあった本に載ってい

たので予習が出来ている。

練習室でも仮想敵として呼び出すことが可能なものばかりだったので、一通りのことは試してきた。だから何とかなる……と思う。

「セダに行ったら、まずはサラムまでの道で出てくるモンスターの予習をしなくてはならんかの」

またそこでそれなりに時間を取られることになりそうだが、低レベルな上にソロなのだから仕方ない。

自分で自分を納得させながら、近寄ってきた猪に似たモンスターを焼き尽くす。

「知識も力であるしのう。うむ」

猪系はＨＰが多いが、単体相手なら五つに増えた炎の矢を全弾叩き込めばまだ余裕だ。猪は私に気付いてから走り出すまでが遅いので、近づく前に呪文を唱え終えられる。

それに加えて基本的には真っ直ぐにしか突撃してこないので的も外しにくく、私にとってはいいカモだった。

猪の落としたアイテムを確かめながらゆっくりと歩いていると、不意に何か聞こえた気がして私は足を止めた。辺りをくるりと見回し、耳を澄ませる。

エルフは獣人には若干劣るが耳がいいという種族特性があって、意識すればかなり遠くの音まで聞こえるのだ。

キャラクターを作るときに拘った、自分の耳に手を当てて静かに佇む。

また聞こえた、と思った方向にパッと目を向けると、草原の向こうに何か小さなものが見えた。

今朝出てきた村の方角に見える森の端の辺りから、何かが砂煙が立ちそうな勢いで走ってきている。

何だろう、と目を凝らすとどうやらそれは人のようだった。黒い服を着ているらしく、まだ距離があるがその姿がよく見える。

私がじっと見ていると向こうもこちらに気付いたらしく、走りながら何かを懸命に叫んでいるようだ。

「……と！　……げて……さい！」

何を言っているかまではよく聞こえない。

首を捻っているうちにその人はさらに近づいてきて、それが背の高い男性であることがわかった。

彼はこちらが動かないのを見て取ると、もう一度声を張り上げた。

「そこの人！　すいませんっ、逃げてくださーい！」

今度はちゃんと聞こえた。短い時間にどんどん近づいてくるところをみると、彼はかなり足が速いらしい。

逃げる？　と訝（いぶか）しみながら彼の後方に目をやれば、そこには後を追うように走る狼っぽい獣の姿があった。一、二、三……五匹もいるみたいだ。

「トレインというやつかの？」

複数のモンスターを引っかけて、逃げながら連れ回すことをそんな風に言うらしい。事故か故意

かはその意図によって分かれるようだが……この場合は事故かな？

彼の後を追っているのは緑と茶色が入り交じったような毛色をした森林狼。この辺の森で出くわす、アクティブな上に仲間を呼ぶタイプの敵だ。

牙には毒があって、噛まれると痺れるんだっけか。普段はテリトリーから出てこないがその攻撃性は結構高いらしいから、傍を通られたら距離によっては私も巻き込まれるだろう。

「ふむ……」

だが逃げろという彼の言葉に私は従わず、杖を持った手を持ち上げた。

『踊れ踊れ大地の子――』

杖を構え早口で呪文を唱える。この魔法の熟練度はあまり高くないのだが、まぁ何とかなるだろう。最後の言葉を言う前で魔法を止めて、魔法を待機状態にする。この状態を維持できる時間は熟練度によって差がでるが、今のところ二十秒は持つ。

彼の足の速さならそのくらいで私の近くまで来るだろう。しかし、その足の速さでも振り切れないのだから森林狼も恐ろしい。

「逃げてください！」

動かない私に叫びながら、彼は道の上にいる私をどうにか巻き込まないためにか、近づいてきていた街道から再び斜めに逸れるように進路をとって足を進めている。

うん、彼はなかなか良心的な人のようだ。

やがて彼らは私の数メートル横の草原を丁度よく走り抜け――ようとしたその瞬間に、私は彼のすぐ後ろ、狼たちの予想進路に向かって杖を向けた。

『縛せ、大地の鎖』

ゴゥン、と鈍い音がして、地面が揺れた。

私が立っている場所には影響はなかったが、その揺れに足を取られて走っていた青年が小さく叫んで派手に転がる。

この魔法の難点は、発動時に少々地面が揺れるので敵のみならず傍にいたプレイヤーも若干の影響を受けるところだ。

だがその魔法のおかげで狼たちは突然隆起した土に足を取られ、次いでそこから飛び出した棘のある緑の蔓にその身を搦め捕られて動けなくなり、キャンキャンと悲鳴を上げた。

転がりまくって地面で呻いている青年には悪いがひとまず無視して、私は続けてもう一つの魔法も唱え終えた。

『踊れ、炎の円舞』

指定された範囲に高い炎の壁が立ち上がる。

大地の鎖の捕縛効果時間はまだ三十秒ほどと短いが、それだけあれば別の初級魔法を詠唱するには十分だ。

五匹の狼は炎に巻かれ、甲高い悲鳴を最後に光へと姿を変えた。

「助けていただき誠にかたじけない！」

「ああ、いや……どういたしまして」

数分後、立ち上がった青年にがばりと頭を下げられ、私は少々困惑していた。

うーん、かたじけないと来たか。

私の返答を受けて顔を上げた青年は声や雰囲気は明るく爽やかだが、驚くほど普通っぽい顔をしていた。

ＲＧＯの中で美形ばかり見慣れていたので何だかとても珍しい。ＮＰＣなら色々な顔立ちの人がいるが、プレイヤーなのにすごく普通な顔というのは逆にレアだ。

薄い灰色の髪に濃い灰色の目という地味な取り合わせの上に、可もなく不可もなくといった普通の顔立ち。バランスだけは整っているが、取り分けて目立つパーツのない顔といえばいいだろうか。

外装カスタマイズアプリを使っていないのか、逆に拘りがあるのか……などと考えていると、青年がにっこりと笑って手を差し出してきた。

「ヤライと申します。初めまして」

「これはご丁寧にどうも。ウォレスと呼んでくだされ」

私も挨拶に応え、差し出された手を取って軽く握った。

ヤライと名乗った青年はまじまじと私の顔を見、その視線が一瞬私の頭の上に向かう。私を見た人がよく見せる反応だ。ＮＰＣかと思ったのだろう。

しかし彼は、私がＮＰＣじゃないとわかると何故だかとても嬉しそうな笑顔を見せた。

「ご老人で、魔道士ですか……渋いですね！」

「はは、それはどうも」

彼の声にも表情にも社交辞令のようなものは感じられなかったので、恐らく本当にそう思ってくれているのだろう。訝しげな目で見られることに慣れてきていたので、真っ直ぐにそう言われると何だか面映（おもは）ゆい。

落ち着かなくて髭を梳（す）いたりしてみたが、ヤライ君はそんな私の様子には気付かず、にこにこと更に笑顔を向けた。

「あ、言い忘れました。俺は忍者です！」

忍者、と聞いて私はまた目を見張った。

ＲＧＯでも忍者という職業があるらしいのは、一応知っていた。ロブルの古書店で職業に関する本を読んだときに、わずか数行だが記載があったのだ。

それによれば、かつてこの大陸に移り住んだ小さな島国からの移民が伝えた技術を扱う職業で、今でも細々とそれを伝える人々がどこかにいるらしい。詳しい転職の仕方などは載っていなかったが、その存在を示唆するには十分だ。魔道士を目指す私には関係のない話だが、面白そうだとは思っていた。

その忍者がなんと目の前に？

そういえば彼の服装も比較的軽装で、黒い革ジャケットに黒いインナー、黒いパンツに黒いブーツと黒尽くめだ。和装ではないが、本人の色の地味さも手伝って忍者に見えないこともない。

忍者は中級職の中に名を連ねておらず、恐らく上級職だろうと予想していたので、そうすると彼は実はかなりレベルが高いのかもしれ――

「あ、自称です！」

「……は？」

――あまりにも爽やかに告げられて、私はそれを理解するまでに若干の時間を要した。

どうやら私は、何か変な人と出会ったようだ。

「俺、昔っから忍者がすっごい好きなんですよ！　だから絶対職業にあるならなりたくて、敏捷上げたりして頑張ってるんです。あ、でもたとえなれなくても心はいつでも忍者ですから！」

気を取り直して街道をセダに向かって歩きながら、私は隣にいるヤライ青年の語る忍者への憧れを聞いていた。

心は忍者。

心は老練な魔道士でありたい私も人のことは言えないが、なかなかに変な人だ。

でもそういう拘りははっきり言って好きだ。面白そうな人だし、妙に言葉遣いが丁寧で礼儀正しいところも好感が持てる。

彼によると、その心意気を示す為に服装は黒に拘って買い揃え、バリエーションに黒がなかったものはわざわざ防具生産をしているプレイヤーに注文したらしい。

「けどそしたら金欠になっちゃって、今節約中なんですよ。ファトスの訓練所でしか覚えられない

小剣スキルで、取り損ねてたのを取りに行って来たんですけど、節約しすぎて転移石の補充を忘れちゃってて……」

「なるほど、それで徒歩でセダに戻るところだったと」

ファトスには残念ながら転移の書も転移石も売っていない。一応転移所はあるのだが、少々割高らしい。そこでついでに彼は敵が弱い境の村までは馬車で移動し、そこからは敵を倒して金稼ぎをしつつ歩いてきたらしい。

どうやら彼はなかなかのどじっ子のようで、何だか親しみが湧くタイプだ。

そんなことを思いながら話を聞いていると、ヤライ君は私にもう一度頭を下げ、巻き込んでしまったことを再び詫びた。

「さっきはすみませんでした。本当に助かりました。街道のカーブしてる場所をショートカットしようとしたら森に近寄りすぎちゃって……レベル的にはいけたんですが、さすがにあの数は危なかったんですよ」

森林狼は一匹ならあまり強くないが俊敏で、大抵が集団で襲って来る。牙に麻痺毒を持っているから、レベルに差があったとしても一人では危険な相手だろう。

さっきは彼が引き付けていてくれたので火に弱いという弱点を突くことで私でも簡単に勝てたが、そうでなければ絶対に一人では相手にしたくない。

「あの距離なら森林狼に見つからないと思ったんですが……何でかなぁ」

あー、その呟きには心当たりがあるなぁ……一応言っておいてあげるのが親切というものかな？

「言いにくいんじゃが、それは多分その黒い服のせいじゃないかのう」

「えっ？　何でですか？」

「モンスターはそれぞれ、獲物や敵を感知する方法に違いがある、という話を聞いたことはないかの？」

「え、感知範囲が広いとか狭いとかそういう話は聞きますが……方法？」

「そう、視覚優位とか嗅覚優位とか……モンスターにはそれぞれ得意とする感知方法があるのじゃよ」

　私が図書室などで仕入れた情報によれば、狼の類は視覚と嗅覚の複合によって獲物を認識するタイプのモンスターだったはずだ。イヌ科の生き物らしく鼻も利くが、視界が良い場所なら視覚のほうを優先させるらしい。

　彼らはテリトリーがはっきりしていて、普段はそこからあまり移動したり、はみ出したりすることは少ない。だがそれも、そこに目を引く何かがなければ、の話だ。

　視覚がしっかりしているモンスターは、自然と目立つ獲物をターゲットに選ぶ傾向がある。

　夜ならともかく、この真っ昼間に黒尽くめの男が見晴らしの良い草原を歩いているなど、目立つなというほうが無理だろう。

　そう説明すると、ヤライ君はひどくショックを受けたような顔をした。

「そっ、そんな！　俺のアイデンティティーが！　揃えたばっかりなのに！」

「拘りは分かるが……昼間に黒はやはり目立つのではないかの。フィールドに出る時は目立たない色のマントでも羽織ったらどうだね？」

うろたえる姿に私は代案を提案したが、彼はううんと唸って頷かなかった。揃えたばっかりなら、諦めきれない気持ちは分かる……だが実際、街道を行く黒い色はどうにも目立つはずだ。

視界にふと黒い影が一瞬過ぎり、視線を上げる。目立つとどうなるかという事例の一つを上空に見つけ、私は隣でまだ唸っている青年に声をかけた。

「悩みは後にして、上を見てくれんか」

「え？　あ、鳥ですね」

「恐らく、セタールハヤブサだと思うのだが」

この辺で猛禽類っていうと多分そうだと思う。セダとファトスの境目辺りの草原で狩りをする鳥だ。

ただし、名前はハヤブサだがその体はかなり大きい。翼の先まで入れると、二、三メートル近くあるとのこと。

「あれは視覚で獲物を捕捉する種類の代表格じゃな。普通はあまり街道付近には来なかったはずじゃよ」

「俺が、目立ってるってことですか……すいません」

アレのレベル帯は十三から十五ほどだったはずだ。

一応練習室で相手にしたが、上空の敵はターゲット指定し辛いのと素早いのとで、私としては少々相性が悪い。

「パーティ組んで倒しますか？　それとも俺が片付けましょうか」

「ふむ……組まないと魔法が使いづらいが……経験値が少々勿体ないかの」

風系の範囲魔法で一応何とかできるとは思うのだが、近くにパーティを組んでいないプレイヤーがいると巻き込む可能性があるため少々都合が悪い。

ＲＧＯではＰｖＰは決まった場所や決闘の宣言なしにできないので、たとえ当たっても魔法のダメージは通らない。

しかしさっきのように揺れに足をとられたり、風に煽られたり、爆風を受けたりという多少の影響はある。その影響はパーティを組んだ者同士ならごく軽微で済むのだが……多分ヤライ君と組むと今の私では入る経験値がすごく減ってしまう。勿体ないし、どうしようかな。

まぁ、アレの目標は恐らく私ではないので、手を出さなければ私が襲われることはないと思うんだけど。

即席パーティを組むことも含めてどうしようか考えていたが、視界の隅に新たに動くものが見えた。どうやらそれは保留にしたほうが良さそうだ。

「ヤライ君、あの鳥を相手に一人で戦えるかね？」

「えーと、一羽なら多分大丈夫かと。俺今レベル十九なので」

「ならあれはお任せしよう。わしはそこにいるトカゲを片付ける故な」

私たちの立っている場所の少し先、右前方の草むらをガサガサと揺らして姿を現したのは三メートル近い大きなトカゲだった。

こいつは嗅覚で獲物を認識するタイプのモンスターだ。知らず風上に立っていた私たちに惹かれたのだろう。

「うげ、鉄皮トカゲ！　俺アレ苦手なんですが！」

「なら、鳥のほうに集中していてくれたら良い。わしはそっちが苦手じゃから丁度良いじゃろう」

あのトカゲは動きは遅いのだがとにかく硬いのだ。背中一面を鉄のような鱗が覆っていて、刃による攻撃にはかなり強い。その分腹は柔らかいのだが、何せ体重があるのでひっくり返すのも難しい。

忍者を目指すヤライ君の武器は小剣という短めの刃物のようだし、ダメージが通らなくて苦手だというのも無理はない。

私はトカゲが近づいてくる前に、街道の端に寄って彼と少し距離を取ってから呪文を唱えた。

唱えながらチラリと上を見れば、ハヤブサは上空を旋回し、こちらの隙を窺っているように見える。もうすぐあれも急降下をしてくるだろうから、それに巻き込まれることは避けたい。うっかり当たれば一撃で私のＨＰはかなりやばいことになるだろうし。

『――縛せ、大地の鎖』

さっきと同じ、土属性の捕縛呪文だ。

五メートルほどの距離に近づいて来ていたトカゲの足元が音を立てて隆起し、そこから先ほどと同じ緑の蔓が現れる。重心の低い体は揺れにも強いし、硬い鱗に覆われた体には小さな棘など何の役にも立たないだろうが、動きを止めることは出来る。

私はその効果を見る前に既にもう次の呪文を唱えていた。

『開け開け北限の華、いと冷たき氷の娘。透き通るその御手に刹那を閉じ込め、銀の槍もて全てを貫け。我が呼び声に応え、凍てつく世界より疾く来たれ』

辺りの気温がぐっと下がり、パキパキとどこからか音がする。私は青く光る杖を持ち上げ、もがくトカゲに杖の頭を真っ直ぐ向けた。

『育て、氷の槍』

ドン、と鈍い音が響き、ギィィィ、とトカゲが割れるような声を立てる。蔓に絡みつかれ動けない体を、その下の地面から生えた氷の槍が貫いたのだ。

柔らかい腹から串刺しにされた体が、地面から少し浮き上がっている。貫いた槍はなおも冷気を発し、パキパキとトカゲを凍らせてゆく。

初級の単体魔法はもうどれもかなり熟練度が上がっている上、爬虫類タイプの弱点は冷気なのでよく効いている。やがてトカゲはひとしきりもがいた後、光へと姿を変えた。

もう一発必要かと途中まで唱えて準備していたのだが、私はそのまま口を閉じて呪文を中断した。

「伏せてください!」

横から鋭い声が飛ぶ。

だが言われるまでもなく、私はトカゲを倒せそうだと予測した瞬間にもうその場にうずくまって身を低くしていた。

私にとってはは足の遅いトカゲよりも鳥のほうがずっと怖いので、さっきからチラチラと視界の端

に入れていたのだ。たとえＶＲであろうとも反射神経にはまったく自信がないので油断はしない。かすっただけでもきっと大怪我だもんね。

ハヤブサは私の頭があった辺りを斜めに掠めて、黒尽くめの青年に急降下を仕掛ける。ヤライ君はぐっと低く構え、自分に向かって突き出された鋭い鉤爪に対して、左手に持っていた小剣を斜め下から鋭く振り上げてぶつけた。

彼の持っている小剣は少々変わった形の武器で、刃はゆるく弧を描いてまるで細い月のようだ。その背の上部には、そこからほぼ垂直に生えるような形で持ち手がついている。

それを握ると自然と刃が腕の横に添うような構えとなる。細い刃の全体は腕よりも少し長くて、上下に少しずつ飛び出していた。

その白銀の刃と鉤爪が激しくぶつかり、一瞬火花を散らす。下から加えられた大きな力は鉤爪の攻撃を逸らし、ハヤブサはバランスを崩して空中でよろめき、慌てて大きく羽ばたいた。

広げると両翼で三メートル近くあるその大きな翼の羽ばたきも十分凶器になりそうだったが、ヤライ君はそれに怯まず素早く高く跳び上がると、くるりと体を反転させてその翼の付け根の部分に鋭く切りつけた。ピィィ、と鋭い悲鳴が空気を切り裂く。

しかしそれでも鳥はまだ地には落ちない。だがヤライ君にはそれも予想の範囲内だったらしく、彼はまだ宙にある体をさらに捻って、ハヤブサの首の付け根をダン、と強く蹴り付けた。

「わっ！」

邪魔にならないように体育座りで見学をしていた私の傍に、ハヤブサの体が叩き落とされる。

私は一瞬逃げようかと腰を浮かせかけたが、すぐにその必要はないと気付いて動きを止めた。

ハヤブサとほぼ同時に危なげなく地面に降りたヤライ君が、どこに装備していたのか数本の細いナイフを素早く投げたのだ。そのナイフは次々にハヤブサの体や翼に突き刺さり、その巨体を地に縫い止める。

そんな細いナイフで？　と不思議に思ったが、多分何かそういうスキルを使ったのだろう。

「はっ！」

掛け声と共にヤライ君は再び跳び、腰に差していた忍者刀のような長さの刀を素早く抜いて振りかぶる。小太刀はドスッと鈍い音を立てて太い首筋に吸い込まれた。ハヤブサは最期に甲高く一声鳴くと動きを止め、ゆっくりと光に変わった。

おお～、なんかすごくかっこよかった。

私は思わずパチパチと拍手をした。遠目から他人が戦っているのを何度か見たことがあったが、こうして間近で見るのは初めてだ。レベルが高いせいもあるだろうが、動きがすごいし手慣れている。

「やりますな」

「いえ、この辺の敵ならまぁ……一羽だけでしたし。それよりもウォレスさんのほうがすごいですよ。さっきの狼もすごかったし、あのトカゲも硬くて時間ばっかりかかるから、俺なんていっつも避けて通ってますよ？」

「いや、弱点はわかっておったしのう。わしには逆に鳥のほうが手強いから、人それぞれでしょうな」

私は笑いながら立ち上がり、ウィンドウを開く。多分あのトカゲは結構良い経験値のはずなのだ。確かめるとやはりちょうど今ので一つレベルが上がっていた。うん、嬉しい。

「何か良い物出ましたか？」

「いや、今ので一つレベルが上がったようで」

私の笑顔を見て何かあったようだと思ったのだろう。

ヤライ君の問いにそう答えると、彼は笑みを浮かべ、おめでとうございますと言ってくれた。

レベルが上がって誰かにおめでとうと言われるのはそういえば初めてだな……結構嬉しいものだね。

ありがとう、とヤライ君に応え、またセダに向かって二人で歩き出す。機嫌良く歩いていると、ふとヤライ君がこちらに視線を向けた。

「……そういえば、ウォレスさんはレベル幾つなんですか？」

「ああ、今さっき九になったところじゃよ」

「……は？」

境の村まで来たところでレベル七の少し手前だったのだが、そこを越えて敵が強くなったおかげでもう三つもレベルが上がっている。二桁までもう一息だ。

隣から返事が返ってこないのでどうしたのかとそちらを見ると、ヤライ君はぽかんと口を開けて実に間の抜けた表情をしていた。

普通すぎる顔でそんな表情をされると、妙に似合っていて反応に困るな。

「どうかしたかね？」

目の前でひらひらと手を振ると、ヤライ君はハッと我に返った。

「……ど、どうかしたかって、それ、ほんとですか!?」

「それ？」

「レベルですよ！　まだ一桁なんですか!?」

「ああ、うむ、弱くてお恥ずかしい。一人でのんびり狩りをしておったから、なかなか上がらなくての。レベル上げを兼ねての徒歩の移動なのじゃが、セダに着く前に十までは難しいかもしれんなぁ」

しかし今後のことを考えると、セダを出る前には十を超えておきたい。

一度セダに着いてから、さっきのトカゲ狙いでこの辺をまたうろつこうかな。

「いえ、あの、そういうことじゃなくてですね……」

「何かおかしなことでも？」

要領を得ないヤライ君の言葉に私は首を傾げた。

レベルが一桁なのに、徒歩でここまで一人で歩いてくるのは無謀だとでも言いたいのだろうか？

確かに普通に考えればＨＰ的にはかなり無謀なのだが、ちゃんとその辺も検討済みだ。現に目的地まではもう少しというところまで来ている。

「おかしいっていうか、いや、でも俺もあんまり魔道士のこと知ってる訳じゃないしな……けど、一桁って……」

ヤライ君は腕を組みながらなにやらぶつぶつと独り言を呟いている。

何が不思議なのかよくわからないが私はとりあえず彼のことは置いておき、杖を持ち上げて呪文を唱えた。

『——射て、炎の矢』

炎の矢は道の先にいた猪がこちらに気付き振り向いた瞬間に着弾し、その体を赤く包む。

「それですよ！」

「はっ？」

パチンと弾けた猪を見ていたヤライ君に突然叫ばれ、私は驚いて隣を見た。ヤライ君は驚く私の手の中にあった杖をビシっと指差す。

「なんで、杖なんですか！」

「や、なんでって……意味がわからんのじゃが。魔道士が杖を持っていて何の不思議が？」

「だって、俺が今まで会った魔道士は皆、魔道書装備でしたよ？　どの人も本に載ってる魔法しかほとんど使えないから、パーティ組むと敵を引き付ける前にいちいち事前に打ち合わせが必要なのが普通でした。何かあったら本を装備しなおさないといけないし、文字を目で追ってるから本を開いて魔法を唱える間ずっと守ってやらないとだし……ウォレスさんみたいな杖装備の人なんて初めて見ましたよ！」

あー、やっぱり魔道士ってそういう人多いのか。

魔道書装備だと面倒が多いだろうなぁと常日頃から思っていたが、やはりそうらしい。

しかし杖装備の人は驚かれるほど少ないのだろうか。多分最前線まで行けばそれなりに活躍している魔道士もいるんじゃないかと思うんだけど……。

「魔法を暗記しているなら杖のほうがずっと楽なのじゃよ。初級呪文ならどれもまだ短くて済むから、敵を選んで上手く使えばわしでも結構がんばれるしの。熟練度と知性をしっかり上げておけば威力も高い。多分君が運悪く出会わなかっただけで、他にも似たような人はおるんじゃないかのう」

「けど、色んな魔法使ってたじゃないですか。アレ全部覚えてるんですか？」

「色んなって、まだ四つほどしか使ってないじゃろう。それに、わしが覚えているのはまだ二十を少し超えたくらいでさほど多くもなかろう」

二十、とヤライ君はどこか呆然とした様子で呟いた。

「十分多いですよ、それ……レベル八で鉄皮トカゲをあんなに簡単に倒せるのも驚きだし」

「多いかの？　まぁ、幸いわしは活字の記憶力には少々自信があって、魔道士には向いとるらしい。そういえば円周率も小数点以下千桁くらいは軽いかの」

「千!?」

そう、それは私の数少ない特技の一つだ。一つといっても、特技といえそうなことはこれを含めて二つくらいしか思いつかないのだが。ミツもその私の記憶力を知っているからこそ魔法職を薦めたのだ。

だがこれが実生活で役に立つかどうかと言えば、テストの暗記問題が楽というくらいの役にしか

立たないので、別段自慢できることでもない。応用問題とかは普通に考えないとだし。

それにもう一つの特技にいたっては更に実生活では役に立たないだろう。

得意なことと不得意なことを天秤にかけたら、運動全般がだめだというだけでもう不得意なことが多すぎる。

だからそれが珍しく役に立っているというのは、実は結構嬉しかったりする。それがゲームの中のことでも。

私としては、さっきヤライ君が見せたような華麗な戦いのほうが遥かに憧れる。たとえＶＲでも私にはあんな動きは出来ないような気がする……ああ、何か考えていたら悲しくなってきた。

「わしにはヤライ君のほうがずっと羨ましいがの。さっきの動きは本当に忍者っぽくてかっこよかった」

「え、本当ですか!?　いや、でも俺なんてまだまだ修行中ですよ！」

彼は照れているのかぶるぶると激しく首を横に振った。

「いやいや、わしは運動全般が非常に苦手でな……本当に羨ましい」

「いえいえ、俺なんて逆に、魔道書があっても呪文間違える自信ありすぎますよ。尊敬します」

私たちはしばしその場でお互いの褒め合いと謙遜し合いをしていたが、やがて我に返って二人で笑い合い、再び歩き出した。

遠くにはいつの間にか薄らと、セダの街らしき影が見えてきていた。

セダの街の外壁が大分近くに見える場所で、けれどまだ日はさほど傾いていない時刻。

私とヤライ君は相変わらずパーティは組まないまま、お互いに多少の分担や譲り合いをしながら街道沿いの敵を倒しつつ雑談に興じていた。

街に入る前にもう少し経験値や金を稼ぎたいということで、お互いの目的が一致したのだ。

ヤライ君にとってはこの近辺の敵は経験値的には美味しくないのだが、それでもドロップ品は出てくるので否（いな）やはないらしい。

「それに、ウォレスさんの戦い方をもう少し見ていたいんです」

とちょっと照れるようなことも言ってくれた。

移動や休憩の時にヤライ君から、彼は最近暗器使いに転職したばかりなのだという話や、そのスキルについてなどを簡単に聞かせてもらう。

ミスト以外のプレイヤーとゆっくりと色々話をしたのはこれが初めてだったので、私にとってはどんな話も興味深い。

「ほう、沢山武器を装備していても、外に見せるものを選べるとは、面白い」

「そうなんです。服の袖が広がってたりしてなくても、色々隠せるんですよ。でも俺は今のとこPvPとかには興味ないから、隠したからどうだって言われたらそれまでなんですが……」

物語などに出てくる暗器使いは様々な武器をゆったりした服の内に隠していることが多いが、ヤライ君は体にぴったりとした革のジャケットを身につけている。

投げたナイフなど、どこに隠しているのかと思ったが、どうやら暗器使いはそれらをシステム的に他者の目に見えなく出来るらしい。

装備している武器の一覧から可視と不可視を決められるらしく、本当は腰につけたベルトにナイフが並んでいたりとか、色々とあるのだとヤライ君は教えてくれた。

なかなかに忍者っぽいと褒めると彼は嬉しそうに笑顔を見せた。

「へぇ、クエストでサラムまで行くんですか」

「うむ。馬車を使えば何とかなるだろうと思ってのう」

これからの予定を彼に聞かれ、そう答えるとヤライ君は少し眉を寄せ考え込んだ。

「うーん、今の時期だと、サラムへ行く他のプレイヤーが丁度よく見つかるかどうかちょっと微妙かもしれませんよ」

「どういうことかの？」

「この前、フォナンまで踏破されたでしょう？　フォナンは大きな闘技場がある街で、戦士系の訓練所の大きいのがあるんです。新しいスキルとか強い武器防具とかも色々あって、今かなりの人があそこへ行ってるんですよね」

「ということは、フォナン行きの定期馬車が賑わって、サラム行きが減っているということかの？」

私のその言葉にヤライ君は頷いた。

「そうなんです。闘技場ではＰｖＰが出来るからそっちも人気だとか。だからサラムのほうは今閑

散としてるらしいです。もともとあっちは魔法職向けの街で、魔法職自体が少ないこともあって開放されてもそんなに人気がなかったんですよね……セダはオークションハウスとか、露天広場があるから結構賑わってるんですが」

それは少々困った話だ。

「もし行くなら、定期馬車でもフレンドとかに付き合ってもらうほうがいいですよ。襲撃イベントとかもたまにあるので」

「襲撃イベントか。話だけは聞いているのだがの……」

街と街を結ぶ定期馬車というのは、徒歩よりも大分速い速度で走るのでモンスターに捕捉されることはそう多くない。

しかしたまに街道の上にモンスターが乗っていたり、飛行タイプのモンスターや足の速いモンスターに追われたりということがあるのだ。一種のランダムイベントのようなものらしい。

定期馬車の御者はＮＰＣなので融通が利かず、危険が近づいても街道を逸れて迂回しようとはしないし、モンスターに遭遇するとそれがいなくなるまで馬車の中に引っ込んでしまう。

馬車は破壊不可能なので壊されることはないし中は基本的に安全圏なのだが、そこに引っ込んでいるだけでは次の街にいつになったら着けるのかわかったものではない。モンスターたちは一度獲物を捕捉すると、滅多なことでは離れてくれないのだ。

「ヤライ君は定期馬車で襲われたことはあるかね？」

「一回だけありますね。サラムが開放された直後に行った時に……幸い敵はその辺に普通にいるも

のだったし、乗客が多かったので瞬殺でした」

「確か、乗っている客の人数で敵に遭う確率が変わるんじゃったかの？」

「そういう話です。少人数ならよっぽど運が悪くない限り襲われないらしいんですけど……百パーセント無事ってわけでもないかと」

一人で乗っていてものすごく運悪く襲われたなら、当然一人で倒さなければならない。となると、私のような低レベルプレイヤーは大変だ。

だから、普通は馬車乗り場で乗り合いを呼びかけたり、掲示板で募集して時間を合わせたり、友人と一緒に数人で移動したりする。

私もそれらに便乗しようと思っていたのだが、移動人数が少ないとなると少し厄介だ。

でも魔道士だから、中から時々顔を出してちまちま狙い打てば何とかなるかな？　それにどのみちクエストの目的地だから、必ず行かないとだし。

「ふむ……だがまぁ、どうせいつか行くのだから、いつ行っても変わらんよ。待っていてもそのうちにまた新しい街への道が開いて、もっと過疎になるかもしれんしな」

「それは確かにそうですが……」

「同じ方面に向かう人が減ったと言っても皆無ではなかろうし。多少危険でもそれもまた経験だろうしの。数日はセダで準備をして、それから行くとするよ」

セダではとりあえず少し買い物をして、モンスターの予習をして、生産に関する本も探したい。

私が色々と街に着いてからのことに想いを馳せていると、ヤライ君が心配そうな顔を向けてきた。

「あの……ウォレスさん、良かったら、フレンド登録してくれませんか？　そしたら何かあった時呼んでもらえれば、俺手伝いますし、助けに行きますから！」

「え、いや、フレンド登録は嬉しいが、そこまでしてもらう訳には……」

「だめですよ！　もうレベル十を超えたじゃないですか、そこからはデスペナが発生するんですよ!?　結構痛いし……俺、おじいちゃんっ子だったんで心配なんです！」

うん……まぁ、私もおじいちゃんっ子だったので気が合うね。

だが、彼の中で私がどういう存在になりつつあるのかが激しく気になる。ていうか、見た目は青年なのにこんなに素直な彼の中の人は一体幾つなんだろう。

もう少し仲良くなったら聞いてみたいと思いながら、私は少し考え、まぁいいかと結論を出した。

短い間に触れた彼の人となりに不安は覚えなかったし、むしろ楽しかった。同じように心に理想を抱く者として、仲良くやっていけそうな気もする。いざという時彼に助けを求めるかどうかは別として、彼はきっと言った通り駆けつけてくれる人間だろう。

結局私からフレンド申請を彼に送ると、彼は嬉しそうにそれに許可を出してくれた。

「ありがとうございます！　すごい嬉しいです！」

「よろしくのう。だが、無理して助けに来ることはないからの？　痛い目を見て、悔しさをバネにそれを打開するべくまた頑張るのも、ゲームの醍醐味じゃろ？　わしからそれを奪わんでくれ」

笑いながらそう言うと、ヤライ君は大きく目を見開いた。

「そっか、そういう考え方もあるんですね……」

「まぁ、人それぞれだからの。こういうのもたまにはいるということじゃな。どうせ後発なんじゃから、多少足踏みしても誤差じゃろうし」

デスペナはレベル九までは特に設定されていないが、十を超えると色々と出てくる。

例えば、街や安全地帯を出てから死ぬまでの間に稼いだ経験値が失われ、ゲーム内の時間で二時間ほどステータスがかなりマイナスされて弱体化する。

あとは、装備品の耐久値によってはそれらが壊れてしまうことがある。壊れた物は修理出来るが余分なお金が掛かる。

更に運が悪ければその日拾ったアイテムのうちのどれかをランダムで失くすこともあるらしい。

経験値が消えて、その上使った薬なんかは戻ってこないのだから、懐にも痛い。

最後に出てきた街に戻されるため、どこかを目指していたら最初からやり直しだ。普通に考えると結構面倒くさいことだろう。

もっとも、ＭＭＯをやりなれたミツに言わせると、失う経験値はその時の活動分だけで、前日までさかのぼってレベルが下がったりする訳でもないし、失うアイテムも拾った物だけなのだから優しいほうらしいが。

でもまぁ、何にせよそのくらい緊張感があると、逆にやりがいがあるというものだ。

私としては、何度死んでもまたやり直せるというのはゲームならではの良さだと思っているので、その辺には特に文句はないのだ。

「あと、わしは見かけや口調はこんなでも、中身は別にジジイというわけではないのじゃが……」

私がそう言うと彼は笑って首を横に振った。

「そんなの判ってます。ウォレスさんすごいしっかりしてそうだし、プレイヤースキルも高そうだってことも。けど、ウォレスさんが老魔道士のロールプレイだっていうなら、俺がご老人を大切にする若者のロールプレイをしたっていいじゃないですか。俺、忍者も好きだけど、渋い老魔法使いも好きなんです」

私は彼の言葉に思わずぶはっと噴き出し、くすくすと笑ってしまった。

彼も釣られて同じようにしばし笑いあう。

「なら、何かあったらお願いするよ。よろしくのう」

「こちらこそ！」

どちらからともなく手を差し出し、私たちは握手を交わした。

こういう交流がＭＭＯの良さなのだと思い出させてもらったような気がして、何だかとても胸が温かかった。

カーン、カーン、と高い音が街から流れてくる。

顔を上げると太陽はさっきよりもまた少し傾いていた。そろそろ街に向かわないと日が暮れてしまいそうだ。夜間は敵の種類が変わるし強くなるので、出来ればまだ戦いたくないな。

「夕暮れが近いことを知らせる鐘です。行きましょうか」

「うむ、そうじゃな」

ここから街はもう近い。

周囲を見回すと、草原や林の中からプレイヤーがちらほらと出てきて街に向かう姿が見えた。私たちと同じように狩りをしていたんだろう。

それを見ながら私たちも街に向かって歩き出した。

すると不意に、ポーンという音と共に私のウィンドウが開いた。

書かれている文字を見れば、チャットの呼び出しがきたという連絡だった。送信者を見ればミストという名前。というか、それ以外の人間がこのタイミングでチャットを申請してくるはずもないか。

「すまんが、チャットが入ったようじゃ」

「あ、どうぞどうぞ」

ヤライ君に一言断ってからチャットモードに切り替える。

これで彼からは私が歩きながら口パクをしているように見えるはずだ。

『南海？』

チャットモードにした途端、耳に飛び込んできたのはミストの声だった。

『ウォレスだって』

『あ、悪ぃ。あのさ、今どこ？　フレンドリスト見たらセダ地方にいるってなってたけど』

『これからセダの街に入るところじゃよ。もう十分くらいかの』

近づく街を見ながらそう答えた。

ここから見てもセダの街は随分と大きな街で、何となく距離感が狂いそうだが恐らくそんなところだろう。

『チャットまでジジイ語じゃなくても……いや、まぁそれはいいけど……。あのさ、由里がお前に会いたい会わせろってうるさいんだよ。お前、この土日にセダまで移動するって金曜に言ってただろ？　それ言ったら、由里も今セダにいるからフレンド登録だけでもしてくれって。ダメかな？』

『ふむ、まぁ構わんよ。別に急ぎの用事もないしの』

どのみちセダに着いた後はしばらく街を見て回って情報収集をするつもりで、今日は特に予定を決めていない。待ち合わせをしてフレンド登録をするくらい全く問題はなかった。

由里がどんな見た目で遊んでいるのかもちょっと気になるしね。

『良かった、もうせっつかれて大変だよ。んじゃ、この後どっかで待ち合わせでいい？』

『うむ。街に着いたら連絡しようか？』

『や、いいよ。もう三十分もしたら日没の鐘が鳴るから、それを合図にしようぜ。鐘が鳴ったら東門のすぐ近くにある大きな食堂に行くってことでどうかな。大鍋亭ってとこ』

『大鍋亭じゃな』

『うん、東門から少し入ったところの道の右側にある宿屋兼食堂で、すぐわかると思う。鍋のマークが描かれた看板が目印だから』

話が決まり、じゃあまた後で、と言って通話を切る。横を見ると、私がチャットしている間にヤライ君もまたメールか何か見ていたようだった。

待ち合わせとなると、街に着いたら彼とは一旦お別れしなくてはならないだろう。食事にでも誘おうと思っていたのだが、また今度になりそうだ。

「お誘いですか？」

「うむ、まぁそんなもんじゃな。ヤライ君を食事にでも誘おうかと思っていたのだが、残念じゃよ」

「今度ぜひお願いします。俺も今友達に呼ばれましたよ……間抜け振りを笑ってやるから顔出せって」

それは災難な。と思いつつも、何となく彼の友人の気持ちもわかるような気がした。ヤライ君は多分、仲良くなったら何となく弄りたくなるキャラっぽい気がする。

「それはご愁傷様というか……まぁ、頑張っての」

「うう……ありがとうございます」

嘆く彼を宥めながら、私たちはやがて街の東門に辿り着いた。街道は街の入り口の大きな門に吸い込まれるように繋がり、その門は背の高い壁に支えられている。

しかしセダの街を囲むその外壁を眺めてみると、レンガの壁は真っ直ぐではなくあちこちが不自然にでこぼこしていることに気付いた。高さも場所によってまちまちで、門から離れるにつれ少しずつ低くなっている気がする。

不思議に思って見上げていると、ヤライ君がその視線に気付き答えをくれた。

「ああ、これ変ですよね。なんか、セダって商業都市で、港を起点にして周囲にどんどん広がって

るっていう設定らしいんですよ。商売したい人が集まって無秩序に広げた結果、モンスター避けの外壁も、何度も作り直したり継ぎ足したりして、こうなっちゃったっていう話です」

「なるほど。なかなか凝った設定じゃのう」

「本当ですね。中もかなり迷路みたいになってるんで、入ったらすぐ地図を買ったほうがいいと思いますよ」

門のすぐ傍に地図屋があるからと教えてもらいながら、私たちは並んで門をくぐった。

街に入ってまず驚かされたのは、セダの街の賑わいだった。人の多さがファトスとは桁違いだ。

「……すごい人じゃの」

「俺も最初来た時はびっくりしましたよ」

門に繋がる通りは広いはずなのだが、その広い通りが狭く感じられるほど多くの人が行きかっている。夕暮れという時間帯のせいもあるのだろうが、私を驚かすには十分の賑やかさだった。

「露天広場とかオークションハウスの辺りはもっと賑やかですよ」

「こりゃ確かに迷子になりそうじゃな」

街に戻ってくる人が次々とくぐる門の前でいつまでも止まっているわけにもいかず、私たちはひとまず傍にあった地図屋の前まで歩いた。

途中、すれ違うプレイヤーたちから訝しげな視線を向けられた気がするが、そ知らぬフリで通り過ぎた。人が多い分視線が露骨だったようだが気にしたら負けだ。

とりあえず、この辺で彼に挨拶をと思って口を開きかけた時、近くで聞こえた高い声が私の言葉

を遮った。

「あー、ライたんいた！　おっそいよー！」

「げっ、スピッツさん、もう来てたんですか!?」

ヤライ君がその声に慌てて振り向いたので、私も釣られてそちらを見た。

そこには小柄で可愛らしい少女が一人、頬をぷくりと膨らませて立っていた。小学生か中学生かで一瞬迷う感じの、少々幼げな見掛けだ。

金色の髪をサイドで二つに分けて下のほうで結んだ髪型も、その上に被った二つのとんがりのある帽子もとてもよく似合っている。

髪よりも少し濃い金茶色の大きな目はいたずらっぽく煌めき、整った顔は頬を膨らませていても愛らしい。健康的な小麦色の肌が、元気な印象をさらに強めているようだ。

淡いピンクのパフスリーブワンピースを纏った美少女が、その上に金属製の部分鎧を着けている姿は何となく不思議な姿だった。ゲームの中ならではの姿という気がする。

私はその少女の顔に何となく見覚えがあるような気がして首を傾げた。だがその淡い既視感も、ぷりぷりと怒る少女の姿を見ていると摑まえ損ねて消えてしまう。

「スピッツさん、来るの早すぎですよ。待ち合わせ、ここじゃなかったですよね？」

「べ、別に早くないよ！　暇だったから迎えに来たとかでもないし！」

今のところ私の知り合いにはこんなテンションの高そうな女の子はいないし、どこかですれ違ったことでもあるのかもしれない。

そんなことを考えている間にも、少女は自分より遥かに背の高い青年に詰め寄って理不尽な文句を言っていた。

「もうっ、待ちくたびれてそこの屋台のジュースを全部制覇しちゃったよ！　罰としてもう一杯奢ってよね！」

「勝手に待ってて何言ってんですか！　勘弁してください、今金欠なんですよ……っていうか、まだ飲む気なんですか⁉」

背丈の大分違う少女に詰め寄られている姿を見ると、勢いに押されているヤライ君のほうがなんだか小さく見える。

私が面白く二人を観察していると、少女のほうがその視線に気付いて私を見た。

「あれ、ライたんひとりじゃなかったんだ？　ＮＰＣの護衛クエ中？」

「違いますよ！　よく見てください、マーカーないでしょう？　この人はウォレスさんです。ここに来る途中で知り合った魔道士さんなんです」

「こんばんは、初めまして」

紹介されたので挨拶すると、少女は目を丸くして私の全身を上から下まで眺めた。もうこういう反応にも随分と慣れてきたなぁ。

「ウォレスさん、こちらはスピッツさんです。俺の……フレンドの」

今の間が大変気になったが、とりあえず問わないでおくことにする。

気を取り直し、友好の基本は挨拶と笑顔ということで、私はスピッツさんに笑顔を向けた。

少女は固まったままじっと私を見つめていたが、不意にパッと笑顔を見せて大きな声を上げた。

「……おじいちゃんだ！　いい！　いいよ、うん！　こんばんは！」

スピッツさんはそう言うとパタパタと走りよってきて私の腕に張り付いた。

私の背も大して高くはないがスピッツさんはそれよりもかなり小さい。腕を絡めて半ばぶら下がるように縋られて一瞬よろけたが、どうにか踏ん張って転ばぬよう堪えた。しかし少女の突然の行動に、今度は私のほうが思わず固まってしまった。

「ちょっ、スピッツさん！」

「どーよ、ライたん！　孫娘とおじいちゃんに見える？　ねぇ、ちょっとこれ萌えじゃね!?」

……どうやらこの人もちょっと変わった人らしい。

類友、という言葉が私の脳裏を過ぎったことは言うまでもない。

「初対面の人に何やってるんですか！　おじいちゃんが怯えてるじゃないですかもう！　離れてください よ！」

少女に釣られてヤライ君の呼びかけもおじいちゃんになっている。

ヤライ君はスピッツさんを私から引っぺがすと、暴れる彼女を捕まえつつ頭を下げた。

「すいません、おじ……いえ、その、ウォレスさん」

「はは、もう好きなように呼んでどうぞ」

「ごめんって！　謝るから！　だからちょっとだけ！　もうちょっとだけおじいちゃんをたんのーさせてぇ！」

私が苦笑しつつも頷くと、ヤライ君は顔を赤くして何度も頭を下げた。その腕の中では相変わらず少女がじたばたと暴れている。

「とりあえず、待ち合わせがあるんですよね？　また今度良かったら遊んでください。サラムまでも、呼んでくれたら本当に手伝いに行きますから！」

「ありがとう。それでは、また今度。スピッツさんもまた」

「やん、すっぴーって呼んで！　きゃー、ライたんのひとさらいぃ！　おじいちゃんまたねぇ！」

もがきながらぶんぶんと手を振る少女を掴んで、ヤライ君は何度も頭を下げつつ人ごみの中に去って行った。

その背中はあっという間に行きかう人の姿にかき消されて見えなくなる。時折少女の高い声だけが、微かではあるがここまでまだ届いた。

「……すごいテンションだ」

私の呟いた言葉は、誰に聞かれることもなく街の騒がしさにかき消されてゆく。

NPC以外とはほとんど交流していないからか、あのプレイヤーならではのハイテンションに何だか驚いてしまった。

「しかし……あの子の中の人はどちらだろうの？　ここでは性別が逆な人も多いと聞くが……いやいや、いかんな。こういうことを考えては」

中の人などいなかった、うむ。これもまたMMOによくある出会いの一つだ。

気になる気持ちを忘れようと首を振りながら、私もゆっくりと歩き出す。

夕暮れの街の賑わいに加わるように、日没を知らせる鐘が甲高く響き渡っていた。

▼第六話
友との語らい

大鍋亭は、ファンタジー感溢れる居酒屋とでも言うような雰囲気の店だった。

壁や天井にぶら下げられた煤けたランプと、テーブルの上の蠟燭を光源とする店内は全体的に薄暗い。

薄暗い酒場というとなんとなく怪しい場所を想像するが、幸い大鍋亭はそんなこともなく、客たちは皆明るい雰囲気の中で思い思いに食事を取ったり談笑したりしている。

目の前のテーブルに並んだ料理は港町に相応しく魚料理中心で、どれも結構美味しい。一人暮らしだと手間や量を考えてしまって、魚料理を遠ざけがちな私としてはとても嬉しかった。

ＲＧＯの中では空腹というものを感じることはないのだが、食事は楽しめるようになっている。システム的には食事は結構重要で、最低でも一日に一回くらいは何か食べたほうが良いとされていた。戦士系の人なら、一日二、三回はしたほうがいいらしい。

長く何も食べずに動き回っていると、ＨＰの回復率が悪くなったり徐々に減っていったりするのだ。あまりそれを続けると、レベルアップ時にもステータスが上がりにくくなったり、逆に下がったりするらしい。

料理は緩やかな回復アイテムとしての役割も持っているので休憩時に何か軽く飲食するだけでもいいのだが、攻略に熱心な人はその時間を勿体ながって回復は薬で済ませてギリギリまで休憩は取らないという人もいるという。

空腹は感じないからその辺は適度に自己管理して食事を取るしかない。だがその分客を誘う為にか、どこの店の食事も味は悪くない。

何より、プレイする前に投与した感覚補助用のナノチップが良い仕事をしてくれているらしく、様々な料理の香りも味も存分に感じられて食事が楽しいのだ。

私は魔道士なので一日一回程度でも良いのだが、NPCのお店では特色のある携帯食や屋台料理が色々あるので、多分余分に食事をしているほうだと思う。

そういえばセダには生産職で料理をやっているプレイヤーが幾人かいると情報掲示板に書いてあった。

ここにいる間に探してみようかなと考えながら、目の前に置かれた白身魚のカルパッチョのような料理をフォークに刺して一口食べてみる。

あ、これはなかなか好みだな。少し酸味のあるソースと魚の相性が良くて美味しい。上に炒ったナッツと塩気の強いチーズを細かく砕いたものが掛かっていて、それがちょうど良いアクセントになっている。うん、美味しい。

もぐもぐと口を動かすと、一くくりにして顎の先で赤いリボンで結んだ髭がゆらゆらと揺れる。食べる時に髭が意外に邪魔になることにも最近ようやく慣れてきた。

「ねぇ、ウォレス、それ美味しい？」

丸テーブルを囲むすぐ隣の席からそう声をかけられて私は一つ頷いた。

「なかなかいける。試して構わんよ」

「うん、ありがと。じゃあはい、お返しにこっちのも味見してね」

隣に滑らせた自分の皿と入れ違いで渡されたのは、青魚をたっぷりの香草と一緒に焼いた料理だ。

私は皿を受け取ってフォークで身を少しほぐして口に運んだ。

うん、皮が柔らかくて塩気が利いていてなかなかいける。魚に纏わり付いた香草と少しのニンニクの良い香りがして、レモンを搾ったような爽やかな風味もあって……これも美味しいな。

「うん、美味しいわね。さっぱりして、いくらでも入っちゃいそう」

「そうじゃろう。この焼き魚も香りが良くてなかなかじゃの」

味見した皿を返すと、それを受け取った彼女はにこりと嬉しそうに微笑んだ。

室内の穏やかな灯りを受けて艶やかに光る髪は青みがかった黒で、少し不ぞろいな首筋くらいまでの長さだ。同じ色の睫に縁取られた金の瞳も綺麗だった。瞳孔が縦長なのが少し不思議だ。

外装はそれなりにいじってあるようだったが、切れ長で少しきつい印象の目元は現実の由里をどこか思いださせる。由里のキャラクターもまた美形と言える顔立ちだが、元々彼女は現実でも美人なので違和感は少ない。

しかし元の由里と決定的に違うところが一つ、その頭上にあった。

黒い髪に隠れてさほど目立ちはしていないが、その頭の上には少し丸みを帯びた黒い三角が二つ生えている。さらにその肩越しに長く黒い尻尾が時折ふらりと立ち上がっては、彼女の機嫌を表すかのようにゆらゆら揺れていた。

「何、ウォレスったらさっきから珍しいもの見るみたいな顔して。獣人なんてその辺にいっぱいいるでしょ？」

「それはそうじゃが……わしが知り合った住人にはまだいなかったものでな」

「そうなの？　プレイヤーは？」

「そっちは全然付き合いがないからのう……ミストのフレンドにいたのを見たくらいかの」

ファトスはそもそも獣人が少ない街らしく、ＮＰＣの住人にはほとんどいないのだ。街ですれ違うプレイヤーなら獣人は多いけど、こうして間近で見るのは初めてなんだよね。

「ウォレスって、普段どこで何して遊んでるの？」

「それは秘密じゃよ」

由里のキャラクターは黒豹の獣人だ、と教えてもらったのはついさっき。初めてここで顔を合わせた時だ。黒豹は割とラッキーなのだとも彼女は言っていた。

ラッキーだというのは、獣人はキャラ作製時にどの獣の系統にするかを自分では選べないところから来る言葉だろう。

そればかりは完全にランダムで、初めてログインした時に決定されるのでどうなるかは誰にもわからない。

どの系統もそれなりの利点があるのだが、気に入るかどうかは全くの賭けだという話だ。稀にレアな種類になる人もいるらしい。

決定した姿が気に入らないことも当然あるだろうが、獣人を作り直す場合はキャラを一度デリートし、現実時間で三日ほど待たないと再スタートできない。作り直しても、その姿を気に入る保証はない。

だから大抵の人が、待つよりは諦めて結果を受け入れるという話だ。

ちなみにキャラメイキングはどういう風にするのかと不思議に思っていたが、なんでも人間タイプをベースにキャラを作り、種族を獣人にしておくらしい。

そうすると初ログイン時にランダムで獣人のタイプが決定され、作ったキャラの姿にもそれに合わせた補正が入るということだ。

具体的には耳の変化や尻尾の追加、瞳孔の変化、牙や爪の追加、顔つきや体つきの若干の変化と部分的な毛の追加、などなど。

基本的には作られたキャラの外観を大きくは損なわない程度に付与される補正なので、美形だったのが不細工になるようなことはないという。

実際、由里のキャラクターはネコ科の特徴が少しずつ混ざったような顔だが、なかなかの美人だ。

「まぁ、ウォレスならいくら見てても別にいいわよ。気が済むまでどうぞ？」

彼女はそう言って私ににこりと笑いかけるとテーブルの中心付近を指でつつき、酒場のメニューウィンドウを開いた。

「ね、ウォレス、何か甘い物食べない？　半分こしようよ」

「ふむ、構わんが甘い物などあったかね？」

「一応あるわよ。あんまり種類はないけどね」

空腹感がないということは、当然満腹感も存在しないので、食べようと思えば好きなだけ好きな物を食べられる。

そうは言ってもずっと食べていてはどうしても飽きがくるし、無駄な金がかかるだけなのでほど

ほどで止めるのが普通だ。

それでも、現実では体重を気にして甘い物を我慢している人なんかには、ＲＧＯで欲求不満を解消できるのは嬉しいことだろう。

魚料理を楽しんだ私も、少しばかり違う味を楽しむのも悪くないとメニューを覗き込んだ。

甘味のメニューは幾つかあったが、海草を煮溶かして果汁と合わせて固めたゼリーのようなものや、ふんわりと焼いたケーキなどが人気だと教えてもらい、少し悩んでゼリーを頼んだ。

「んー、じゃあ私はケーキのほうにするわね。ああ、いくら食べても太らないってホント素敵」

「元々由里は別に太っとらんじゃろ」

「ユーリィよ、ウォレス」

「ああ、すまんな」

元の名前と似通いすぎているせいか、ついそちらを呼びたくなってしまう。ユーリィは、少々混乱している私を見て楽しそうに笑う。

と、そこに不意に横合いから不機嫌そうな声が割って入った。

「……なぁ、お前ら」

「うん？」

「何よ、ミスト。せっかく楽しんでるのに地の底から響くような声出さないでよね」

私から見てユーリィの向こう側の席でじっと黙っていたミストは、何か頭痛でも堪えるかのような渋い顔をしている。

私が首を傾げると、ミストはぷるぷると肩を震わせ、声を荒らげた。

「頼むから……頼むから、爺さんと若い男が甘い物のシェアとかしないでくれ!!」

由里ことユリウス。愛称はユーリィ。性別：男、種族：獣人。

「やぁだ、男だなんて！　違うわよ、さっき言ったでしょ？　アタシはオネエよ、オ・ネ・エ！」

語尾にハートマークがつきそうな口調と共に、ユーリィは恥じらうような可愛い仕草で身をくねらすと、パチリとウインクをしてみせた。

それを見てしまったミストが遠い目をしていたのが何だかひどく印象的だった。


彼（彼女）曰く。

「だってね、見かけを女にしとくと色々面倒が多いのよ。他のVRゲームですっかり懲りたの。私はゲームを楽しみたいんであって、ちやほやされたい訳じゃないっつってんのに、しつっこい男が多いのよね」

由里は男の外装を選んだ理由をそう聞かせてくれた。

「お前に近寄る度胸を逆に買うけどな、俺は……」

「なるほど。それで男キャラの外装なのか。じゃが、オネエというのは？」

ミストが食べる為にほぐしていた焼き魚の身を腹いせのごとく脇からひょいひょいとフォークで

摘みながら、ユーリィは可愛らしく首を傾げる。

「それがねぇ、今回は面倒を避けるために男キャラで行くぞって作ってみたのはいいんだけど、考えてみたら私、演技って苦手なのよね。ロールプレイとか全然出来る気がしなくって。いちいち口調を変えるのも面倒じゃない？」

「ふむ……まぁ、確かに」

「でしょ？　だから、考えたのよ。もうこれは、普段通りの口調で通して、オネエキャラのロールプレイにすればいいんだって！　それなら全然難しくないじゃない？　いつも通りの女らしくて可愛い私でいいんだもん。姿だって鏡見なけりゃ自分では気にならないし、声がいつもよりちょっと低いかなってくらいの感覚しかないしね。んで、慣れたら段々オネエプレイに愛着が湧いちゃったりして？」

ミストが「自分で可愛いとか言うか普通」とか何とかぶつぶつ呟いている横で、私は納得して頷いた。

最近のVRゲームの男女比率は、かなり半々に近くなってきていると聞いている。

VRシステム自体が男女問わず人気で広く普及しているからだ。

離れていても顔を見ながら話せるし、メールなどより親密に過ごせるし、吊り橋効果も狙えるかも？　という理由から（一部信憑性が定かではない話もあるが）、カップルで同じゲームを楽しむ人たちも珍しくはない。

当然そこには新たな出会いも数多く生まれているので、それに淡い期待を抱く者たちもやはり多

くいるだろう。

ただし、その男女比は当然ゲームの傾向によってばらつきがある訳で、必ずしも均等ではない。

ＲＧＯは確か、男女比は２：１くらいだったはずだ。

外装を細かくカスタマイズできるのは魅力なのだが、世界の雰囲気がどちらかといえばリアル系なので、可愛らしくデフォルメされたポップな雰囲気のゲームほどの女性人気はないのだろう。

そういった男女の比率が一定でない場合にありがちな面倒ごと、というのをどうやらユーリィはよく知っているようで、それなら男の外装を選択するのも賢い選択に思える。世の中にはちやほやされたい女性もいるだろうが、そうでない女性も確かにいるのだ。

多分、様々な理由から性別を逆にしている女性プレイヤーは探せば他にも沢山いるだろう。ただ、その人たちの大半は恐らくオネエプレイはしていないのではないかと思うが。

「オネエプレイか……面白いの」

「面白くないって！　コイツこの外見で、『南海に連絡取ってくれなきゃ、ミストは私と出来てるって噂になるようなことするからね！』って脅すんだぜ!?」

「ふむ。異色カップルの誕生か」

「誕生してねぇ!!」

ミストは声を荒らげて必死に否定する。

うーん、ミストもなかなかからかいがいのあるキャラクターだ。

私がそんなことを考えていると、ＮＰＣの店員がテーブルにデザートを運んできた。ユーリィは

フォークを片手に嬉しそうな声を上げる。その声は若干高めではあるが、明らかに男性の声だ。

結構美男子なのに猫耳でオネエキャラ。考えてみるとなかなかシュールかもしれない。

「まぁとにかく、外装は男でも心は女の子だからいいのよ。友達とケーキのシェアしたって文句言われる筋合いはないわ。あんた、自分が出来そうにないからって私に当たらないでよね」

「誰がいつそんなことをしたいって言ったんだ！」

「その顔が語ってるわよ」

学校でよく由里がしてくるように、あーん、と目の前に差し出されたフォークの先のケーキに、私は髭に気をつけつつぱくりと噛み付いた。

うん、生地がふんわりとしていてなかなかいける。

お返しにゼリーをひと掬い差し出すと、ユーリィも嬉しそうにそれを口に運ぶ。

それを見たミストが悲痛なうめき声を上げながらテーブルに突っ伏した。

「……ここに鏡があったなら！」

それを見て行いを正せとでもミストは言いたいのかもしれないが、そんなことでなんとかなると思う辺り、まだまだ修行が足りない。

なぜなら私たちはどちらも己の姿を全く恥じていないのだ。

甘い物が好きな老人とオネエが親友だからって別に誰が困るわけでもないし。

それに室内は薄暗いし喧騒で溢れているのだ。誰も他人のテーブルのことなど気にしていないだろう。

「どう見たって、テーブルに突っ伏してうめき声上げてるほうが奇行よねぇ」

「うむ。改めたほうがいいぞ、ミスト」

「何で俺!?」

顔を上げたり再びテーブルに突っ伏したりしているミストは放って置いて、私たちはデザートをゆっくりと堪能し、話に花を咲かせた。

聞くところによると、ユーリィは銃士という職業をやっているらしい。具体的にはそのまんま、銃で戦う射撃系の職業だ。銃は結構種類が多いらしく、同じ銃士の中でも戦闘スタイルは色々ある。大体は中から遠距離での戦い方が殆どで、あまりソロはしないということだった。

密かにかっこよさそうだと思っていた職業なので、話を聞くのは楽しい。

「一人だと、狩りの時は大体遠くから狙撃するってのが普通ね。パーティの時は主にかく乱とか、トドメとかが役どころかしらね。特殊な魔法弾とか使えば、回復とか補助も少しくらいはできるけど……魔道士ほどじゃないけどあんまりソロ向きじゃないのよね」

銃士は弾代がばかにならない上に、索敵と狙撃にかなり熟練しない限りは危険も多くソロではあまり金稼ぎにはならないらしい。

確かに弾は消耗品だろうし、その補充というのは銃士なら必ず付いて回る話だろう。

ソロ向きでない中、ユーリィはどうしているのかと聞くと私にとっては少し意外な答えが返って来た。

「私は普段は理恵（りえ）と一緒に狩りしてるのよ。あの子前衛職だから」

「理恵ちゃんと?」

理恵ちゃん、こと田野理恵子。つまりは由里の妹である少女で、彼女なら私ともお互い見知っている。

中学二年生で、大人しい良い子という雰囲気で、あまりこういうゲームをやるようなタイプには見えなかったのだが。

「あの子もゲームなんかやるのかの」

「理恵にはこれが初のＶＲゲームね。私がやってるから楽しそうに見えたみたい。今じゃなかなかのゲーマーよ。もうすぐ来ると思うから、紹介するね」

ユーリィは私に彼女も紹介しようと呼んでおいたそうだが、どうやら理恵ちゃんは寄り道をしていて遅れているらしい。

由里の家に遊びに行くと時々顔を合わせる少女は、由里とはまた違うタイプの可愛い女の子だ。大人しい彼女がここでどんな冒険をしているのか聞いてみたい。

私はそこまで考えて、はて、と首を傾げた。

私の脳裏を金色の髪が一瞬過ぎる。どこかで見たような、と思ったあの姿。あの既視感はもしかしたら。

しかし、彼女と私の知っている理恵ちゃんとは随分と印象が違ったが――

「お姉ちゃん、おっまたせー!」

「声でかいですよ、スピッツさん!」

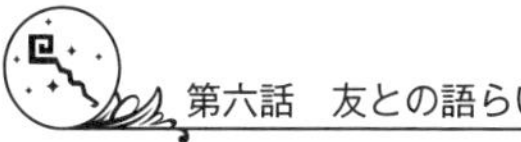

——そこまで考えたところで突如割り込んだ聞き覚えのある賑やかな声に、私の思考は中断させられた。
この声はもしやと予想するまでもなく、視線を上げるとやはりそこにはさっき別れたばかりの顔が二つあった。正解が出る前に、どうやら答えのほうから先にやってきてくれたらしい。
あっという間の再会に、どうやら気付いたらしい向こうも目を丸くしているのがここからでも見える。
類は友を呼ぶ、という言葉は、実によく真理をついているような気がした。

「——で、えーと、コレがスゥ……スピッツで、理恵よ。といっても、理恵のほうはリアルの方のウォレスもミストも昔から知ってるし、今更紹介はいらないと思うけど。あと私とはゲーム友達の、ヤライ君」

「え、えっと、スピッツでぇす。んと、ウォレスさん？　久しぶり……です」

「久しぶりじゃのう。こちらでは初めまして。さっきは気付かんですまんかったの」

「す、スピッツさんが普通の挨拶を……あ、初めまして、ヤライです」

「あ、どうも初めまして、ミストです。つか、リ……スピッツ、お前、俺の存在は!?」

あらかた食事の済んだ丸テーブルを囲んだ五人は、順に行われている自己紹介にそれぞれ様々な反応を見せた。

「二人がウォレスともう知り合ってたなんて驚いたわ、ホント。しかもヤライ君なんて、私より先

にウォレスと遊んでフレになったなんて、ずるいわよ！」

「たまたまですって！　大体なんでそこでユリウスさんに断る必要があるんですか!?」

頬を膨らませたユーリィにじろりと睨まれてヤライ君は実に居心地が悪そうに椅子を軽く引いた。

ユーリィに紹介されたところによれば、ヤライ君は由里のＶＲゲーム仲間だということだ。以前二人がやっていた戦国時代が舞台のゲームで知り合ったのだそうだ。

ＲＧＯが稼動した時に二人で移動してきたということで、その時に理恵ちゃんもＶＲゲームを始めたらしい。

その理恵ちゃんことスピッツ嬢はといえば、椅子にちょこんと座ったまま。さっき外で会った時のテンションが嘘のように大人しい。

彼女はカスタマイズアプリが苦手で使っていないそうで、顔立ちは多少のデフォルメが加えられているものの、よく見れば確かに本人の面影が残っている。色味は大分違うが、こうして静かにしていると雰囲気も私の知っている理恵ちゃんによく似ていた。

じっと見つめているとそれを感じた彼女が顔を上げ、視線が合った瞬間にまたパッと俯いてしまった。やっぱり、さっき外で会った時のテンションは何かの見間違いかと思うほどだ。

「スゥちゃん……とわしも呼んでもいいかの？」

さすがにすっぴーはちょっと呼びづらい。私はさっきユーリィが口にしかけた愛称っぽいものを採用させてもらうことにした。

スゥちゃんは私の言葉に俯いたまま目線だけをチラリと上げてコクコクと頷く。するとそれを見

ていたらしいユーリィがニヤニヤと笑いながら彼女に声を掛けた。

「スゥ、お互い知らずに外で会ったってことは、いつものあんたを見られたんでしょ？　もう猫被るの止めたら？」

「猫？」

「シーッ！　お姉ちゃん止めてよ！　べ、別に私、猫なんて被ってないもん！」

スゥちゃんは慌ててユーリィの言葉を打ち消そうとしたが、その隣からも異論の声が上がる。

「スピッツさん何か悪いものでも食べたんですか？　いつもと違いすぎで……いえ、何でもありません」

「こら、ヤライ君を睨まないの。あんたが悪いんでしょ？　普段はぎゃーぎゃーうるさいくせに、ウォレスの前でだけ大人しくしようったって無駄よ。普段と態度が違おうが何しようが、ウォレスはそんなこと気にしないわよ？」

「元気なほうが本当のスゥちゃんということかの？」

現実の理恵ちゃんはといえば、姉とよく似た柔らかな髪を慎ましく一つにくくった、いかにも大人しめの中学生という雰囲気の少女だった。

将来は美人になりそうな可愛い顔立ちをしているが、性格は姉のように強気ではないみたいだし、言動も物静かなのだ。

その大人しい理恵ちゃんと賑やかなスゥちゃんという少女が一つに結びつかず、私は首を傾げていた。

どちらが良いとかそういうことは特にないが、私の存在が彼女に無理をさせてしまうのは困る。

「スゥはちょっと内弁慶っていうか……この場合ネット弁慶って言ったほうがいいのかしらね？　まぁとにかく、あれよ。ネットだとちょっと気が大きくなるタイプなのよ。あと普段はね、リアルの方のウォレスに憧れてるから、その前では特に大人しくしていたいんだって」

「お姉ちゃん！」

悪びれず全てをあっさりと語る姉に、スゥちゃんは可愛い悲鳴を上げて立ち上がり、バタバタと手を振った。

少女が私に憧れてくれているというのは初耳で、それが本当なら何となく面映ゆいものがある。一体私のどの辺に憧れられる要素があるのか全くわからないが、別に嫌ではない。

けれど、それで彼女が伸び伸びと遊べなくなるなら私としては悲しい限りだ。

「それが本当なら、少々気恥ずかしいが嬉しいのう。けど、それで普段の元気なスゥちゃんが見れんというのは寂しいんじゃがな」

「ほら、本人もああ言ってるわよ」

私が身を乗り出してスゥちゃんを覗き込むようにすると、彼女はあたふたと席に座りなおしてまたもじもじと顔を伏せた。

「お、おじいちゃんがそう言うなら……そうする」

うわ、なんか可愛いこと言った。

兄しか持たない私としては可愛い妹とか仲のいい姉妹というものに憧れがあるので、ちょっと嬉しい。

「お前……なんつー態度の違いだ、ったく」

けなげな少女の態度の何が気に食わないのか、ミストがぶつぶつと愚痴をこぼす。ミツも由里に連れられた理恵ちゃんとは何度も顔を合わせているからその落差に驚いたらしい。

スゥちゃんはその呟きを聞いてミストのほうをくるりと向くと、べぇ、と大きく舌を出した。

「べぇ～だ。ミストこそいつも通りの影の薄さでごしゅーしょーさま！　そんな名前で、霧みたいに淡ーい存在感を自分から表してるなんて、よくわかってるじゃん！」

「ちょっ、お前なんだその豹変振り！　猫被りすぎだろ！」

「スピッツさん、いくらリアルでお知り合いでもさすがに失礼ですよ」

常識の持ち合わせが多そうなヤライ君がスゥちゃんを窘めると、彼女はぷくりと可愛く頬を膨らませてぷんとそっぽを向いた。

「大体、本当にすごく態度が違って俺もびっくりしましたよ。なんでいつもそんな風にほどほどにしといてくれないんですか……」

どうやらいつも振り回されているらしいヤライ君がため息と共にしみじみと呟く。

そんな彼をじろりと睨み付け、スゥちゃんは腰に手を当てて小さな胸を大きく反らした。

「これはわざとなの！　ネットは怖い所だから、ちょっと性別を疑われるくらいのテンションのほうがいいんだってお姉ちゃんが言ってたし！」

「あー、そうそう。そういえばそんなこと言った気がするわ。大人しい女の子なんて色々鬱陶しい

目に遭うこと間違いなしだって」

「お前、何でそんな極端なことを教えてるんだよ……」

ミストの呆れ声にも、別に全くの嘘って訳じゃないからいいじゃない、とユーリィは悪びれず笑う。

確かに私も最初はスゥちゃんの中の人の性別をちょっと疑ったものな、と思い返した。

それを思うと自衛という意味では少女の試みは結構成功しているのかもしれない。

「なるほど、女の子はオンラインでも色々と苦労が多いんじゃのう」

私がそう言うと、スゥちゃんはうんうんと頷いて嬉しそうな笑みを浮かべた。

「でも、最近はソレが楽しいのよね、スゥは」

しかし、ユーリィがそう言ってにこにこと妹の顔を覗き込むと、スゥちゃんはまたうん、と大きく頷く。

「ふっふっふ、あまりのテンションの高さにこれはきっとネカマだろうと思わせて実は中身はホントに美少女だったというそのショーゲキの事実！　馬鹿な男たちはそんなことを知るよしもなく、大きな魚を逃がしているのです！　そう思うと、もうたまんないよね！　なんかこう、ハイトクカンっていうの？」

それは少し違うような気がするが、少女があまりに楽しそうなので私は口を挟まずそっと見守ることにした。

頬に手を添え恥じらうように身を捩る仕草は、姉とよく似ていて可愛らしい。

けれど、確かに自分に酔っているネカマだと言われれば、そう見えなくもない気もする。

「勘弁してくださいよ……なんですかその変なプレイ」

「つまりはネカマを装うプレイだよ！　これぞ正しきネカマプレイ！　さぁさぁ、ライたん、ボクを罵ってもいいんだよ！　言って言って、『このネカマヤロウ、きめぇんだよ！』って！」

「そんなひどいこと言えませんよ！　大体、中身を知ってる俺が言っても無意味じゃないですかそれ！」

「ちっがうよ～！　ライたんみたいに礼儀正しい人が言うとこがいいんじゃん！　さぁさぁ、遠慮せず！」

「……コノネカマヤロウ、キメェンダヨ」

「だめー！　棒読みすぎ！」

……どうやら少女はRGOで何か新しい世界の扉を開いたらしい。

二人のやり取りにユーリィはケラケラと笑い転げ、ミストは遠い目をして他人のフリをするかのように他所（よそ）を向いていた。

うん、その人によって色々な楽しみ方があってほんと面白いなぁ。


こうして私たちの出会いの夜は、そんな風に賑やかに更けて行ったのだった。

▼第七話

賑やかな旅路

ガタゴトと走る馬車のリズムに合わせ、どこかのどかな調子の歌が響いている。

「ラーラーラララン、ラーラーラララン、ラーラーラーララ、ランランラン」

ラの音で構成されているその歌は、一瞬聞いた感じだと楽しそうに聞こえるが、よく聞くとメロディがどことなく物悲しい。

セダとサラムを繋ぐ街道の上空は今にも泣き出しそうな曇り空で、その様は物悲しいメロディに何だかとても似合っていた。

「ラーラーラララン、ラーラーラララン、ラーラーラーララ、ララーラララー」

サラム行きの定期馬車の中には若い男が三人、少女が一人、老人が一人の計五人が乗っている。

可愛い仔牛が市場へと運ばれ売られていく情景を歌ったその曲は、今の状況と微妙に合っているような気がしないでもない。

「ラーラーラーラララー、ララララララーラーラー」

だが果たしてこの中で、その可哀想な仔牛に当てはまるのは誰だろう。

ビジュアルだけで言えば多分、馬車の後ろで外を見ながら足をぶらぶら揺らして楽しそうに歌を歌っているスピッツが該当しそうだ。しかし個々の精神状態を考えると彼女ではなく、ジジイとオネエと忍者とテンション高めの少女という濃い目の四人に囲まれて、どんどん影が薄くなりつつあるミストが当てはまるような気がする。

どことなくうつろな彼の目は、何で俺ここにいるんだろう、と自問自答を繰り返しているようにも見えた。

先日の大鍋亭での夜。

友人や知り合いの気安さもあってすっかり打ち解けた私たちは実に色々なことを話して楽しい時間を過ごした。

その中で私がこの後一人でサラムへと向かう予定だという話になり、ヤライ君がやっぱり心配なので付いていくと言い出したのだ。

するとユーリィも「ずるい！　一緒に行く！」と言い出し、スゥちゃんもそれに付いていくと言い張った。

対抗心を刺激されたのか、勢いでミストもそれに参戦し、結局四人で私をサラムまで送ってくれるということになってしまった。

自分の移動のために皆を何時間も付き合わせるのは少々心苦しかったのだが、どうしてもと言われれば無理に断るのも何となく申し訳なく……。

結局、私の準備に合わせて数日の時間を取りはしたものの、今はこうして五人で馬車の上。

定期馬車の同乗者が見つからなければ一人で退屈な上、運悪くモンスターに襲われるかもというスリルも併せ持つ可能性もあった馬車の旅は、一転して賑やかなものとなったのだった。

予想通りサラムへ向かう同乗者は他になく、私たちはそれぞれ気兼ねなく馬車の中で雑談したり、掲示板を見たり、景色を見ながら歌を歌ったりと思い思いの過ごし方をしている。

そのまま馬車はしばらく順調に走っていたが、不意に馬が高く嘶き、車体がガタンと揺れた。

「どうっ、どうっ！　モ、モンスターだ！」

御者が慌てた声でそう言って馬車を止め、幌馬車を支える前方の支柱に手を伸ばした。そしてそこに設置してある魔法具のボタンをカチリと押す。すると途端に馬車全体が淡い光に包まれた。

「おお……結界かの？」

「だな。これが馬車も馬も守るから、その間に敵を倒せってことだ」

ミストがそう言って立ち上がる。

自分のストレージから剣と盾を取り出し、馬車の後ろへと向かった。

「お姉ちゃん、敵なにー？」

後ろにいたスゥちゃんがユーリィに問いかける。ユーリィは中に入って丸くなって震えている御者越しに前方を確かめ、蝶ね、と呟いた。

「チョウチョかぁ。私あれ苦手！　斧振るとひらひら避けられるんだもん」

「大ぶりしすぎだから風圧が邪魔なんでしょ。じゃあ私も行こうかな」

「俺も行きましょうか？」

「うーん、そんなに数はいないみたいだけど、どうしようかな。皆でやってばらけちゃうと逆に面倒かな」

私は悩むユーリィの後ろから顔を出し、敵の姿を確かめた。

道の真ん中では十匹ほどの蝶が群れをなして飛んでいる。くるくると同じ場所で円を描くように飛び交い、どこかに行く様子はないようだ。

遠目でもかなり大きい羽は鮮やかな紫色で、その下方には円を描くように緑色の斑点が散っていた。もちろん初めて見る蝶だが、その特徴から名前が分かる。

「確か翠円（すいえん）アゲハじゃったかの……あれはちと面倒だろうから、わしが行こう」

私がそう言うと、全員がくるりと私のほうを見た。

「ウォレス、あれと戦ったことあるの？」

「ない。じゃが気をつけるべき点も、効く魔法も知っとるよ。多分どうにかなるじゃろう」

蝶の類は、麻痺や混乱の効果がある鱗粉をまき散らし、状態異常攻撃を重ねてくるのが特徴だ。だが魔法なら近づかなくて済む。それを封じてしまえば体や羽は柔らかくＨＰも多くないのだ。

自信ありげに頷いてみせると、ユーリィはしばらく考えてから頷いた。

「いいわ、ウォレスに任せる。私とミストが傍にいれば、万一ってこともないしね」

馬車の後ろから降りて前に回ると、道の先には群れをなして羽ばたく蝶の姿があった。一匹の大きさが六、七十センチはあるだろうか。

周囲は深い森で、薄暗い木々の合間をひらひらと飛ぶ巨大な蝶の群れは、美しくもあり不気味でもある。

私は目標との距離を慎重に測って足を止めると、両脇を固めるミストとユーリィに頷いた。

『――来たれ来たれ、緑の踊り子、暴風の使者よ。雄大なる大空の騎手にして、無情なる時の尖兵よ。その怒りを風に乗せ、我が望む全てを切り刻め。渦巻け、風の刃』

呪文を唱え終える寸前、自分にだけ見えるマーカーで蝶の群れを囲むように範囲を指定する。やがて唱え終えると同時にヒュウ、と細い音が周囲に響いた。大きく円を描きながら周囲の空気が集まって渦巻き、やがて範囲が一気に狭まる。

風の渦は蝶の群れを取り囲み、三メートルほどの太さの円柱で、高さの低い不思議な竜巻になっていった。渦巻いた風は、土ぼこりや落ち葉を巻き込んで上へ下へと激しく暴れる。

土ぼこりを含んだ圧縮された風は渦巻く様が目に見える。それは刃のように鋭い切れ味で、蝶たちの薄い羽を次々に切り裂いた。

蝶の群れはその風に弄ばれ切り裂かれ、やがて散り散りになってパタパタと地面に落ち、次々と光に変わってゆく。やっておいてなんだが、ちょっと可哀想な姿だ。

しかし私が眺めていると、地面に落ちた蝶のうちの一匹がふらふらとまた飛び上がり、こちらに近づいてきた。

どうやら討ちもらしてしまったらしい。もう一度別の魔法を詠唱しようかと杖を構えたが、不意に私のすぐ脇で銃声が高く響いた。

目にも留まらぬ速さで打ち出された銃弾に体の中心を穿たれた蝶がパンと弾け、光へと姿を変える。横を見るとユーリィが優美な所作で銀色の銃を下ろすところだった。

「さすがに数が多いと、一匹くらいは逃れるものね」

「うむ、ありがとう」

「どういたしまして」

私は両脇に立っていたユーリィとミストを交互に見やり、二人に礼を述べた。

ミストはそれに対して、俺は何も、と首を横に振る。私はそれには取り合わず、ただ笑顔を向けた。念のため二人が付いてきてくれていたのだ。それだけで十分心強く、助かっている。

「さ、行こうぜ」

ミストは手にしていた剣を鞘に戻し、盾と共にストレージにしまうと馬車のほうを振り向いた。

馬車の中からはヤライ君とスゥちゃんがじっとこちらを見守っている。

私たちは頷き合って並んで歩き、また馬車へと乗り込んだ。

……あ、私今ちょっと水戸黄門（みとこうもん）っぽかったかも。


馬車に戻って御者に声をかけると、荷台の片隅で震えていた彼はハッと顔を上げ、また御者としての職務に戻った。

動き出した馬車に再び揺られながら、私たちもそれぞれに寛ぎ、雑談を再開した。今どの辺か、あとどのくらいで着くだろうか、などと私がヤライ君に聞いていると、黙って何か考えていたユーリィが顔を上げて私のほうを見た。

「ねぇウォレス……ウォレスの魔法って、なんか変じゃない？」

「変？　どこがじゃね？」

「だってまだレベル十三くらいよね？　そんなレベルなのにあの蝶の群れをほぼ一撃なんて、威力

がありすぎない？」

「レベルはさっきので一つ上がったから、今十四じゃな。魔法は頑張って鍛えてあるから、としか言いようがないが……」

おかしいと言われても、私としては特にそういう感覚はない。

この辺を歩く適正レベルから考えるとまだ少し低いが、一応レベル上げもしてきたし、魔法の熟練度も暇があれば上げている。

知性なんかの魔法の威力に関するステータスも、多分このレベルにしてはかなり高い……んじゃないかな？　誰かと比較したことがないからわからないけど。

「熟練度やステータスから考えれば、順当じゃろうと思うが？」

私がそう言うと、ユーリィだけでなくミストやヤライ君まで首を横に振った。

「さっきの蝶、レベル十七くらいじゃなかったか？　格上だったのに、やっぱ威力強いよな」

「前に俺が見た魔法職だと、あの蝶に火の範囲魔法使ってましたよ。それで一回に三分の一削れるかどうかでした。ウォレスさんよりレベルも高かったのに……」

それはそもそも魔法の選択が悪い。虫は火に弱そうなイメージがあるかもしれないが、実はあの蝶はそうではないのだ。

火耐性のある鱗粉で全身をびっちり覆っているので燃えにくいらしい……考えるとちょっと気持ち悪いけど。

むしろ火で燃やすと状態異常の効果を増した鱗粉が周囲に飛び散って、かえって面倒なことになるはずだ。私がやったみたいに風で包み込み切り裂くか、大量の水で濡らして鱗粉を落としてから倒すのが正解だ。

「ふむ……あれに火は逆効果じゃな。わしはちゃんと弱点の属性を選んでおるしの。それでもああして討ちもらしたりするんじゃから、まだまだ油断はできんよ」

「でもボクだってあの蝶一撃で倒せないよ？　何かふわっとしてるから、パカーンと気持ちよく当たらないんだよね……」

スゥちゃんの言葉にヤライ君やミストも大きく頷いた。

それはただの相性の問題だと思うな。スゥちゃんは重い武器を使うようだから、パカーンと思い切り当たりさえすれば間違いなく一撃だろう。

「わしにだって手も出せん敵は山ほどおるよ。そこはそれ、単に相性の問題じゃろ」

「まぁ、確かにそうですね。そもそもそういうのを補う為にパーティがある訳ですし」

そうそう。それを考えるとパーティというのはやっぱりいいものだ。

今回のこの賑やかな旅路のおかげで、もう少し皆に迷惑をかけない自信がついたらぜひ一緒にあちこち行ってみたいと思えるようになってきたよ。

「……そういえばさ、ウォレスはサラムにクエストのために行くって言ってたよな？　その後はどうするか考えてるのか？」

いずれ行ってみたい場所について考えていると、ミストが少々遠慮がちにそう聞いてきた。

うーん、クエスト以外のはっきりした予定は今のところ決めてないかな。やりたいことはあるん

だけども。

「クエストがすぐ終わるのかどうかわからんから、予定は簡単にしか立てておらぬが……とりあえず魔法ギルドに行って施設を利用し、それからレベルを上げてそろそろ転職を目指すつもりじゃよ」

サラムには魔法系の転職のための施設があるらしいから楽しみにしているんだ。

あとは魔法職向きの生産職がないか、サラムで調べてみるつもりだ。何か金策になりそうな職が見つかると良いんだけどもね。

「えー、その予定じゃ一緒に遊べないじゃない。レベル上げなら付き合うけど?」

「ユーリィとはまだレベル差が大きいからのう……」

唇を尖らせるユーリィを宥めていると、ミストが少し考え込む。

「なぁ、ウォレス。お前、ウィザーズユニオンって名前の旅団のこと、知ってるか?」

ミストが不意に挙げた名前に、私は首を横に振った。

「いや、初耳じゃの」

「あ、それ知ってる。なんか魔法職同士で組んで、相互扶助しようっていう旅団でしょ?」

どうやらユーリィは知っていたらしい。

彼女の言葉にミストは頷き、その旅団について更に話を進めた。

「そうそう。まぁ、名前からしていかにもそれっぽいとこなんだけどさ。要するに、魔法職同士で大規模な旅団を作って、手持ちの情報なんかをその内部で交換し合って協力して強くなろう、みた

いな旅団らしいんだけどよ」

旅団というのは他のＭＭＯでよく言うところのギルドやクランのようなもので、要するにパーティよりも単位の大きなプレイヤーの集団のことだ。

私たちプレイヤーは大陸を行く旅人という設定であるので、ＲＧＯでは旅団という名になっているらしい。

作るにはある程度のまとまったお金と五人以上のメンバーが必要だが、大きな街ならどこの地方にいても使える旅団専用の集会所が持てるとか、旅団用の掲示板やチャット、旅団倉庫や金庫などの各種施設が利用できる。

旅団単位で受けられるクエストなどもあるそうで、人数が増えれば大勢で大規模な狩りをするレイド戦なども出来るらしい。

私は今のところ特にどこかに所属したいという気持ちが薄いので、その程度の基礎知識以上のことはよくわからない。

その魔法職中心の旅団というのも、勿論初めて聞いた話だった。話の先を促すと、ミストは頷いてその旅団について色々と噂を交えて教えてくれた。

「入れる条件はもちろん魔法職であることなんだけど、そこに入ると色々な情報の提供や道具の貸し出しとかしてもらえたりするらしい。あとは旅団外の他のパーティから依頼を受けて、回復系魔道士と攻撃系魔道士のセットでメンバーを貸し出すみたいなこともやってるんだってよ」

「あと大規模な狩りなんかもしてるんでしょ？　そのおかげで魔法職でもレベルを上げやすくて助

かってるって。外の情報サイトでも段々名が知れてきてるって聞いたわ」

「あ、前にお姉ちゃんが、最近ご新規の魔法使いさんが増えてるって言ってたやつ？」

「そう、それね。情報サイトでその旅団を知って、それを目当てにRGOを始めたとか、物理系から鞍替えしたって魔法職がじわじわ増えてるんだって」

なるほど、魔法職の救済に運営が動かない代わりに自分たちで創意工夫をしたというわけか。それはなかなか感心だ。

「魔法職のために色々工夫しとるのじゃな。なかなか感心だの」

私がそう感想を述べると、意外にもミストは渋い顔を見せた。

「それが、噂によるとそんなにいい話ばっかりでもないんだ。結構強引な勧誘をしたり、固定パーティ組んでるとこに嫌がらせして魔法職だけ引き抜いたり、有用な情報が掲示板に出回らないように内部で秘匿したり、色々やってるっていう話なんだよ」

「ほう……それはちょっと迷惑かもしれんなぁ。しかし、情報の秘匿については別にどこもやっていることでは？」

「隠すだけならそりゃいいけどな。連中は性質の悪いことに、メンバー以外が掲示板に流した情報が自分たちにとって重要だとか不都合なのだと、集団でガセ扱いするレスをつけてうやむやにしちまうようなこともしてるんだってよ。そのせいか、最近荒れてるスレが増えてるんだ」

「それは俺も時々聞きますね。それから、その旅団のせいで揉めて解散したパーティも幾つかあるらしいっていう話も」

「ああ、そういえば……レベル上げのための大規模な狩りっていうやつも、火力でごり押しして、辺りのモンスターを無差別に狩りつくすようなやり方だもんね。魔法職には便利で助かる旅団でも、他にとっては迷惑行為だって、前に文句言ってたフレもいたわ」

「最近魔法職の助けが必要な場所が増えてきたから、その旅団への依頼も増えてて、結構大きな顔してるらしいんだよな」

三人は口々に、噂だけれど、と言いつつそんな話を教えてくれた。

私と同じくあまりそういうことに興味のないらしいスゥちゃんだけが、私の隣で面白そうな表情を浮かべて一緒に話を聞いている。

「何でも、その旅団のメンバーだけが持ってるアイテムってのがあるらしくてさ。メンバーの誰かが作ってるって話なんだけど、魔道書の機能を指輪なんかのアクセサリーに込めたってのがあるらしい。それを餌に勧誘してるって話だよ」

「ほう、魔道書の機能ということは……指輪を使うと呪文が出てきて見られるということかの？それは面白い」

「アイテム一つにつき呪文一種類って具合らしいけどな。それでも指は十本あるわけだからな。覚えてなくても使える魔法の幅が広がって、まぁ便利って言えば便利らしいぞ」

魔法のランクが上がれば、どうしてもその呪文は相応に長く複雑になる。

魔道書は大体が属性ごとに一冊にまとめられているので、それ以外の属性や本にない魔法を使いたければ魔道書をいちいち装備し直すか、呪文を自力で暗記するしかないのだ。

たとえアイテム一つに呪文一つだとしても、覚えなくても使える魔法が増えるとなればそれは便利だろうと思う。

「それは……作れたら売れそうじゃな？」

ちょっと金策の匂いがするよね。魔法系の生産職、やっぱり探してみようかなぁ。

「気持ちは分かるけど、今は止めとけよ。多分その職に辿りつくと目を付けられるぞ」

「む……それは確かにありそうじゃな」

生産職に就くためには、その職人に出会い手ほどきを受けるのが必須だ。旅人を受け入れる職人NPCの数は多くないので、当然その所在は把握されているだろう。そこを見張っていれば、その職を得た人間はすぐにわかってしまう。

うーん、生産に興味はあるけど……金策のためにその旅団と関わる気は今のところないかな……。

迷惑行為うんぬんを抜きにすれば、魔法職が増えること自体は別に悪いことではないだろうと私は思う。

今の状態ではバランスが悪いのだから、それを何とかしようという動きが出てくるのは当然の話だ。しかしそんなことを思う私にヤライ君は心配そうな顔を向けた。

「ウォレスさんは呪文を暗記してるからそういうアイテムは必要ないと思いますが……一応、気をつけてくださいね。杖装備の魔道士って結構目立ちますから、目を付けられると面倒があるかもしれません。俺が受けた訳じゃないですけど、前線目指してるような旅団とかパーティで、勧誘の激しいところは本当にすごいんですよ」

「そうね、自覚ないみたいだけど、ウォレスの魔法ホントすごいわよ？　杖装備で敵に属性合わせた魔法があんなに便利だと思わなかったもん」

二人の言葉にミストも深く頷き、やはり注意するようにと忠告をくれた。

「他人に便利に使われるのなんか、お前の信条じゃないだろ？　わかった上でお前が入るって言うなら自由だけど、よく考えて入れよ。あと、そいつらのせいでサラムはちょっと雰囲気悪い場所もあるらしいから、街やその周りを探索するときも気をつけてな」

「気をつけろと言われてものう……何か特徴はあるのかの？」

「メンバーは大抵指輪なんかのアクセサリーを限界近くまでジャラジャラさせてるらしい。成金っぽい奴に声かけられたら警戒しろよ」

「なるほど」

「そうだよおじいちゃん！　そんな何とかゆにおんに入るくらいなら、ボクと組もうね！」

すっかり私にも慣れて、また元気にしゃべってくれるようになったスゥちゃんが左腕に絡みつく。

確かにいずれどこかに所属するとしても、どうせならそんな知らない団体よりも気心の知れた仲間たちのいるところがいい。

今はまだ自分自身が理想にはほど遠いのでその気はないが、そのうちそういうこともよく考えてみよう。

私は頷いてスゥちゃんの頭を軽く撫で、心配してくれた皆に気をつけると約束して笑顔を向けた。

その後も色々な話題は尽きずお喋りは弾んだ。時折気まぐれに街道近くに出てきたモンスターを

倒しつつ、馬車はガタゴトと進む。
のどかな旅路に異変が起きたのは、そのしばらく後のことだった。

「はぁ……ねぇ、この中で運に自信がない人、手を挙げて？」

やる気のなさそうなユーリィの声とともに、五人のメンバーのうち、男二人の手がゆるゆると挙がった。

ミストとヤライ君は手を挙げたまま顔を見合わせ、ハァ、と深いため息を吐く。

「……俺、ドロップ運悪いんだよなぁ」

「俺も、リアルラック含め全く自信がないです……」

苦労人気質そうな二人は、暗く沈んだ顔でまたため息を吐く。なんだか肩でも叩いてやりたくなるような光景だ。

「やっぱりねぇ。そういう顔してるもんね、二人とも。じゃああれは二人のせいってことで」

ユーリィに明るく言い切られた二人は慌てて顔を上げ、ぶるぶると首を振った。

途端、シャァともジャァとも聞こえるような不思議な音が辺りに響き、馬車の厚い幌をビリビリと震わせる。

「なんでそうなるんだ！　俺らの運だけのせいじゃないって！」

「断じて違いますよ！　そんなことであんなのが出てくるなら、俺もう余分に十六回くらいは死ん

でますって！」

妙にリアルな数字が気になったが、今はそれよりも気になることが馬車の外にある。

私が馬車の先のほうに目を向けると、さっきまで馬車を引いていた頑丈そうな馬が目の前をずるりと横切る長く黒い影に怯えたように棹立ちになり、甲高い悲鳴を上げた。

馬や馬車はこういう襲撃イベントでは敵に襲われることはないらしいし、御者が張った結界に守られている。それでも怯える姿はいかにもリアルだ。御者もついさっき幌の内側に飛び込んできてからずっと隅っこでぶるぶると震えている。

「さて……どうしようかしらねぇ、あれ……」

「戦おうよ！　めっちゃ面白そう！」

馬車の中でも天井に頭の届かないスゥちゃんがぴょんぴょんと嬉しそうに跳ねた。後ろ側の出口に目をやると、そこから中を覗きこむ金色の目と視線が合う。

「ふむ……長いのう」

「ウォレス、お前この状況で言う感想がそれか！」

素直な感想を呟いただけなのだが、ミストから激しく突っ込まれてしまった。だって長い以外に何を言えというんだ。

「太い？」

「確かに太いがそうじゃなくて！」

「じゃあ可愛い」

「可愛くねぇ!!」

いや、可愛いと思うぞ。

私の顔くらいありそうなつぶらな金の瞳は宝石のようだし、つやつやと黒光りする鱗は規則正しく並んで光をはじいて綺麗だ。

すんなりと伸びた尻尾で時折焦れたようにバタンと地面を叩く様も可愛らしい。その度に馬車が揺れるのは少々困るが。

「そういや、ウォレスって結構爬虫類とか好きよね」

「うん。亀なんか好きじゃな。いつか小さな陸亀を飼って、孫の代まで受け継いでもらうのが夢なのじゃよ」

その頃にはきっと大きく育った亀は幼い孫を背に乗せてもびくともしないサイズになっていることだろう。

「……亀を貰った孫は激しく困ると思いますよ」

ヤライ君の小さな呟きを聞き流しながら、私は幌の後ろからひょいと顔を出した。

荷台から降りない限りはモンスターに襲われることはないのだが、間近にでかい顔が迫るとさすがにちょっと胸がときめいてしまう。

馬車の横側を含め見える範囲を見回すと、そのでかい顔の後ろに伸びた体がぐるりと馬車を取り巻いているのが判る。馬車からその体まで一メートルほど空間が空いているのは、それがこの馬車の結界による不干渉エリアだからだろう。

しかし、やっぱり長い。直径一メートルほどの体が、馬車の周囲を約一巻き半している。

「……蛇だのう」

「だからどうしてこの状況での感想がそれだけなんだ……！」

疲れたようなミストの声が馬車の中から聞こえてきたが気にしない。

私は目の前の頭に向かってひらひらと手を振った。釣られたように大きな顔が僅かに左右に揺れる。

その顔の上にはこちらをターゲットと認識している敵の証しである赤く染まったＨＰバーと、黒く表示された名前。

示された名は『黒鱗の蛇王』。

そう、王の名の示す通り彼はいわゆる、「この辺の主」という奴らしい。

しかし、名前がちょっとそのまんま過ぎやしないか？

それは、私たちとは全く無関係の一幕から始まった。

日は中天を少し過ぎ、このまま行けば恐らくあと一時間くらいでサラムの街に着くだろうという頃。

和やかな会話と共に進む馬車の旅は時々モンスターに邪魔されたりもしたが、頼りになる仲間たちのおかげで特に問題なくそれらを退け順調に進んでいた。

想定していたよりも襲撃が多い気はしたが、乗っているのは私を除いてこの周辺の推奨レベルに達したメンバーばかりだ。運が悪い日もあると笑いながら、危なげなく敵を倒して進んで行く。私も何回か馬車から降りて魔法をお見舞いしたが、それも一応ちゃんと敵に通用し、この辺りでも何とかやっていけそうな自信も湧いてきた。

目的地までもうすぐだし、このまま何事もなくサラムまで行けると誰もが信じて疑わなかった。しかし、その出会いは唐突に訪れてしまった。

「……ねぇ、何か聞こえない？」

「何かって……獣人のお前にかろうじて聞こえる音が、俺らに聞こえるわけないだろ。ウォレスは？」

「何か……そう言われれば、かなり遠いようだが、何か叫び声のような音が微かにしたかの？」

私の言葉に馬車の後ろに居たスゥちゃんが立ち上がり、幌から顔を出して外を見回した。

「あ」

「どうしたの、スゥ？　また敵？」

スゥちゃんは進行方向に対して右側のほうに何かを見つけたらしい。

立ち上がったユーリィはスゥちゃんが見ている側の壁に近づき、幌の脇の一部を切り取って作られた窓を覆うカーテンをめくった。

「どれどれ……あら、人」

ユーリィがこぼした言葉に私も気になって席を立ち、彼女の隣に行って窓から外を覗く。

ミストとヤライ君も気になったらしくそれぞれが立ち上がって、幌の前と後ろに分かれて顔を出した。

窓の外に見えたのは広い草原と、その草の間を掻き分けて走っている二人の人影だった。

馬車は少し前まで森林地帯を縫うように走っていたのだが、サラムにかなり近づいたこの辺りはいつの間にか草原地帯になっている。

その草原を割って延びる街道は、堤防のようにいくらか土を盛って高くした土台の上に作られていた。その高さと、街道沿いの草丈が低いこともあって遠くまでよく見える。だが草原は私たちの今いる場所から離れるにつれて草丈を増して、鬱蒼としていた。

人影は北に延びる道の大分先の右手、つまり北東の方角から背の高い草の合間を掻き分けるようにして出てきて、街道の方向に向かって走ってきていた。

「珍しいですね、この時期にこんなとこで狩りしてる人がいるなんて」

「んー、確かちょっと前にこの辺でレアモンスターが出たっていう情報が掲示板にあったから、ソレ狙いじゃない？　皆がフォナンに移動して狩り場が空いたから、チャンスと思ったんじゃないかしら」

へぇ、それも初耳だ。ユーリィはさすがに詳しい。

レアモンスターの出没情報は掲示板にぽつぽつと出ているみたいだけど……私はまだソロで出来る狩りに限界があるから、どうせ自分には無縁の話だと思ってチェックしていなかった。

「確か……青い牛だったたか、赤い馬だったたか書いてあった気がするけど……レアモン狙いで失敗し

て逃げてるのかしらね、あの人たち」

走る馬車の中からでは助けようもないので私たちは黙って彼らの姿を見守るしかない。

すると、背の高い草の間からもう一人の人間の頭がちらりと出てきたのが見えた。

最後の一人はどうやら重装備らしい。がっしりした兜を被っている頭は進みが遅く、懸命に草を掻き分けているが先を行く二人に大分遅れている。

大丈夫だろうかと見つめていた先で不意にその男の姿が草の間から掻き消えた。

「えっ!?」

隣のユーリィが声を上げ、身を乗り出す。それは驚くだろう。声には出さなかったが私もかなり驚いた。

なんせ、重たそうなその人の体が消えたと思った次の瞬間、宙を高く舞ったのだ。

ごく微かな悲鳴がこの耳まで届き、男は草の間にドサリと落ちて姿を消した。前を行く二人は走りながらそれを振り返って見ていたが、慌てたように更に速度を上げる。

「何か大きいのがいるよ!」

目も良いらしいスゥちゃんが高く叫んだ。

男が消えた辺りの背の高い草が、一部分だけ不自然にザザザ、と揺れ動く。草は根元から二つに割れるようになぎ倒され、ソレはその合間からぞろりと姿を現した。

前を行く二人が甲高い悲鳴を上げてなおも逃げるが、草丈が低くなった草原に出たソレは無慈悲にも速度を上げた。

現れたものは青い牛でも赤い馬でもなく――

「おい、あれってまさか!?」

「嘘でしょ、何でこんなとこにいるのよ!?」

――巨大な、それはそれは巨大な一匹の真っ黒い蛇だった。

ユーリィが声を上げた途端、走る二人のうちの一人がその巨大な顎に捕らえられ、悲鳴を上げた。

ブン、と振り回された体は遠くの地面に叩きつけられ、たちまちパンッと弾けて消え失せ、光の球へと変わる。

「あ、死んじゃった」

他人事のような可愛らしい声がその状況を一言で言い表した。

最後の一人は前の二人に比べて多少足が速いのか、まだどうにか持ちこたえて走り続けている。

だが蛇も横に体をくねらせながらもかなりの速度で迫って行く。あの速度では、いずれどこかで捕まることは間違いないだろう。

しかし危険が迫っているのは、逃げているあのプレイヤーだけではなさそうだ。

「ねぇ、やばくない？　このまま行くと」

「あいつの索敵範囲に入るかもしれませんね……」

まだ距離があるが、北東から街道に向かって走ってくる彼らと、北へ向かう私たちの馬車はこのまま行くとかなり接近することになる。

そうなればどうなるかなど、言うまでもないだろう。

私は巨大な黒い姿に目を奪われながらも、本で読んだ蛇系モンスターの特徴を頭の中で探る。

「アレは、やっぱり何か特別なモンスターなのかの？」

隣のユーリィに問いかけると、彼女は硬い表情で頷いた。

「うん、多分サラムの北地方の主だと思うわ。いわゆるエリアボスっていう類の奴よ。大きな黒い蛇だって掲示板で見たから、間違いないと思う。本当はここからもっと奥のほうの、山に近い地帯の洞窟に棲んでるって話なんだけど……」

どういう悪い偶然でこんなところまで来たのかは知らないが、洞窟という言葉に私は眉を寄せた。

「洞窟か……わしが本で読んだところによれば、確か洞窟に棲むモンスターは大抵視覚があまり強くなく、主に匂いと振動で敵を捕捉するはず。馬車を止めないと、この振動を察知されるかもしれん」

「ミスト！」

私の言葉とユーリィの声で、馬車の先のほうにいたミストが慌てて御者に馬車を止めろと声を掛けた。

しかしNPCの御者はまだ間近に敵が居ないせいか、その指示を聞こうとしない。

「こんなとこで止めたらかえって危険さぁ。もうちょっとでサラムだから、トイレは我慢してくれや」

「トイレじゃねぇ！　いいから止めろって！　見ろ、あそこにでかいのがいるだろ!?」

「いんやぁ、何だか雨が降りそうだなぁ」

こういう時だけＮＰＣらしいＮＰＣが憎らしい。どうやら御者が敵を認識する範囲は相当狭いようだ。

そうこうしているうちにまだ逃げているプレイヤーと、それを追いかけている蛇は段々と街道に近づいてくる。

「これは……本格的にまずいわねぇ」

「あ、食べられた」

スゥちゃんののんきな声の先で、最後の一人ががぶりと蛇に喰らいつかれる。

蛇は捕まえた獲物を食べたりはしないらしく、遊ぶように数度頭を横に振ると咥えていたそれをぽいと放り出した。それでもまだ彼は消えていない。どうやら他の二人よりも多少レベルが高いらしい。

しかし彼の幸運はそこまでだったようで、ふらふらと起き上がろうとしたところにその太い尾が無情に打ち振るわれた。

吹き飛ばされ地面に叩きつけられた体が、パン、と呆気なく弾け、最後の一人も姿を消した。

その姿の消えた場所に数秒の間小さな光の球が現れ、チカチカと瞬き浮いていたがやがてそれもフッと掻き消える。

死亡したプレイヤーが登録してあった蘇生ポイントに戻ったのだ。

アレは蛇嫌いのトラウマになったりしそうだなぁ。

それらの一連の騒動にも気付かず、御者は相変わらずガタゴトと馬車を走らせ続けている。

まずいなぁ、と誰もが思った瞬間、獲物を屠って満足げに頭をゆらゆらと揺らしていた蛇がピタリと動きを止めた。

どうやら、事態は実に悪い方向へと転がったらしかった。

「じゃあ、会議を始めましょ」

ユーリィの声とともに、馬車の中でのんきな会議が始まった。

車内の隅では相変わらず御者が震えているし、馬車の外からは蛇がこちらの動きをじっと窺っている。

しかしここから出ない限りは安全なので、私たちはそれぞれウィンドウを開き、情報掲示板などを眺めながらこれからのことを話し合う。

「お、あったあった。コイツの討伐報告。えーと、今のとこ五件くらいか。あんま人気ないな。報告されてないのもあるだろうけど」

「最後は十日とちょっと前ね。レベル二十三から二十五の六人パーティで討伐。ドロップは鱗や牙なんかの素材系に宝石、それと討伐報酬あり、か」

二人の声を聞きながら、私も掲示板の蛇に関する記事を検索して眺めていた。

ブレスなどの特殊攻撃はなし、ただし牙には毒あり。噛み付きと尻尾の振り回し、胴での締め付けが主な攻撃、などの情報を読み、頭に入れる。

サラムは三つ目のエリアであり、レベル的にはまだそれほど厳しい地方ではないためボスもすごく強いという訳ではないらしい。

それでもここを歩く推奨レベルが十五から二十五くらいであることを考えると、何の準備もなしに遭遇してしまった場合の危険はかなり大きい。

多分さっきの三人はそのくらいのレベル帯だったのだろう。

「討伐じゃないけど、目撃報告もありますね。『天気が悪い日に洞窟の外で遭遇。木に登ってひたすらじっとしてたら見つからなかったけど、マジでかかった！』だそうです」

「天気かぁ。確かに今日は曇りだけどねぇ」

チラリと空を見やれば、今日は確かに灰色の曇り空だ。雨こそまだ降ってきてはいないが、晴天とはとてもいえないだろう。

降らないでほしいな、と思いながら、私は視線を空から掲示板へと戻した。

「効果が高いのは斬撃系、ただし鱗が滑るので苦労する、か。魔法に関しては書いてないが、魔道士抜きのパーティだったのかの。うーん、爬虫類なら氷かのう。それとも洞窟に棲むなら火か光か……」

「やっぱり、逃げたほうが良くないですか？　多分俺ならあいつを引き付けて安全地帯まで逃げ切れると思うんですよね」

エリアマップを見ていたらしいヤライ君がおずおずと声を上げる。

私も画面を切り替えてマップを見回してみたが、ここから一番近い安全地帯は少し前に通り過ぎ

て来たところで、戻るとしても少し距離がある。

だがさっきの蛇の動きを見ている限り、確かにヤライ君ならどうにか引き付けつつ逃げ切って辿り着けそうではある。

転移石や転移魔法を使って全員で逃げてもいいのだが、それらはこの馬車から出ないと使えないし、使ってから転移されるまで十秒ほど立ち止まる時間が必要になる。その時間を作ることが出来れば問題はないが、私のように低レベルだと自分だけでは逃げられる可能性は低い。

もし捕縛魔法があの巨体にも効果があるとすれば、その限りではなくなるのだが。

「俺が引き付けている間に、皆さんは転移してくれたらいいですよ」

「えー、やだやだ！　せっかく出会えたんだから、どうせなら思いっきり戦って散ろうよ！」

意外にも好戦的らしいスゥちゃんが、可愛い声と共に片手を高く振り上げた。

見ればいつの間にか少女は装備を変更して、普段の軽装からガラリと姿を変えている。

簡単な胸当てくらいだった鎧は肩や胴回りをしっかりと覆う金属と革を組み合わせた物に変わり、足元は頑丈そうなブーツに包まれている。籠手に包まれた小さな手は、刃の大きな長柄の斧をしっかりと握っていた。頭もいつもの帽子ではなく、金属の額当てのような物に変わっている。

防具の下に着ていた服も膝丈のワンピースから姿を変え、長めだが動きやすそうなチュニックとスパッツになっていた。

私はスゥちゃんの姿の変化に驚くと共に、今まで隠されていて気付かなかった彼女の持つ特徴に更に驚かされた。

「こら、スゥ、あんた気が早すぎよ。レベル的には私たちじゃちょっと厳しいってこと、ちゃんと考えなさいよね」

「だいじょぶだって！　いーじゃない、どうせセダを出てから手に入れた経験値だってたかが知れてるし！　ここであいつを逃がすほうがもったいないよ！」

「馬鹿ね、あんたには大した経験値じゃなくても、ウォレスには違うでしょ？　こういう時はちゃんと全員のことも考えなきゃ駄目なの」

バタバタと足を踏み鳴らしてスゥちゃんが暴れると、彼女の後ろに垂れた長い尾が一緒に揺れる。姉に叱られてしゅんとしたら、その尻尾もだらりと垂れ下がった。

「スゥちゃん、その尻尾……」

私の声に顔を上げたミストも、少女の姿を目にして動きを止めた。

「お前……その尻尾と、頭……まさか、竜人かよ！」

「あったり〜！」

「竜人？　獣人の一種かの？」

得意そうに胸を反らした少女の足元で、呼応するように尾がはためいた。どうやらアレは本人の気分によって勝手に動くものらしい。

その青光りしている尾は竜という言葉の通り、確かに外に居る蛇やトカゲ系のものによく似ている。

頭には細くて青い二本の角が存在を主張していた。頭の左右上部から、髪をかき分けるように斜

めに伸びる角は、どこか透明感があってキラリと煌めき、美しい。

今までは二つのとんがりがある帽子をいつも被っていたのと、裾の広がったワンピースを着ていたので気付かなかったのだ。

ヤライ君もユーリィも当然それを知っていたようで、二人は顔を見合わせて少しばかりすまなそうな表情を浮かべた。

「ごめんね、黙ってて。スゥは獣人の中じゃかなりレアな竜人って種族なのよ。今までに勧誘とかがうるさくて、何回もトラブルがあったから街ではずっと隠させてたの。後で言おうと思ってたんだけど……」

「いつもは尻尾は服の下で、ベルトで腰に巻いてるんだよ！」

パタパタと揺れ動く尻尾が可愛い。

あれはやっぱりひんやりすべすべした手触りなんだろうか。ああ、触ってみたい。

揺れる尻尾を目で追う私の脇で、ユーリィとスゥちゃんの言葉を聞いていたミストは顎に手を当てて何か思案するような表情を浮かべた。

「竜人は極端なパワー系だって話だよな……武器がソレってことは攻撃力には期待できるんだな？」

「もっちろん。それに職業は闘士だもん！　ＨＰも自信あるよ！」

闘士とは戦士系の職業の一つで、主に剣以外の重たい武器を得意とする人がなる職業だ。

その戦い方で細かい分類もあるらしいが、私はそっちのほうはあまり詳しくない。

斧がメインの武器とは、可愛い見掛けに反してなかなか攻撃的だと感心していると、ユーリィがスゥちゃんの額を指先でピンと弾いた。

「それしか自信がない、の間違いでしょ」

ミストは二人のやりとりに頷きを返し、それから全員のレベルを聞いた。

それぞれの答えによると、スゥちゃんとユーリィは二十四、ミストとヤライ君は二十三、そして私は十五だ。

セダ周辺でのレベル上げとここまでの道中で少し上がったのだが、私だけが突出して低いのが実に申し訳ない。

「レベルが低くてすまんな」

「適正になってきたんだから大丈夫よ。今くらいのレベル差なら、経験値の減衰も緩和されるからパーティ組めるし」

しかし掲示板で討伐報告をしていたパーティより人数が一人足りない上に、私の存在が平均レベルを大きく下げている。

このパーティで蛇を倒せるかどうかはかなりギリギリの賭けになりそうだった。

「どうする？　このメンバーだとかなり厳しいかもだけど、戦うかどうかはウォレス次第かな。俺らは大した経験値は稼いでないから、デスペナは大したことないし」

「私もどっちでもいいわよ。ウォレスが選んで」

「俺もどっちでもいいですが、無理しなくてもいいですよ。一度逃げて出直せば、時間はまたかか

っちゃいますが、多分あいつも居なくなりますから」

「うう、もったいないけど、我慢する……」

四人の言葉に私はしばらく考え込んだ。

馬車の外でとぐろを巻いている蛇が一体どういう理由でこんな所に居るのかは知らないが、これが最高に運が悪くも珍しい出会いであることは間違いないだろう。

チラリと外を見ると、金の瞳と目が合う。

……ああ、どうしよう。面白そうだ。

「皆は、デスペナを受けても特に問題ないということでいいのかの？」

私が問うと、それぞれはもう一度軽く頷いた。

「失うものは多くないし、しばらくステータスが下がるくらいどうってことないわよ。でもウォレスはレベルが上がってるし、もったいなかったら止めてもいいよ？」

ユーリィはそう言ったが、それなら私の答えはもう決まっている。未知の出会いに胸が高鳴り、思わず顔がほころんでしまう。

私は笑みを浮かべて四人を見回し、大きく頷いた。

「なら、ここは行くしかないじゃろう」

それを聞いた馬車の外の蛇の瞳も、心なしか煌めいたように見えた。

▼第八話 初めてのボス戦

「んじゃ、作戦通りまずは私から。とりあえずこの場所じゃ戦いにくいから、下に引き付けるわね。ヤライ君もすぐよろしく」

「了解です」

「その後にスゥが出て、ミストはウォレスと一緒にね。ちゃんと守りなさいよ」

「わかってるって。任せろ」

ミストの返答に頷き、ユーリィは皆にひらひらと手を振ると蛇が覗き込んでいるのとは反対側から馬車の外を見た。

「行くわよ」

銃士らしい軽装備を纏ったしなやかな体がぐっと深く沈みこむ。これも無意識で動くらしい黒い尻尾がピン、と空を指した。

「はっ」

軽い気合いと共にユーリィは荷台の床を強く蹴り、弾かれたように外に飛び出した。猫系の跳躍力の恩恵らしいが、その体は相当な速度でかなりの距離を軽々と跳んでのけた。

外でとぐろを巻いていた蛇の体も当たり前のように軽く飛び越し、そのまま彼女は滑るように街道の脇の斜面を駆け下りてゆく。

走りながら構えた銃から銃声が一、二回響き、黒光りする鱗に当たって蛇の意識を引いた。するとすぐに蛇がユーリィを追って、ズゾゾ、と鈍い音を立てて動き出した。

動き出した蛇の死角を突くようにヤライ君が間を空けず馬車から飛び降りる。蛇がユーリィだけ

を追わぬようにと、ヤライ君はどこからか取り出した飛び道具を投げつけた。

二人の人間に挟まれて両方からチクチクと突かれ、蛇は馬車から離れて草原に降りてとぐろを巻き、ぐるぐると頭を回した。

「スゥ！」

「はぁい！」

ユーリィの呼び声にスゥちゃんが馬車から元気よく飛び出し、重たそうな斧を肩に担いで斜面を滑り降りて行く。私も覗いていた窓から離れ、ミストと共に馬車から飛び降りた。

外で見る蛇は本当に長くて大きかった。見た感じからすると二十メートルくらいはあるだろうか。とぐろを巻いている上、うねうねとのたうって動き回っているので正確なところはよくわからない。こんな巨大な蛇に追いかけられたらやっぱりトラウマになりそうだ。

馬車から降りた私はミストに先導されながら、蛇から十分に離れた足場の良さそうな場所に移動した。立ち止まる頃には歩きながら詠唱していた呪文が完成する。

『――奮い立て我が戦友。魂よ、赤き炎を宿せ』

パーティメンバーの攻撃力を増加させる魔法が発動し、目の前のミストや仲間たちを赤く包む。

こういう強化魔法を他人に使うのは初めてでちょっと緊張したのだが、一定距離内ならパーティ全員に届く魔法なため失敗はなかった。

「ウォレス、あんまり近づくなよ。少し距離を空けて、なるべく俺のまっすぐ後ろの範囲にいるように合わせて移動してくれ」

私が次の詠唱をしながらも頷くと、ミストは大きな盾をしっかりと構えて前に出て行く。

氷の盾、背を押す風、と続けて強化魔法を唱え終え、私は一旦口を止めて仲間たちの戦いを眺めた。

スゥちゃん、ミスト、ヤライ君の三人は蛇の攻撃を一箇所に集中させないように、毒のある噛つきだけは避けるため顔の正面には立たないように、と小まめに位置を変えてかなり上手く立ち回っている。

その合間を縫うようにして少し後ろからユーリィが蛇の注意をそらすように遊撃を加える。さすがに皆パーティでの戦い方に慣れている。

それらを見ていると、前衛職を選ばなかったことが何だか少しだけ寂しく思えた。

「くっそ、さすがに鱗が硬いなっ」

蛇が振り回した尻尾を盾で逸らしながらミストが声を上げる。

ミストが右手に握った剣は片手剣のせいもあって少々軽いらしく、鱗の表面を滑りやすいようだ。

小剣を扱うヤライ君も同じように苦戦しているらしい。一箇所を狙って鱗に多少の傷をつけても蛇がすぐに身をくねらせてそれを隠してしまうため、小さな傷では埒が明かないのだ。

鱗に苦戦していないのはスゥちゃんだけのようだが、その代わり彼女はあまり素早くないため、不規則にうねって迫る巨体を避けきれず時々弾かれてしまっている。

私が攻撃魔法をどのタイミングで打ち込もうかと見守っていると、外から全体を見ていたユーリィが声を掛けた。

「一度下がって時計回りに場所をチェンジして！　スゥが傷つけた場所を、他の人が受け持つやり方が良さそう！　その間は私が頭を引き付けるから！」

三人からの了解の返事を受けて、ユーリィは銃声を響かせた。

目を狙って放たれた弾丸が蛇の頭を彼女に向けさせる。

リアルに出来ているが生身ではない蛇の目は、一発の弾丸を受けたくらいでは塞がらない。それでも蛇はそれを嫌がり、原因を排除しようと首を伸ばす。

それをユーリィが素早く避けている間に、蛇の周りを三人が走る。

「でぇぇい！」

尻尾のほうに回ったスゥちゃんは斧を高く振りかぶってその尾にダン、と振り下ろした。

ジャァァ、という音と共に激しく尾が打ち振るわれ、砕けた鱗と共にスゥちゃんが弾き飛ばされる。

しかし少女はとっさに斧を体の前に構え、ダメージを減らしたらしい。

吹き飛ばされ倒れた場所からすぐに転がって飛び起きると、スゥちゃんは暴れる尻尾を避けて走り出した。

「いいよ！　鱗が割れたからもう一回チェンジ！」

「了解です！」

「おうっ！」

私はその様をじっと眺めながら口の中で呪文を唱えた。

『来たれ来たれ、光の子、その小さき羽に光宿し、汝が優しさをどうか我らに恵みたまえ』

仲間たちの頭の上にはＨＰを表す青いバーが浮いている。

戦闘時に見えるそれらを見ながら、回復魔法をかけるのは私が果たすべき役目だ。初めて他人に使う回復魔法はやはり少し緊張した。

『――灯れ、癒やしの光』

私は単体の回復魔法をスゥちゃんに向けて放った。

全員のＨＰや私のＭＰのことを考えれば範囲回復のほうが効率がいいのだが、それを使うには敵が大きすぎて仲間たちの居場所がばらけすぎている。もう少し範囲が広い回復魔法か、パーティ全体に距離は関係なく効く魔法が欲しいな。

魔法が掛かるとスゥちゃんの小柄な体はすぐに白い光に包まれ、ＨＰバーがぐんと回復したのが見えた。

「おじいちゃん、あっりがとー！」

すぐに元気な声が返ってきて、私は何だか嬉しくなった。

「さて……弱体化の魔法を使ってみるか」

私は記憶の中から敵の防御力を低下させる魔法を呼び出し、詠唱を始めた。

これはロブルの古書店で手に入れた本の一つ『衰残の書』に載っていた魔法で、初級魔法と違い結構呪文が長い。出来るだけ早口で唱えるが、少しばかり時間がかかるのは仕方がない。

『――岩は小石に、小石は砂に。風よ時駆け、命を削れ』

私は戦う仲間たちをじりじりとした思いで見ながら風化を促すような呪文をせっせと唱え、最後に杖を振り上げた。

『堅牢なる砦よ、無常なる時の前に跪け！』

唱え終えた瞬間、赤茶けた光が蛇の体を包み込み鈍く光らせた。ちゃんと掛かった魔法に私はホッと息を吐く。

しかし次の瞬間——

「ウォレス！」

「わっ!?」

——ドン、と突き飛ばされ、私は後ろに転げて尻もちをついた。慌てて顔を上げれば目の前には盾を両手でしっかりと構えたミストの姿があった。次いでその盾に蛇の尾の強烈な一撃が叩きつけられ、鈍い音が響く。ミストは低く呻き、地面に跡をつけながら大きくずり下がった。

どうやら蛇が巻いてくねらせていた体を爆発させるかのように突然長く伸ばし、その尾を私に向けて振るったらしい。

かろうじてミストの防御が間に合ったものの、盾に叩きつけられた尾の衝撃に彼のＨＰもかなり削られている。

「スゥ、タゲ取って！」

「りょーかいっ！」

激しい気合いと共にスゥちゃんが蛇に突っ込む。それに気を取られた蛇は伸ばしていた尾を引っ

込め、またとぐろを巻いて体をうねらせた。

私は転がって跳ね起きると、慌てて少し後ろに下がって回復魔法を唱えた。

蛇のターゲットから外れたことに内心胸を撫で下ろしつつ唱え終えた魔法が、ミストの体を白く包む。ミストのHPが回復していくのを確かめて息を吐き、私は礼を述べた。

「すまん、助かった」

「いいって、お互い様。それよりあいつ、魔法に対してかなり激しい反応だったから気をつけろよ！」

そう言うとミストはまた蛇に近づいて行った。それを見ていると、あの位置に立っていてよく私を守るのが間に合ったと不思議に思う。何かそういうスキルでもあるのかもしれない。

後で聞いてみようと考えていると、ユーリィが私の傍に走ってやってきた。蛇がまたパターンに収まった動きを始めたので、少し余裕が出たらしい。

「ウォレス、大丈夫？」

「うむ、平気じゃよ。ミストが守ってくれたからの」

私の答えにユーリィは頷き、蛇の姿を視界に入れながら口を開いた。

「さっきの魔法は何？」

「装甲劣化の弱体魔法じゃよ。五分ほどは持つ」

「弱体魔法であんなに過敏な反応を示したってことは、もしかしたらあいつは魔法耐性が低いのかもしれないわ。タイミングを合わせて攻撃魔法を交えれば、もっと効率がいいかも。発動がわかりやすくて攻撃力ありそうな魔法って持ってる？」

それなら考えるまでもない。私は一番初歩だが、それゆえに一番育っている魔法の名を答えた。

「それなら炎の矢が一番じゃろうな。本来は弱い魔法じゃが、かなり鍛えてあるからそこそこ使えるじゃろう。炎が五発出るだけだから、わかりやすいしの」

私の答えに大きく頷くと、ユーリィは蛇を順番に引き付けて攻撃している三人に向かって声を張り上げた。

「やり方を変えるわ！　ミスト、こっちに来てウォレスをガード、スゥはウォレスの魔法が五発着弾したらすかさず強攻撃でタゲ取り！　ヤライ君と私は今まで通りタゲを散らして気を逸らすわよ！」

「わかった！」

ミストがタイミングを見て素早く後退し、入れ替わりにユーリィが走ってゆく。ユーリィはミストのように前には出られないが、種族特性である素早さや跳躍力で蛇を翻弄し始めた。

私は目の前に来たミストに頷くと、彼が背を向けて盾を構えるのを見てから呪文を詠唱する。もうこの呪文もすっかり使い慣れ、ごく短時間で詠唱は終わる。

『射て、炎の矢』

私の後ろでボウッと燃え上がった、五本の矢というよりも槍のような炎が立て続けに真っ直ぐ放たれる。

最初の一発が着弾した瞬間、蛇が大きく首を仰け反らせ、苦しむような音を出した。

二発、三発と着弾するごとに、ＨＰバーが今までよりも大きく、目に見えて削れて行く。

「ミスト！」

ユーリィの鋭い声が飛ぶ。

五発目が着弾する寸前に、蛇が大きく尻尾を横なぎに振るった。蛇は炎の矢全てをその身に受けても怯まず、すぐさま反撃に出たのだ。

しかしそれをミストの盾がかろうじて受け止める。

「ぐぅっ、重っ！」

盾を持つミストの腕がぶるぶると震えるのが後ろからでもよく見えた。

ミストの今の職業である盾剣士というのは、騎士になるための中継ぎのような職らしい。盾を持っているので他職より比較的防御に長けているが、重戦士などと比べると本格的な壁役をするには少し厳しいのだという。

攻守のバランスの取れた職業だが、真正面から全力で敵の攻撃を受け止めるには装備が少し軽いらしい。

それでもミストは懸命に持ちこたえ、確かに私を守ってくれた。私はミストの背に向けて、衝撃で削れたＨＰを回復する為の魔法を投げる。

こちらに向けられた蛇の敵意はスゥちゃんによってすぐに逸らされたが、それでも一回ごとにミストを回復してやらなければ危険が残る。

回復の光が目の前の背中を包むのを見ながら、こういうのも悪くないな、と私は考えていた。

誰かを背中に守って、誰かの背中を守って、そうやってお互いに背中を預けて戦うということを味わえるのも、現実ではなかなかできない体験だ。

一瞬振り向いたミストと目線を交わし、頷き合った私は再び呪文の詠唱を始めた。

ミストの背中が何だかいつもよりもずっと大きく、かっこよく見える気がする。

あれ、これってひょっとして吊り橋効果ってやつ？

……いや、やっぱり違うか。私、爺さんだもんな。


一体どのくらいの間戦っているのか、私はしばらく前からもう考えるのを止めていた。多分時間にしたらそれほど長い時間ではないだろうと思う。

とりあえず補助魔法を何回かかけ直すくらいの時間が経っていることは確かだ。けれど私たちの上に流れるのは、そんな回数を数えるのも馬鹿らしくなるくらい濃密な時間だった。

口を動かすことに体力が関係なくて良かったと思いながら、私は呪文を紡ぐ。これが現実だったらそろそろ口がだるくなっている頃だろう。

蛇のＨＰは残り三分の一をギリギリきったくらいだろうか。

私は口を止めないまま腰につけたポーチの中を手で探り、戦いに入る前にアイテムボックスから出しておいた小瓶を取り出した。回復系のアイテムはすぐ使えるようにあらかじめ物質化しておき、こういうポーチに何本か入れて持ち歩いている。それが基本だと以前ミストに教わったからだ。

その瓶の中身が青い液体であることを一応確かめると、急いで蓋を取り去り、瓶の中身を頭から被った。

口を動かし続けているので飲む時間が惜しいのだ。こうすると飲むよりも効果が発揮されるのが遅いのだが今はそれでも構わない。銀灰色の髪や髭を液体が伝う感触が不快だったが、どうせしばらくすれば消えるのだからと我慢する。

視界の端に浮く自分のＨＰとＭＰを見ると、残りが心許なかったＭＰがじわじわと増えていくのが見えて少しほっとした。

ＭＰ回復薬は食べ物の類よりも遥かに回復量が多くて即効性がある。もちろんその分高価なのだが、今はそんなことを心配している場合じゃないので諦めている。

いつも安全地帯で食事休憩をしたり瞑想したりしつつ狩りをしていた私にとって、実はこの薬を使うのは今回が初めてだった。今更ながらそんなことも新鮮だ。

もう何度目か数えるのも忘れた炎の矢が蛇の体に当たり、また少しＨＰを削られた蛇は首を大きく反らし尻尾を叩きつけようと持ち上げる。

しかしその前に側面からスゥちゃんの強力な一撃が炸裂し、その動作は中断を余儀なくされた。

更に振り向いた頭をユーリィの銃弾が狙い、ヤライ君の刀があちこちに出来た傷を抉って蛇の気を逸らす。

この連携も全員がかなり慣れてきて、良い具合に私が狙われることを避けることが出来るようになった。

何回かに一回は攻撃を受けるが、それはミストがちゃんと受け止めてくれている。

魔道士が安心して魔法が使えるということの状況は、多分とても幸運なことなのではないだろうか。

火の魔法を当てる為には、どうしても蛇が体を伸ばせば届いてしまう距離まで私も近づかなければならない。

私など、蛇の一撃を喰らえば簡単に死んでしまうのだが、それを仲間たちがきちんとカバーし守ってくれる。私は仲間という存在のありがたさをしみじみと実感していた。

「結構削れたから、もう一息ね！」

ユーリィの言葉に誰もが頷き、気合いを入れなおす。

私は頭の中で手持ちのＭＰ回復薬の残量を数えた。ポーチの中の残りは二本で、出していない分があと四本はあったはずだ。ポーチには入るだけ入れていたけど、もうそろそろなくなりそう……

これが終わったら、もう一回り大きいポーチを買おう、うん。あとＭＰ回復薬は備蓄を増やそう。

攻撃魔法は使用ＭＰが少ないものを使っているのでいいのだが、合間に挟んでいる防御力その他を上げる魔法や、皆に掛ける回復魔法が結構ＭＰを食っている。

皆も回復薬を使ってはいるのだが、それが切れた時が不安なので私も小まめに回復をかけているのだ。それでも多分、どうにか最後までＭＰも持つだろう。

勝てる、という言葉が頭を過ぎり、思わず頰が緩むような気がした。

「ごめん、弾が切れたから下がって補充するよ！　ヤライ君、フォローよろしく！　ミスト、上がって！」

ユーリィが何回目かの弾薬補充の為に、声を張り上げた。

「了解です！」

「わかった！」

ヤライ君は返事をすると立ち位置を少し移動し、ユーリィが下がった代わりにミストが走って前に出た。

私もユーリィの言葉を受けて再び唱え始めていた攻撃魔法を止め、回復魔法に切り替える。

蛇の通常の間合いから跳びすさるように離れたユーリィは、手早くウィンドウを操作して銃弾や予備のカートリッジをアイテムボックスから取り出した。それを腰や肩に斜めがけで着けている革ベルトに手馴れた仕草で次々に取り付ける。

物質化させて身に着けられる弾やカートリッジの数には限界があるそうで、長引く戦闘ではそうやって時々補充しないと弾切れになるらしい。

銃士というのはかなりかっこよさそうなのだが、弾代といい補充といいそれなりの苦労があるらしい。やっぱり何でも一長一短のようだ。

「お待たせ！」

ユーリィの弾の補充が終わり、彼女が走って行く背中を見ながら私は魔法の詠唱を開始した。

火の魔法を最後の一言を言うだけにして待機し、ミストが駆け戻ってくるのを待つ。

戻ってきたミストのＨＰが少し減っているのにすぐに気付いたが、このくらいなら尻尾の一撃には十分耐えられると判断し、私は魔法を切り替えなかった。

蛇を指差した私にミストも頷き、盾を構えて背中を向ける。私は杖の先を蛇に向け、呪文の最後の一言を放った。

その判断が、多分失敗だった。

もうすっかり唱え慣れた魔法は当たり前に発動し、今までと同じように炎の矢が風を切って飛んでゆく。

しかし二本目の矢が放たれた直後、ヤライ君の鋭い声が周囲に響いた。

「ウォレスさん、後ろ！」

「えっ？」

その言葉に驚き、思わず振り向いた動作が私の明暗を分けた。

ガツン、と右肩に殴られたような衝撃を感じて視界が大きく揺れ、流れる。体が浮いた感触がし、次いでドサリとどこかに打ち付けられる感覚。

システムの恩恵で痛みはなかったが、衝撃に意識が一瞬揺れた。何が、と思う間もなくミストの声が響く。

「ウォレス！」

ザン、と鼓膜を打った音が、ミストの剣が振られた音だと気付くのに一瞬の間を要した。

倒れた体を起こそうと伸ばした手が丈の長い草の中に沈み、私は自分の置かれた状況をやっと理解した。

蛇の攻撃を防ぎながら少しずつ場所を移動していた私とミストは、いつのまにか草丈の高い見通しの悪い一帯を背にする位置までできてしまっていたのだ。

うつ伏せに倒れた状態で頭を起こし、振り向いて斜めに見上げた視界に入ったのは——私を襲った大きなカマキリのモンスターを切り払うミストの姿と、まるでスローモーションのように剣を振るった直後の彼に側面から迫る蛇の尻尾。

風を切る音と、すさまじい風圧に私は思わず地面に身を伏せた。頭の上でひどく重い音が響き、思わず息を呑む。

「ミスト！」

ユーリィの悲鳴のような声に慌てて顔を上げると、蛇の尻尾に弾き飛ばされたミストがガシャンと音を立てて地面に落ちるところだった。

パン、と銃声が響き、私の後ろにいたカマキリがとどめを刺され光へと変わる。

けれどそんな姿が視界に入っていても、私の頭に届いてはいなかった。私はふらふらと立ち上がり、倒れたままのミストに回復をかけなければと走り出そうとした。

「ウォレス、駄目！　危ない！」

ユーリィの鋭い声に私はハッと足を止めて上を見上げた。

倒れたミストに蛇の頭が迫っている。スゥちゃんやヤライ君がそれを止めようと動くが蛇の動きは止まらない。ミストの落ちたところが運悪く蛇の顔に近すぎたのだと気付いた時には、ミストの体は蛇の顎にがっぷりと捕らえられていた。

「うっ、ぐぅっ!?」

「ミストッ！」

私は思わず叫んだが、それはもちろん何の助けにもならなかった。

まるで獲物で遊ぶように、ミストの体が左右に振り回される。かろうじてＨＰが残っていたミストは顎を外そうと暴れたが、蛇の力には敵わない。その牙から毒が注入されたのか、ミストのＨＰバーが紫色に変わり、顔色が青くなってゆく。

立ち止まったままの私の頭の中が、一瞬白く染まった。

まだ生きているミストに回復魔法をかければ間に合うだろうか――それとも攻撃魔法でターゲットを外させるべきなのか。

思考がめまぐるしく空回りしちっとも纏まらない。私は自分がパニックに陥っているということにすらその時は気付かなかった。

「こっの、離しなさい、よぉっ！」

状況を変えたのは、蛇の頭にその跳躍力で駆け上がったユーリィだった。

「たぁっ！」

シャキン、と音を立ててユーリィの右手の爪が一瞬で長く伸び、まぶたのない蛇の目玉を鋭く引っ掻く。

弱い部分に攻撃を受けた蛇は嫌がるように首を反らし、ぶるん、と頭を大きく振ってミストを放り出した。

「ミストっ！」

　ドスン、というミストが地に落ちる音が私を思考の渦から解き放った。遠くに飛ばされたミストを追って、慌てて彼のもとへと走る。

　ミストが落ちた場所は丈の低い草地で、蛇から十分距離がある。すぐに回復魔法をかければ何とかなるかもしれない。

　ああ、しかし蛇の牙には毒があるんだ。魔法よりもすぐに出せる回復薬と解毒薬を出すほうがいいかもしれない。

　けれど、そう思った私の行動は間に合わなかった。

「ウォレス、来る、……」

　それがミストの最後の言葉だった。

　目の前で、本当に私の目の前で、ミストの体はパチン、と軽い音と共に弾けた。

「――っ！」

　立ち止まった私の目の前で、消えたミストの代わりに草の上に光の球が一つポッと灯る。

　それは、十分経つか、彼が蘇生ポイントに戻ることを選択するまでそこに留まる、ミストだったもの。

　間に合わなかった、という思いが胸を浸した。

　プレイヤーの蘇生は今のところアイテム以外に方法はないと言われており、そのアイテムも稀少でひどく高価なため、仲間たちに持ち合わせはないと聞いている。誰もミストを生き返らせることは出来ない。

これはゲームだ、と頭のどこかで冷静な自分の声がする。ゲームだから、ミストはちょっとしたペナルティを受けてセダの街に戻るだけ。

それがわかっているはずなのに、仲間を死なせてしまったという事実が、どうしてかこんなにも重い。さっき他のプレイヤーが消えた時には何とも思わなかったのに。

「ウォレス！　ウォレス、大丈夫!?」

ミストの光を前に私が呆然としていたのは、多分そう長い間ではなかったのだろう。私は私を呼ぶ仲間の声にハッと我に返った。

顔を上げてそれに頷くと、ユーリィはほっとしたような表情を浮かべる。そして、またこちらに向かって声を張り上げた。

「ウォレス、転移魔法で街に戻って！」

「え？」

何を言われたのか解らず眉を寄せた私に、ヤライ君も叫ぶ。

「ウォレスさん、ここは俺たちが引き受けますから、今のうちに！　ミストさんがやられたなら、結構厳しいです！　俺たちもすぐに後を追って逃げますから気にしないでください！」

「おじいちゃんももうＨＰ真っ赤だよ！　またさっきみたいな雑魚が寄ってこないうちに、早く！」

そう言われて視界の端を確かめれば、確かに私のＨＰは瀕死を示す赤ゲージだった。

さっきのカマキリは草原に現れるモンスターの一種で、今の私より高レベルだ。紙装甲で低レベルの私が一撃食らっても生き残ったのは幸運と言っていい。どうやら振り向こうとして体を動かしたことで、カマが肩を掠めただけで済んだようだった。

……もしあそこで私がやられていればミストはどうしただろう？

倒れた仲間を庇うことはしなくて済み、まだここに立っていただろうか？

ほんの些細な出来事が明暗を分けたという事実に、私はなんだか笑い出したいような気持ちに襲われた。

そして、幸運にも生き残った私は、ここで仲間を見捨てて逃げるのか？

「……冗談じゃない」

たとえゲームでも、ここで諦めるなんて私は嫌だ。

いや、むしろゲームだからこそ。ここでだからこそできることがまだあるはずだ。

仲間を置いて一番に逃げるだなんて、冗談じゃない。

「そんなのは……全然、理想とはほど遠い」

ミストの光はまだ私の目の前で瞬いている。恐らく心配でこの場を離れられないのだろう。

私は周囲に敵がいないことをざっと確かめると、ポーチの中に手を突っ込んで残っていた二本のMP回復薬を取り出した。

その二本の蓋を開け、立て続けにぐっと呷る。少々強すぎるミントのような香りが喉と鼻にツンときたが、それも今の私の思考をクリアにしてくれるような気がして心地よかった。

視界の端のMPゲージが見る間に回復していく。二本でほぼ全快になるから、何とかぎりぎり足りるだろう。

「ミスト……ミツ、聞こえる？」

目の前で瞬く光に声をかける。もちろん返事はないが、私は言葉を続けた。

「聞こえてると思うけど……私、これから魔法を一つ唱えるよ。それが発動すると、私は五分間、まったく動くことが出来なくなる」

逃げる気はない。そして、仲間と一緒に負ける気も、今のところはまだ。

「おまけにそれ、三十秒に一回くらい、定期的に周りのタゲを集めちゃう困った魔法なんだよね」

そう、普通ならリスクが大きすぎるといって誰も使わないだろう、こんな魔法。

「だからさ、頼むよ、ミツ。……守ってよね」

私はMPがいっぱいまで回復したことを確かめ、手にした杖を地面に突き立て、真っ直ぐにその場に立って蛇の方を見据えた。仲間たちは全員声が届く範囲にいるのはわかっているが、一応声を張り上げる。

「皆、わしが魔法を使う！　この声が届く範囲から出ないようにの！」

「ウォレス!?」

ユーリィの訝しげな声には応えず、私はもう一度傍らのミストである光を見る。

「じゃあ、よろしく」

にっと笑って視線を正面に戻し、私は頭に思い浮かべた言葉を読み上げ始めた。

『始まりの庭に立つものよ、王と御手繋ぎしものよ。囁くは葉ずれの音か、歌うは枝打ち鳴らす音

か』

それは呪文というよりも叙事詩のような言葉の連なりだった。

この大陸のどこかにあるという白い木を表し、讃え、謳う言葉。

かなり長いその詩を謳う私の視界に、まだ戦っている三人の姿が見える。私が逃げないため、彼らもあそこから動けないのだろう。

前衛が減ったことで、スゥちゃんとヤライ君の負担は大分増えているようだった。攻撃を受ける回数が増え、ＨＰは多いが素早くないスゥちゃんはダメージが蓄積してきている。

ヤライ君はかなりのスピードで蛇の体を上手く避けているが、その分攻撃の隙をなかなか作れないでいる。ユーリィは相変わらず遊撃に徹しているが、二人の負担を少しでも減らす為、合間を見て思い切って近づくこともしているようだった。

急がなければと焦る気持ちを抑え、間違えないように幾分慎重に口を動かす。

『耳ある者はその歌声を聞くが良い。其が繋ぐは大地との絆、紡ぐは風との友愛、湛えるは水との約束、伝えるは炎との親和』

私の視界が白く光を帯びてくる。これは多分私自身が光っているのだと今は気付いている。初めてこの魔法を使った時は一体何が起こっているのかと随分焦ったものだが。

ミストが倒れてもう五分くらい経っただろうか。まだ彼は隣にいてくれている。

もう少し、この魔法を唱え終えるまでまだ戻らないでいてと半ば祈るように呪文を唱えた。

『歌え歌え、白き木よ。根を伸ばし、枝広げ、葉を茂らせ。響くは岩を割る音か、若枝のしなる音か、新芽の芽吹く音か』

視界の端でMPがものすごい勢いで減っている。この魔法は途中で止めたり間違えて失敗したりしてもMPを消費してしまうという欠点もあるのだ。

覚えたものの恐らく使う場面なんてないだろうと思った不自由な魔法を、今使おうとしている。

身を包む奇妙な気分の高揚とは裏腹に、頭はどこまでも冷静だった。

どこか私の傍で、シャラシャラと軽いものをこすり合わせるような不思議で優しい音が聞こえる。

魔法が、完成しかけているのだ。

さぁ、これで最後だ——

『響け、我が声。響け、我が歌。我歌うは悠久に響く、白き大樹の歌』

——最後の一節を唱えた瞬間、私の足元の地面が白く輝いた。

視界を奪う白い光は徐々に強さを増し、更に枝分かれして放射状に大きく広がっていく。微妙に

うねりつつ円状に広がる光は、木の根が大地に伸び広がる様子によく似ていた。

だがそれを見ている私は、もう首を回すどころか指一本動かせなくなっていた。

視界には入らないが、隣で聞こえた驚くような声と誰かが立ち上がる気配で、魔法が完全に成功したことがわかる。

白く輝く光はさらに広がり、蛇の向こう側にいるスゥちゃんの足元まで完全に届き、黄色くなっていた仲間たちのＨＰがぐんぐん回復していくのが遠目にも見える。そして、蛇の目が私のほうをぎょろりと向いたことも見えた。

「何これ！　ウォレス、何したの!?」

「蛇が動くよ！」

立ち尽くす私を倒すべき相手と認識した蛇がぞろりと動く。

蛇の金色の目に見据えられ、全く動かせない体に冷や汗が流れるような心地がした。

しかし、目の前に現れた背中を見た途端、不意に心が軽くなる。蘇生したミストは盾をしっかりと構え、私を庇うように蛇の前に進み出た。

「ミスト!?　何であんた生き返ってるのよ！」

「ウォレスさんはどこ行ったんですか!?」

「これがウォレスの魔法だ！　動けない上に周囲の敵に狙われるらしいから、ウォレスに絶対近づけさせるな！　ウォレスはここにいる！」

不可思議な言葉と共に、ミストは立ち尽くす私を後ろ手に指差した。

どうやら仲間たちには私の姿がいつものようには見えていないらしい。

「この範囲回復があるうちに畳みかけろ！」

「りょーかいっ」

ミストの言葉にひとまずスゥちゃんが動き、私を目指して這い寄る蛇の背に強烈な一撃を叩き付けた。

途端、蛇のＨＰゲージが目に見えて削り取られる。

「えっ？　なんかすごく効いたよ!?」

スゥちゃんの言葉に、まさか、と言いながらヤライ君も小剣を振るう。その剣が与えたダメージはスゥちゃんの一撃よりも遥かに小さいが、確かに蛇に効いている。

「ステータスが上がってるんだわ……何その反則みたいな話……」

ステータスを開き、それを確認したユーリィが呆れたように呟いた。

「ぼさっとすんな！　ウォレスは五分動けないって言ってたから、その間に片付けるぞ！」

「わかったわよ！」

蛇を私に近づけないよう散開した仲間たちは、それぞれの役割を果たすべく動き始めた。

「索敵は俺がします！　雑魚が来たら知らせますから！」

「オッケー、ならそれは私が殺るわ！」

全く動くことのできない私はそれを頼もしく思いつつも、歯痒い思いを抱えて見つめていた。

この魔法を練習室で初めて使った時、動かせなくなった体に困惑し、これはバグだろうかと真剣に焦ったものだ。あの時はさすがの私もはっきり言って涙目だった。

　魔法の効果時間が終わり、元通りに動けるようになった時には心底ほっとした。

『白き木の歌』――範囲内の味方の蘇生、回復、ステータスの大幅アップ。さらに二十秒ごとの一定回復と、それらの効果を五分間もたらす、始まりの木の葉の魔法。おまけにその蘇生効果はデスペナ一切なしという反則的な代物だ。

　ただし、その代償となるのは、使用者の最大ＭＰの九十パーセント消費と五分間指一本動かせない完全な硬直、そして三十秒ごとに周辺の敵のターゲットを全て引き寄せるという多大なリスクだ。

　おまけに魔法を覚えてから読んだ説明文によると、使用者である私はＨＰこそ回復しているもののステータスは特に上がっていないらしい。

　ということは、私はうっかり一撃食らえばすぐに死ぬということだ。

　まったく、こんな魔法を用意しておくなんて、運営の意地の悪さに何度呆れたことか。

「雑魚が二匹きます、南東と東から！」

「オッケ！」

　私を目指して走ってきた鹿に似たモンスターをユーリィの銃弾が打ち倒した。

　その隙に蛇の尾がブンと振るわれ、私に当たりそうな軌道で迫る。

　思わず息を呑んだがその尾の一撃はミストの盾によって防がれた。

ミストのステータスもアップしているせいか、正面から受け止めてもＨＰの減りは先ほどまでよりかなり少ない。

懸命に戦う仲間たちを見ながら、私は練習室で初めて使った時とは明らかに違う胸の高鳴りを感じていた。

それは、一人ではないということに対する喜びであるような気がした。

こんな魔法、きっと使わないだろうと覚えた時は思っていたのだ。

絶対の信頼を寄せられる仲間がいなければ。そして彼らが、敵を引きつけ続ける私を守りつつ戦うという面倒を引き受けてくれるという奇特な人たちでなければ、とてもじゃないが使う気にはなれない。

下手をすれば仲間は回復したものの私は死んで、犠牲を払うのは私だけ、という羽目になるかもしれないような魔法なのだ。私だって普通の人間なのだから、そんな死に方はごめんだと思っていた。

それが今のこの状況。

ああ、幸運だな、と私は笑った。

声も出せず、顔も動かなかったけれど、私は確かに笑っていた。この魔法を使えたことの喜びに、私の心は笑っていた。


「いくよっ、ラストォッ！」

淡い光を帯びた斧が高い位置から打ち下ろされる。ダンッと重い音がして、それは深々と蛇の体に食い込んだ。

蛇は大きく口を開き、苦悶するような音を立てて高く頭を上げた。その体がピシピシとひび割れ、そこから光がこぼれる。

「終わった……」

呟いたのはミストの声だったろうか。全員が息を呑んで見つめる目の前で、蛇はパァン、と弾けて無数の光へと姿を変えた。

それらの光は少しずつ寄り集まって五つの群れに分かれ、それぞれが仲間たちの体に吸い込まれるように消えてゆく。

未だ動けぬままの私のところにも、その光はもちろん届いた。

「勝った……嘘みたい」

「お疲れ様です！」

「すごいすごい！」

喜びよりも半ば呆然という雰囲気で、ユーリィが深い息を吐く。

不自由な視界にもどうにか入るその様子を見つめていると、不意にミストがハッと顔を上げ、私のほうへと走ってきた。

「この！」

ザクッという音が斜め後ろで立ち、ミストの剣にやられたらしい何ものかの断末魔の声が響く。

「あ、すいません！　まだ敵が出るんですね」

うっかり気を抜いていた仲間たちは慌てて私の所に駆け寄ってくると、動けない私の傍に立ち、油断なく辺りを見回した。

「ほんとにコレがウォレスなの？」

周囲を警戒しながらもユーリィが私を見る。彼女が恐る恐る伸ばした手は私の顔の手前十センチくらいのところで止まり、視線は何故か私の頭のずっと上を見上げていた。

一体皆には私がどういう風に見えているのだろうと内心で首を傾げていると、その答えをヤライ君が口にした。

「まだ信じられません……この木がウォレスさんだなんて。こんな魔法聞いたこともないですよ」

「幹も葉も、真っ白くてすっごくキレイだね！」

木か！

そうか、そう言われてみれば納得できる。動けないのはそのせいなのか。

そうするとあの呪文の最後の、我が声や我が歌というのは、私自身が一時白い木になって歌を歌うということを意味していたのかもしれない。

ではこの私の耳元でずっと聞こえているシャラシャラという音は、木の歌……葉ずれの音なのだろうか。

自分の姿を外から見られないことが実に残念だ。一体どんな木なのか、見てみたかったなぁ。

仲間たちが私をぐるりと囲んでしばらくすると、私の体を覆っていた白い光が少しずつ薄れ始め

た。そろそろ魔法が切れるようだ。それに気付いたらしい四人も警戒を解いて私のほうを見る。

白い光が完全に消える頃、私の体はようやくの自由を取り戻していた。

この魔法を使うのはまだ二回目だが、相変わらず長い長い五分間だった。たった五分がこれほど長く感じられることはあまりない気がする。

「ウォレス！」

「おじいちゃん！」

「ウォレスさん！」

皆が名を呼び心配そうに近寄ってくる。

私はハア、と深い息を一つ吐いて、自由になった体を手に持っていた杖に寄りかからせた。この体はただのデータで生身ではないはずなのに、ずっと立っていたことで何だか背中が痛くなったような錯覚を覚える。

ぐっと背を反らして顔を上げると、私に詰め寄った仲間たちが口々に声を掛けてきた。

「大丈夫か？」

「ウォレス、無事？」

「良かった、元に戻ったんですね」

「このままだったらどうしようって思ったよ！」

それは私も一番に思ったことだ。

私は皆を安心させる為にもそれぞれの顔を見回して頷き、笑顔を向けた。

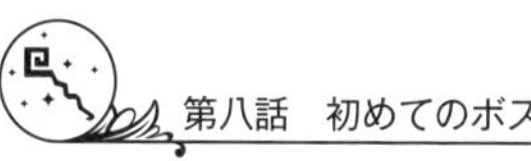

「大丈夫じゃよ。もう元通りに動ける」

「良かった！　もう、何よアレ！　びっくりさせるんじゃないわよ！」

ユーリィがそう言ってがばっと私に抱きついてくる。

現実と違ってかなり背の高い今の彼女に抱きつかれると、前が見えなくて少し困る。あと当然ながら体が硬いです。

伸ばした腕でポンポンとユーリィの背中を叩くと、彼女は身を離して笑顔を見せた。

「とりあえず、お疲れ様でした。けどびっくりしましたよ、さっきの……魔法、ですよね？」

「そうだよ、一体何だアレ？　蘇生魔法があるなんてまだ聞いたことなかったのに、まさか生き返るなんてさ」

「それは後でゆっくり説明するから、とりあえず馬車に戻らんかの？」

何せ私のＭＰはほぼ空だし、長く続いた緊張で精神的にも疲れている。どこかに座って少しゆっくりしたいところだ。

それは皆も同じだったようで、私の提案に全員があっさりと頷き、街道に止まったままの馬車に向かってぞろぞろと歩き出した。

戦いを終えた草原は静かで、草が風にそよぐ音が聞こえるだけだ。もうそこには巨大な蛇の姿も他のモンスターの姿もない。皆がかなりの数を倒したので、リポップするまで間があるのだろう。

あまりにも何もなくて、さっきまでのことがまるで幻のようだ。

それでも、確かに残ったものもある。それぞれの顔に浮かんだ明るい笑みも、きっとその一つな

のだ。

「始まりの木の葉、ねぇ。そういうのもあるのかぁ」

「そんな変なもんを見つけるなんて、お前らしいというか……」

ガタゴトと再び動き出した馬車の上で、私は皆にさっきの魔法について説明をしていた。手に入れた経緯は長くなりそうだったので適当に省いたが、それよりも皆はあの魔法のもたらす効果に驚いたようだった。

「説明する時間がなかったから、突然使ってすまんかったの。守ってくれてありがとう」

私が礼を述べると皆はそれぞれに首を振った。

「そんなの、こっちがお礼を言うところです。逃げ出さずに済んだのはあの魔法のおかげです」

「そうそう。俺も生き返らせてもらえたし……ありがとな」

「そうよ、お互い様よ。ウォレスはリスクを承知で使ってくれたんだしさ」

そう言ってもらえると私も何となくほっとする。相談もなくやったことで、皆にいらぬ面倒をかけたのではないかと少し気になってもいたからだ。けれど皆は私のそんな心配を考えすぎだと笑い飛ばしてくれた。

「終わりよければ全て良しよ。勝ったんだから気にしない！」

「そうだよ。それにすごい楽しかったもん。レベルも上がったし！」

スゥちゃんのその言葉につられてそれぞれが自分のステータスを開いた。

今の戦いで全員が一つずつレベルアップしており、私は三つレベルが上がって十八になっていた。皆とはレベル差があったが、その差がギリギリ一桁だったので取得経験値が思ったよりマイナス補正されなかったらしい。結構なレベルアップだ。

うーん、これで一気にこの辺りの適正レベル帯に入ってしまった。

「レベルが三つも上がったか……ううむ、困るのう」

「なぁに、レベルが上がったならいいじゃない。何に困るの？」

「新しい装備や転職など、色々考えることが増えるじゃろう。理想の魔法ジジイを目指すための予定を、それに合わせて立て直さねばならん……」

「そっちかよ!?」

そう言われても、それは私がこのゲームをやる原動力なのだから、何より譲れないところなのだ。

「あら、そういうのは大事じゃない？　楽しいのが一番よ。でもウォレス、なかなか良い魔法ジジイっぷりだったと思うわよ。ボス戦でも落ち着いてたし！」

「うん、おじいちゃん、ベテランっぽい感じ出てて、かっこよかったよ！」

「ええ。魔法を唱える時の姿とか、杖の上げ方とか、ちょっとゆったりした動きがすごく自然で、落ち着いた感じが出ててかっこよかったです！」

さすがは同志ヤライ君。細かい所にもちゃんと気がついてくれて嬉しい。

「本当かの？　それなら嬉しいことじゃよ。それは拘りポイントじゃから、何度も練習したんじゃよ」

「いや、杖は素早く振るべきなんじゃないのか!?」

「ミストはまだまだわかっとらんのう……」

素早ければ良いってもんじゃないぞ。そこには魔法ジジイらしい優雅さがないといけないのだ！

私がミストを見てため息を吐くと、ミストは全然わからねぇと叫んで頭を抱える。すると、ユーリィが横で嬉しそうな声を上げた。

「ねぇねぇ、ドロップ見てよ。良さそうなのがあるから」

「あ、そういえば分配しないとだな」

促されるままにそれぞれがウィンドウを開き、パーティ共有アイテムボックスの中身を覗く。

パーティを組んでいる時に手に入れたアイテムなどは、分配の方法もランダムや順番、共有など色々とあるのだが、私たちはとりあえず共有のままにしてあった。

後でまとめて分配し、欲しい人が被った物や余った物はくじ引きのようなシステムで分配するらしい。

どれどれとウィンドウを開くとそこにはいつの間にかそこそこの数のアイテムが貯まっている。

雑魚からドロップした物もあるからだろう。

蛇を倒して手に入ったものは、黒蛇の鱗が十五枚、肉が五つ、牙が二本、毒腺が一つ、肝が一つ、目玉が二つ、黒蛇の心臓石が一つ……落とした物とその数がリアルで少々怖い。

それと武器や防具の強化、装飾品の生産に使えるという宝石が五個ある。

どれも素材としては貴重な品のようだが、まだ生産職を始めていない私にとっては今ひとつ実感が薄い。それよりも討伐報奨金の十二万Rの方が嬉しかった。五人だから一人頭二万四千Rの配当になる。私にとってはかなりありがたい。

「あ、なんか気になるのも出てますね」

ヤライ君が興味を示したのは、ウィンドウにずらりと並んだアイテムの一番下だった。

見てみると、『?・?・?の杖』と表記されているアイテムがある。

「でしょ？　ね、スゥ、出してみてよ」

ユーリィに促され、スゥちゃんはそのアイテムを物質化して取り出した。

パーティに所属していれば、誰でも共有ボックスから一時的にアイテムを取り出せるらしい。取り出されたアイテムは、全員の承認を得て個人のアイテムボックスに移されるまでは所有権は定まらないようだ。

スゥちゃんの手に現れたアイテムを見て私は首を傾げた。取り出された物は確かに細長い杖のような形状をしていたが、全体がほの白くもやが掛かったようになっていてその実体がよくわからないのだ。

「これは……何故白いのかの？」

「ああ、鑑定が必要な特別なアイテムはこうなってるんだよ。街の鑑定所とか商人に頼んで鑑定してもらうまであの状態なんだ」

「ほほう……」

「スゥはサブ職で商人やってるから、鑑定スキル持ってるのよ」

「まっかせてー！　えーっと……」

どのようなことをしているのか、杖を片手に掲げ持ったままスゥちゃんがウィンドウをちょいちょいと操作する。

しばらくじっと杖を見ていたかと思うと、不意に彼女は大きな声を上げた。

「見えました！　命名、『アスクレピオスの杖』」

その言葉を浴びた途端、少女の手の中の杖が光を放ち一瞬大きく膨らむ。その光は次の瞬間にはパッと霧散し、そこにはさっきとは全く違う杖が現れていた。

「おお、すごいのう」

初めてみる鑑定スキルに思わず驚きの声が漏れる。

現れたのは細く長い白木の杖だった。

美しい白木の所々に繊細な模様が彫り込まれた細身の杖は、下に行くほど緩やかに細くなる握りやすそうな形状だ。

目を引くのは、その杖に絡るように金色の蛇が一匹、くるくると下から上に巻き付いていることだろう。

杖の天辺は枝を鉈(なた)で断ち割ったように斜めになっていて、そこに大人の手ほどありそうな透明な石が刺さっている。細長い楕円形でつるりと磨かれた石は水晶のように無色透明で、中には金粉のような内包物があって、光を反射してキラキラと煌めいている。

杖に絡まる金の蛇はもたげた頭をその石の上に乗せ、優雅にくつろいでいるようにも見えた。

とても優美で、美しい杖だ。

スゥちゃんは、現れた杖とウィンドウを交互に見比べてそのスペックを確認し、ため息を一つ吐いた。

「魔法全般……中でも治癒系魔法の効果に特に補正がついてる杖みたいだけど、装備するための必要数値がすごい高いやこれ。おじいちゃん、持てる？」

「わしかの？」

ぐいと突き出された杖を受け取っていいものかどうか戸惑って皆を見回すと、ユーリィが頷いた。

「このメンバーでウォレス以外の誰がそれを持てるっていうのよ。ほら、受け取って」

「う、うむ……」

私は手を伸ばしてスゥちゃんからその杖を受け取った。

手にしてみるとかなり長い杖で、私の背丈と同じくらいありそうだ。狭い馬車の中では少々邪魔に感じるくらいだった。

「どう？」

「ん、数値的には余裕だの。知性も精神も十分足りとる」

杖の説明に出た必要数値は確かにクリアしている。

今までの地味な努力の結果が現れた私のステータスは激しく偏っているが、その分魔法系装備には強いのだ。

「そ、良かった。ならそれはウォレスのね」

「は？」

私の言葉に頷いたユーリィはことも無げにそう言い放ち、私はぽかんと口を開けた。

「いや、それはいかんじゃろ。公平じゃない」

慌てて杖を皆の方に差し出すと、私を除いた四人はお互いの顔を一瞬見合わせ、思い思いに首を横に振った。

「このメンバーでウォレス以外に杖装備なんかいないんだから、それが普通だろ」

「そうですよ。貰っても売るしかなくて困ります」

「杖って人気装備じゃないからあんまり買い手もいないし、安いんだよ。売るだけもったいないよ！」

「ほら。そういうことよ。ウォレスがそれ要らないっていうなら仕方ないけど、そうじゃないでしょ？」

そう言われれば確かにこの杖の存在は私にとってはありがたい。

要求数値が高い分補正効果もかなり期待できそうだし、恐らくはこの先かなり長く付き合える装備になるだろう。

しかしパーティでのアイテムの分配に不公平があっては良くないのではないかとも思うし、悩むところだ。私が迷っていると、ミストが笑ってその杖を指差した。

「確かに今回のドロップの中では、一番のレアだろうからお前が悩むのもわかるけど、気にすんなよ。多分これは特殊ドロップの類だと思うし」

「特殊ドロップ？」

「特定の敵を倒した時のメンバーの中に条件に適う人間がいた場合だけドロップするっていう、条件付きのドロップアイテムがあるんですよ。その条件も色々ではっきりしないことも多いらしいんですが、大抵は職業やステータスだっていう話です」

「つまりこれは、ウォレスがいたからこそ、ウォレスの為に出てきたアイテムってことよ。情報掲示板にも杖の情報はなかったし、他の誰もこんな装備できないもの」

「そういうアイテムは条件に適う人が貰うっていうのが、アンモクノリョーカイなんだよ！」

そこまで言われればもう受け取るしかない気がしてくる。

私はその杖を手にしたまましばらく考えたが、結局それを受け取って皆に頭を下げた。

「なら、言葉に甘えてこれは譲ってもらうことにするよ。ありがとう」

「もう、気にしなくて良いって言ってるのに。どうせ皆いらないんだから」

「そうそう。それに、反対にお前は鱗とかの素材系はまだいらないだろ？　そっちを少し多めに譲ってくれたら、十分公平だって」

「俺としては、鱗とかの方が嬉しいですよ。それでまた黒い装備作れます」

「よーし、じゃあ分配の相談しましょ！」

私たちは顔をつき合わせてわいわいと残りのアイテムの分配について話し合った。

私はその話し合いには参加せず、この杖と報奨金以外のアイテムの全てを皆に譲ることにした。

手にした杖をそっと撫でると艶やかに磨かれた木の感触が気持ちいい。これ一つで私は十分だ。

しかし皆はなかなか納得せず、結局五つ出た宝石のうちの一つと、それぞれの余ったMP回復薬を押しつけられてしまった。少々困ったが、それもまた楽しいやり取りだった。

馬車は賑やかな一行を乗せて、今度こそ順調にサラムへと進む。

高い塔が立ち並ぶ街が見えたのは、分配の相談がようやく終わりを迎えた頃だった。

▼エピローグ
欲張りな選択

一瞬の闇に沈んだ意識が、浅い眠りからゆっくりと覚めるように浮上する。

目覚めを促すようにまぶたの裏にちかちかと白い光が明滅し、私は現実を認識した。

寝転がっていて強張った体をゆっくりと起こし、頭に被っていたＶＲシステムの端末を取り外す。

電源を切って端末を脇に置くと私はうん、と伸びを一つした。

このベッドはＶＲシステムと一緒に買ってもらったもので、特殊なマットレスが敷いてある。ＶＲシステム使用時に寝返り等をしなくても、体に不調が出にくい仕組みになっているのだ。それでも長時間寝転がっていれば、多少は体が強張る気がするのは仕方ない。

しばらくの間ベッドの上で伸びたり縮んだりして全身をほぐしてから、私はベッドから足を下ろして座り、ため息を吐いた。

あの後、サラムに着く直前に現実の体の変調を示すサインが出たので、私はひとまず街に入って宿を取り、ログアウトしてきたのだ。

皆とは私のクエストが終わったらまた遊ぼうと約束をして、街の入り口で別れてきた。今頃はそれぞれログアウトしたり、また次の冒険に出たりしていることだろう。

置いてきた皆を思い、私はまた一つため息をこぼした。

「あー、困ったのう……っと、違う違う」

思わず出てしまったジジイ言葉を反省しつつ、私はまだ日の高い窓の外をぼんやりと見つめた。

丁度時刻はお昼時くらいだ。

くぅ、と小さくお腹がなって、私にログアウトしたきっかけがなんであるかを教えてくる。

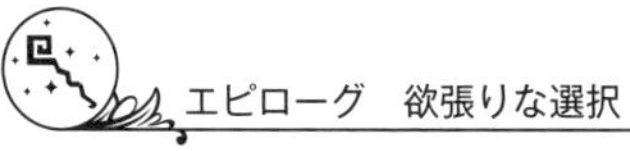

「これから……どうするかなぁ」

私は空腹よりも今現在の悩みを思い返しながら、寝乱れた髪を指で軽く梳く。

しばしぼうっとしていると、ピロン、と可愛い音がした。机の上に置いてある小型の端末からだ。

これはシエちゃんが私に声を掛けているのだ。

「はーい」

端末に向けて声を掛けると、ヴン、という音と共にシエちゃんのホロモニターがその上に浮かび上がった。

『南海、ゲームは終わりましたか？』

「うん。ちょうど止めたとこ。よくわかるね」

『南海のバイタルデータは私に常時送信されています。ゲーム中とそれ以外では違いが見られますので』

「そっか」

『南海はそろそろ食事を摂る必要があると提案します』

そんなことまでバレている……確かにお腹は空いているものね。

私は立ち上がり、まだ乱れた髪を直しながら部屋を出てキッチンに向かった。

「今日ねー、サラムまで行ったんだよ。皆に手伝ってもらってさ」

『サラムは三つ目の大きな街だと言っていましたね。どんなところでした？』

「遠くからでも見える大きな塔が何本も立ってる街だったよ。雰囲気はまだよくわかんないかな」

今日の出来事をシエちゃんに語りながら、冷蔵庫の扉を開ける。昨日買い物をしてきたばかりだから色々あるけれど、その前に使い残した物が何かあったはず。

「シエちゃん、賞味期限が近い食材、何かなかったっけ」

『半分使い残した生クリームと、野菜室の奥にあるトマトを先に使うことを推奨します』

「トマトと生クリームかぁ……うーん、トマトだけならサラダとかかな。でも気分じゃない気もする……」

言われた物を探し出すと、確かにトマトは少し柔らかくなってきているし、生クリームも半端に残っている。食材が中途半端に残りがちなのが、一人暮らしの面倒くさいところだ。

昼ご飯だから、栄養がどうとかよりも簡単に済ませたいし……トマトパスタにしようかな。

他に何か入れようか、と冷蔵庫を開けながら、私はふとまた一つため息を吐いた。

「……どうしようかな、この後」

『食事以外の悩み事ですか、南海』

小さく呟くとシエちゃんがまた声を掛けてきた。居間やキッチンにいる時のシエちゃんは、天井や壁のあちこちに設置された小型端末からホロモニターを映し出している。

それらの端末で観測した私の様子やデータから、悩みがあるとすぐにこうして声を掛けてくれるのだ。私は少し考え、シエちゃんに小さく頷いた。

「ＲＧＯでさ、理想を追求するために、ずっとソロで頑張ってるっていう話したじゃない？」

『成果が上がっているとも聞きましたね』

「うん、それでね……」

私はシエちゃんに、今日の出来事を聞いてもらった。

強敵と戦ってレベルが一気に上がったことや、新しい杖が手に入ったことは実に喜ばしいことだ。

私の目標とする立派な魔法ジジイにまた一歩近づいたのだから、純粋に嬉しい。

ただ、これからどういうプレイをするかが私の頭を少しばかり悩ませている。

「……でね、大変だったけど、すっごく楽しかったんだよ！」

『それは良かったですね。南海が楽しそうで何よりです』

「あはは、ありがとね。うん……楽しかったなぁ」

そう。悩みはそれだ。

要するに、さっきまでの時間が楽しすぎたのだ。

皆で力を合わせて冒険する、という時間があまりにも濃密だったため、それに惹かれて方針を変えてしまいたいという気持ちが私の中に生まれてしまった。

私としてはもう少し一人で色々な可能性を探ったりしてみるつもりだったのだが、さっきのような体験をしてしまった後では何だかむずむずしてしまう。

多分これが、ＭＭＯの魅力の大きな部分なのだろう。それは確かに私を強く惹き付けている。

「あの魔法も……そういう意図なのかな」

さっき初めて実戦で使った、一人では決して使わないであろう魔法を思い出して、私は小さく笑った。

使用者にとってはデメリットばかりのあの魔法は、それゆえにかひどく心をときめかせるような気がした。

仲間がいるということの喜びを教えるような、そんな魔法だ。そして同時に、もっともっとあの世界を探求したくなるような、そんな魅力も持っている。

あんな面白い魔法があるなら、もっともっと探してみたい。一人では使えないものばかりだとしても、それでも。あちこちに見え隠れする開発者の思い入れのようなものも、探すのを諦めてしまうには魅力的過ぎた。

一人でそれらを探求する道を行くか、仲間との更なる冒険を楽しむか。

『楽しかったのに、悩んでいるのですか？』

「だってさ、ソロでずっと頑張って来たし、まだやりたいこともいっぱいあるし……でも、友達とも遊びたくなっちゃって」

『それは、両方出来ないことなのですか？』

「両方……」

『そんなに難しく考えることはないのでは？　普段は一人で行動し、たまに一緒に遊ぶ、ということでも、南海の友人たちは気にしないのではないかと推測しますよ』

「そっか……そうだよね。ミツも、由里も……理恵ちゃんもヤライ君も、そんなこと気にする人たちじゃないや」

『それなら、大丈夫でしょう。そのトマトと生クリームも、いっそ両方を使ってトマトクリームパ

スタを作ることを提案します』

シエちゃんはそう言うと、モニターにパッとトマトクリームパスタのレシピを映し出した。

少し柔らかくなったトマトと半分残った生クリームをどう使おうかという悩みも、どうやらシエちゃんは解決してくれたらしい。

『タマネギは野菜室の容器に使いかけがあります。ベーコンかソーセージを入れてタンパク質を補うと良いでしょう』

「はーい。じゃあソーセージにしようかな」

言われた材料を冷蔵庫から取り出して、テーブルに並べて何となく眺めた。

「……一人での探求も、仲間との冒険も、どっちかにする必要はないしね」

人よりも歩みが遅くても、回り道をしているように見えても、楽しみ方は人それぞれだ。

私はどうせなら、楽しいことは欲張りたい。

そう決めた私は立派な魔法ジジイへの道を進む前にまずは現実をキチンと片付けるべく、包丁を片手にタマネギに戦いを挑んだのだった。

▼閑話 ささやかな女子会

「ね、南海、今日うちに遊びに来ない？」

学校の都合で授業が半日で終わったとある日のこと、放課後の教室で、やってきた由里にそう言って誘われた。

今日は何か予定あったかな、と少し考える。買い物はまだしなくていいし、夕飯の献立も決まっている。昼ご飯は適当に家にあるパンかインスタント麺で済ませようと思っていたから、問題はないかな？

「いいけど、今から？」

「うん。今日は理恵も半日だから、よかったらうちで一緒にお昼食べよ」

「じゃあお邪魔しようかな」

「やった！　行こ行こ！」

私が頷くと、由里は大喜びで私の手を取って歩き出す。その歩みはちゃんと私に合わせてくれて、ゆっくりだ。

光伸も由里も、長い付き合いだからかこういう気遣いを自然としてくれる。

「南海、何かいいことあった？　にこにこして」

「うん。学校は半日だし、由里とゆっくり遊べるし、良いことばっかりじゃない？」

「そ、そうね！」

私がそう言うと由里はちょっと目を見開き、それから照れを隠すように顔をつんと背けた。

「うん」

友達から小さな気遣いをもらっただけで、今日は良い日だと思える。

「ね、お菓子買っていこうよ」

「お菓子……今日はちょっと暑いし、アイスが食べたいなぁ」

「いいわね。いっぱい買っちゃう？」

「由里の家で食べるなら証拠隠滅だから、多めに食べてもシエちゃんに怒られないね？」

「あはは、賢い！」

シエちゃんは私の食生活の管理には、結構うるさいんだよねぇ。

その後、私たちは最近美味しかったお菓子の話で盛り上がり、途中で寄り道をしてお菓子やアイスを色々選んだりしたので、由里の家に着いたのは昼をすっかり過ぎた頃だった。

「お姉ちゃんおっそい̶……あ、南海ちゃん、いらっしゃい！」

由里の家に着くと、ちょっとぷんぷんした理恵ちゃんに迎えられた。私を見てすぐに笑顔になってくれるところが可愛い。

以前の理恵ちゃんは私に対して憧れがあったそうで、ちょっと遠慮がちだった。

今はRGOで一緒に遊んだおかげかすっかりそれもなくなり、ゲームでの時のように私に接してくれるようになり、それが少し嬉しい。

「お姉ちゃん、お腹空いたよー！」

「ごめんごめん、お菓子とか買ってきたから許してよ。南海、アイスしまっておくね」

「ありがと。お昼どうする?」

「今日はオムライスでもと思ったんだけど」

由里がそう言うと、それを聞いた理恵ちゃんが腰に手を当てて、どやっという感じに胸を張った。

「もう材料は皆用意しておきました-! タマネギにニンジン、ピーマン!」

「お、理恵、有能! フープロかけただけでも感謝……って、ちょっと多くない?」

フードプロセッサーでみじん切りにされたタマネギ、ニンジン、ピーマンがボウルに山盛りだ。

「う……分量がわかんなくて……で、でも南海ちゃんも一緒に食べるなら、ちょうど良いんじゃない?」

いいや、三人分にしてもまだ大分多い。けどまぁ、こういう野菜は使い道が沢山あるから、いいんじゃないかな。

「余分は冷凍しておけばまた次に使えるし、他の料理にも出来るからちょうど良いね」

「だよね? うん!」

「はいはい。じゃああとは……ソーセージでいいかな?」

由里はそう言うと冷蔵庫からソーセージを取り出し、ちょうど良い大きさに手早く切りそろえた。

「具を炒めるの、手伝うよ」

フライパンを借りて、油を入れて適当に野菜を入れる。まとめて入れることになってしまったが、そもそも三種の野菜が混ざっているから仕方ない。火の通りとか、細かいことはこの際気にしないことにした。

しかしそれを横目で眺めながら由里はため息を一つ吐いた。

「理恵はその辺、ちょっと大雑把なのよね。うちもそろそろ理恵用にＡＩパートナー入れようかなぁ」

「いいかもね。調理補助してくれるの、結構便利だよ」

由里の家は母親が料理好きでまめな人なので、ＡＩパートナーは導入していない。由里もあまり自分の生活を管理されるのが好きじゃない方なので、欲しいと思わなかったらしい。

「えー、別に良いよ！　料理は……そのうち上手くなるし！」

どうやら理恵ちゃんも特に欲しくはないようだ。

「でも生活の管理とかしてもらった方が良いんじゃない？　理恵はたまにＲＧＯで夜更かしして、タイマー掛け忘れて寝坊してるし」

「そ、それはたまたまだから！」

野菜に大体火が通ったので、ソーセージを追加。それを軽く炒めたら端に寄せて、と。

「由里、そろそろケチャップ入れてよ」

「あ、ちょっと待ってね」

フライパンの空いた場所にケチャップを適当に入れてもらって、混ぜながら少し煮詰める。

「南海って、そういうやり方はシエちゃんに教わったの？」

「そう。シエちゃんが私でも作りやすい料理を検索して探してくれたんだ。で、やり方を指示してくれて覚えたよ。私の好きな味とか、出来そうなこととか、データ収集して細かくアドバイスくれ

るから便利だよ」

「えー、好みの味まで？　それはちょっと良いかも……」

私がそう言うと、理恵ちゃんはちょっと興味が出たようだ。

シエちゃんを兄から譲られた頃は、まだ兄の好みなどのデータが多かった。でも今はもうすっかり私のことを私よりよく知る、大事なＡＩパートナーになっている。

「もうご飯入れてもいいかな？」

「あ、じゃあ代わるね。ご飯入れるとフライパン重いし」

由里はそう言って三人分のご飯をフライパンに入れると、炒める役を代わってくれた。由里の方が私より力があるので、重たいフライパンでも上手に混ぜる。私が簡単に作れるのはせいぜい二人分までかなぁ。

「そういえばさ、ウォレスを作るときも、シエちゃんにいっぱい手伝ってもらったんだよ」

「え、シエちゃんってそんなこともしてくれるの!?」

「うん、こういうキャラにしたいっていう希望を伝えたら資料写真とか検索してくれて、でも誰かに似過ぎないように調整してくれて。んで、理想の姿が出来たら外装決定するためのパラメータの数値も出してくれたよ」

「すっごい便利じゃない」

「そうなんだよね」

私がちょっと自慢げに頷くと、理恵ちゃんは途端に羨ましくなったらしい。

「いいなぁあ！　私、アバター作るの上手くなくて、めちゃくちゃ苦労して結局あれなのに……」

理恵ちゃんは外装カスタマイズアプリをいじってみたものの、決める項目が細かすぎて挫折したらしい。

それは確かに、ちょっとわかる気がする。理想の姿を作ろうとすると、意外と顔とかのバランスの調整が難しいのだ。拘ればいくらでも時間が溶けるしね。でもスゥちゃんも可愛く出来てたと思うけどな。

「あと声のサンプリングもしてくれたよ。それ以外も、ジジイっぽい語尾とか口調のデータ収集もしてくれたりして、色々協力してくれるからすごい助かってるよ」

「ジジイプレイに協力的なＡＩって、初めて聞く話だわ。よし、チキンならぬ、ソーセージライス出来上がり！」

オムライスの中身が出来上がると、理恵ちゃんが冷蔵庫から卵を出してきた。それをボウルに使う分ずつ割り入れ、由里が上手に焼いてゆく。その間に私はライスを三等分してお皿に盛り付けた。

ふわりと焼けた卵がケチャップライスを綺麗に覆い、オムライスは完成した。

「よし、こんなもんかな。出来上がり！」

「お腹空いたぁ……」

冷蔵庫からお茶を出すと、理恵ちゃんはお腹を押さえながらテーブルについた。

私と由里も、それぞれテーブルについてお茶を注ぎ、オムライスにそれぞれケチャップを掛ける。

「じゃあ、いただきます」

「どうぞー。私もいただきまーす」

「お姉ちゃん、南海ちゃんありがとう！　いただきまっす！」

手を合わせ、スプーンを手に取って端から一口。

うん、美味しいね。卵はふわふわだし、ケチャップライスの味もちょうどいい。ニンジンがちょっと硬いかなって気もするけれど、それもご愛嬌だ。

しばらくもぐもぐと黙って食べていると、ふと出里が顔を上げた。

「そうだ、南海。今度さ、セダにあるプレイヤーの露店行こうよ。料理が美味しいって評判のとこ」

「プレイヤーの……どんなのが売ってるの？」

「ケバブみたいなのらしいよ。外で食べやすいし、味が良いんだって」

「ケバブか、いいね。行こっか」

「えー、気になる！　私も行く！」

じゃあログインしたら皆で行こうと約束をして、昼食は和やかに進む。

今日はもう少し三人でお喋りをして、それから家に帰ってログインすることになりそうだ。

現実でもゲームでも、誰かと一緒に囲む食卓はやはりいつもより楽しく、何だかずっと美味しい気がした。

▼閑話

ささやかな老人会

「……そろそろかの？」

夜のファトスの街は結構静かだ。

現在は夜の七時を少し過ぎたところ。ファトスを拠点とするプレイヤーは後発組くらいで、あまり数が多くない。昼間も穏やかなのだから、夜も当然同じに決まっている。

フィールドから戻ってきたプレイヤーがパラパラと通り過ぎるが、それ以外に歩いているのは大体がＮＰＣの住人だ。

そして、今私が待っているのもそんな住人の一人。

「お、来たかの」

私が今いる場所は西門の傍の、今日はもう閉店した屋台の陰だ。ウィンドウを眺めているフリをしながら隠れるように立っている。

陰からちらりと顔を出して確かめると、目当ての人物は西門から少し離れた細い小路から出てきて、ゆっくりとこちらに向かっている。

古ぼけた街灯の頼りない明かりでも、その小柄な姿を見間違えることはない。そのくらいには付けまわ……いや、観察……んん、仲良くなったから、わかる！

眺めているとその人は通りを渡り、西門から少し離れた小さな店の入り口に吸い込まれていった。

私もなるべく自然に見えるようにその店に近づき、中を窺う。

店は間口が狭く、漏れる明かりは薄暗い。しかしこの店は入ってみると結構中が広いというのはもう既に確かめたので知っている。ここは近隣の住人がよく利用する食堂なのだ。

私も一度一人で食べに来たことがあるが、別に怪しい店ではない。
そんな食堂の入り口で、少々怪しく中を窺いながら、そろそろ良いかと時間を見計らう。
理想としては彼が席に着いてから、料理が来る前……よし、行こう！

三分の二ほど扉が開いたままになっている入り口を何でもない風を装ってくぐり抜け、私は店の中に入った。すると入り口脇の会計に立っていた男がすぐに声を掛けてくる。

「いらっしゃい」

間口が狭いこの店は、奥に長く伸びている。四人掛けくらいのテーブルが二列で並び、奥へと続く。

「食事かい？」

「うむ」

「なら好きな席にどうぞ」

「ありがとう」

そんなやり取りをして、私は席の合間の細い通路をすり抜けて奥を目指した。店は夕食を取る住人たちでそこそこ混んでいる。

席の一つ一つをさりげなく見ながら、目当ての姿を探す。しばらく歩くと、ようやくその後ろ姿を見つけた。

「……よし！」

小さく呟いて気合いを入れ、その背に近づく。まず声を掛けて、挨拶だ。なるべく自然に、自然に……。

「おや、ロブル」

「ん？」

声を掛けると目当ての背中——古書店の店主、ロブルが振り向いた。

「あんたか……」

「ああ、こんばんは。奇遇じゃな……せっかくだし、同席しても？」

「ふん……好きにしたらいい」

ツンデレジジイから無事許可を得て、私はうきうきした気分が出ないように気をつけながらロブルの向かいに座った。

やった、ミッション成功だー！

「この店にはよく来るのかね？」

「ああ、うちから近いからな」

もちろん、ロブルが毎日ここに通っていることを私はよく知っている。このところ毎日後をつ……地道に調査したからだ。

「ここは何が美味いんだね？」

だって絶対に一度くらい、いや、出来れば何度でもこのツンデレジジイと一緒に食事を取りたか

ったんだもん……仕方ないね！

「……今日の煮込みだ。まぁ、大体は何かの内臓を煮込んだやつが出てくる。ちっとクセがあるが、酒と合う」

モツ煮か……うーん、どんな味かな。

壁に掛かるメニューを見上げると、書いてある名前はさほど多くない。周りを見れば、大体が焼いた肉か煮た肉とパンのセット、あとはビールのような物を頼んでいるようだ。

私の口に合うかはわからないけど……前に来たときは焼いた肉のセットを頼んだけど、結構美味しかったし、せっかくだからロブルのお薦めを試してみよう。

手を挙げると、すぐに店員が近くまで来てくれた。

「今日の煮込みのセットと、あと……」

飲み物をどうしようか少し迷う。アルコール系の飲料は実際に酔うわけじゃなくても未成年には提供されない。何があるだろうかと考えていると、ロブルが首を傾げた。

「エールは頼まんのか？」

「ああ、わしは酒は駄目での」

「ふん……なら、パル茶の冷たいのを二つ。わしのエールもそれにしてくれ」

「あいよ、毎度！」

店員はロブルの注文を受けて戻っていった。

「パル茶というのは？」

「この辺で採れるお茶だ。温かくても冷えていても美味い。さっぱりして、肉と合う」

「ほう……」

え、それはもしかしなくても私のために頼んでくれたってことだよね？　しかも自分の注文まで変更して合わせてくれたと……。

「ロブルはエールでも良かったのでは？」

「……ふん。今日はもう少し、本を読むからな」

ああ……好きー！

古書店に足繁く通ううちにロブルは大分デレてきたのか、その優しさが段々わかりやすくなってきている気がしてたまらない。

私が内心で感動に打ち震えていると、トレイを持った店員がやって来た。

「お待たせしましたー」

緩い声と共に置かれたトレイには、たっぷりの煮込み料理と丸パンが一つ、付け合わせのピクルスの小皿と、パル茶とやらが入ったコップが乗っていた。

「美味そうじゃの。いただきます」

「糧に感謝を」

それぞれの言葉を呟き、私たちはさっそくスプーンを手に取る。

煮込み料理は、やはりモツ煮のような見た目をしていた。何の部位かはわからないが、細かく刻まれ柔らかく煮込まれた肉が沢山入っている。

掬って口に運んでみると、味付けは意外とあっさりしていた。香草と一緒に煮込まれているのか、良い香りが内臓の臭みを消していて食べやすい。塩と胡椒がベースのようだが、ショウガのような風味もする。

汁の表面には脂が浮いているのだが、あっさりした味付けのお陰でパクパクと食べられる。

ちょっとコリコリした肉、ふにゃっと柔らかい肉、脂が溶けるような肉。

部位によって食感や味が少しずつ違って面白い。こういう料理は一人暮らしの女子の食卓には絶対出てこないので、何だかとても新鮮だ。

しばらく夢中で食べた後、ふと顔を上げるとロブルと視線が合った。

「……美味そうに食うな」

「ああ、見た目よりあっさりしていて、だが奥深い……滋味深いとか言うべきかの？　とても美味いよ」

私がそう答えると、ロブルは少しだけ口の端を上げた。

「茶も飲んでみろ」

「おお、そうじゃった」

ロブルお薦めのパル茶を口に運ぶと、一口飲んだ途端スッと口の中が爽やかになった。ハーブティーのような味がする。少しだけ青臭いというか、葉っぱのような香りがして、ミントほどではないが不思議な清涼感がある。

モツの脂でべたついた口の中が、さっぱりと洗い流される感じだ。

「これは良い。爽やかじゃのう」

「だろう。消化にもいいんだ。覚えとくと良い」

「ああ、ありがとう」

ロブルはどことなく得意そうに頷いた。自分が薦めた物が喜ばれると、嬉しいよね。わかる～。

などとロブルに共感しながら食事を進める。煮込み料理にはカブやニンジンなんかも入っていて、柔らかく煮込まれた野菜がモツの旨味を吸ってとても美味しかった。

時折料理や本の話を交えながら、老人二人の夕食は和やかに続く。

「またこうして、たまに同席しても良いかの？」

「ふん……騒がないなら勝手にしたらいい」

「ああ。ならその時はよろしく頼むよ」

大丈夫、私は落ち着きと威厳のある魔法ジジイなので、お店で騒いだりしません。

……脳内は大分やかましいけどね！

あとがき

初めまして、あるいはこんにちは。星畑旭と申します。

「R．G．O！」を手に取ってくださって、どうもありがとうございました！

あとがきを書く前にRGOを最初に書いたのがいつだったかと考えたのですが思い出せず、古いフォルダを探して遡ってみたら、２００８年くらいの記録を発見しました。

もうそんなに経ったのかと驚きです。

実のところ、RGOはその間に何回か書籍化の打診をいただいた作品です。多分私の書いた話の中で、一番多くいただいたんじゃないかと思います。

しかしその時はちょうど仕事や私生活が忙しくてそれどころじゃなかったり、しばらく執筆を休んでいる時期で続きを書ける気がしなかったりと、色々タイミングが合わずお断りしてきました。

なので、気まぐれに続きを書きつつも、書籍化はあまり考えていなかったんです。

今回アース・スターノベル様からお話をいただいた時も少し迷ったのですが、書籍化の作業に慣れてきていましたし、執筆を楽しむ余裕が出来た時期でもあったので挑戦してみることにしました。

ただ何しろもう古い作品なので、あちこち気になって直したくて仕方なくてですね……手直しに大分苦戦しましたが、その甲斐あって今だからこそ書き足して加えたいことなんかをぎゅっと詰め込むことが出来たと思います。

その分、Ｗｅｂ版とはあちこち違うところが出てくるとは思いますが、よろしければ間違い探しと思って楽しんでください。

そんな古い作品ながら、見つけてくださったアース・スターノベル様と、イラストを引き受けてくださった天野英様に深い感謝を。

これを書いている今はまだイラストは出来ていないのですが、絵になった皆を見るのを楽しみにしています！

そういえば、私は自分の作品にはどれも必ず、根本になるテーマを一つだけ決めています。

ＲＧＯのテーマは『楽しむ』こと。

これだけはどれだけ時間が経っても変わらない、変えていない大事な根っこです。

今ではすっかり目新しくなくなった題材を扱う古い作品ですが、今後も南海が楽しむ姿を丁寧に書いていけたらと思っています。

皆さんにも一緒に、少しでも楽しんでいただけたら幸いです。

書籍化・発売
おめでとうございます！

無職の英雄
別にスキルなんか
要らなかったんだが
もふもふとむくむくと
異世界漂流生活
冒険者になりたいと
都に出て行った娘が
Sランクになってた
メイドなら当然です。
濡れ衣を着せられた
万能メイドさんは
旅に出ることにしました
万魔の主の魔物図鑑
—最高の仲間モンスターと
異世界探索—
生まれた直後に捨てられたけど、
前世が大賢者だったので
余裕で生きてます
偽典・演義
〜とある策士の三國志〜
ようこそ、異世界へ!!
EARTH STAR
NOVEL
アース・スターノベル

EARTH STAR NOVEL
ハム男
HAMUO
ILLUST.
藻
MO
ヘルモード
HELLMODE
～やり込み好きのゲーマーは
廃設定の異世界で無双する～

ヌルゲーの異世界じゃつまらない!

元廃ゲーマーが行く、超高難易度の異世界冒険譚!

作品情報はこちら!

「何々……終わらないゲームにあなたを招待します、だって」
ヌルゲー嫌いの廃ゲーマー、健一が偶然たどり着いた謎のネットゲーム。
難易度設定画面で迷わず最高難易度「ヘルモード」を選んだら——異世界の農奴として転生してしまった!
農奴の少年、「アレン」へと転生した健一は、謎の多い職業「召喚士」を使いこなしながら、攻略本もネット掲示板もない異世界で、最強への道を手探りで歩み始める——

コミックアース・スターでコミカライズも好評連載中!

犬の散歩中で事故にあい、気が付くとRPGっぽい異世界にいた元サラリーマンのケン。リスもどきの創造主に魔獣使いの能力を与えられ、「君が来てくれたおかげでこの世界は救われた」なんていきなり訳のわからない話に戸惑っていたら、「ご主人!ご主人!ご主人!」となぜか飼っていた犬のマックスと猫のニニが巨大になって迫ってきてるし、しかもしゃべってるし、一体どうしてこうなった!?ちょっぴり抜けている創造主や愉快な仲間たちとの異世界スローライフがはじまる!

R.G.O!
女子高生、VRMMOで理想の魔法ジジイを目指します ①

発行 ―――― 2024年7月18日　初版第1刷発行

著者 ―――― 星畑旭

イラストレーター ―――― 天野英

装丁デザイン ―――― 世古口敦志　薄井大地（coil）

発行者 ―――― 幕内和博

編集 ―――― 佐藤大祐

発行所 ―――― 株式会社アース・スター エンターテイメント
〒141-0021　東京都品川区上大崎 3-1-1
目黒セントラルスクエア　7F
TEL：03-5561-7630
FAX：03-5561-7632

印刷・製本 ―――― TOPPAN クロレ株式会社

ISBN 978-4-8030-1981-0

心ゆくまで
もふもふの海を堪能！